Schattenstrand

MARC FREUND

SCHATTENSTRAND

EIN OSTSEE-KRIMI

BOYENS

Für meine lieben Eltern
Anne & Herbert Freund

BOYENS
BUCHVERLAG

ISBN 978-3-8042-1480-4

Umschlagfoto: Marc Freund
Druck: CPI – Clausen & Bosse, Leck
Printed in Germany
Auch als E-Book erhältlich

- 1 -

Elf Monate zuvor ...

Er kam rasend schnell näher.
Ein gleißend heller Punkt, nicht größer als der Kopf einer Stecknadel. Ausgespuckt von tiefschwarzer Nacht und hinausgespien auf die Landstraße.
Ein Motorrad, dachte ich. Aber es war keines.
Nur wenige Sekunden später spürte ich meine Beine nicht mehr.
Nach einem verzweifelten Ausweichmanöver und der Kollision mit einem Baum war die Kraftstoffleitung gerissen. Ich war plötzlich umgeben von Flammen, die über das ausgelaufene Benzin wie an einer Zündschnur entlang auf meine Beine zurasten.
Eingeklemmt unter dem umgestürzten Wagen, stemmten und gruben sich meine Handballen in das feuchte Erdreich, während ich verzweifelt versuchte, mich von dem brennenden Wrack wegzubewegen.
Ich presste meine Kiefer aufeinander, ächzte, stöhnte und schrie letztlich meine aufgestaute Qual in die Nacht hinaus.
Glas. Überall lag Glas herum. Ich hatte es sogar in meinen Haaren. Kein Fenster, das an meinem Wagen heil geblieben war. Ich hatte die Windschutzscheibe bersten sehen.
Mein Wagen war etliche Meter von der Fahrbahn abgekommen, die irgendwo da oben in schier unendlicher Ferne verlief. Eine Landstraße, wenig befahren, erst recht um diese Zeit. Halb zwei Uhr in der Nacht, vielleicht war es inzwischen auch später. Wieviel Zeit vergangen war, wusste ich schließlich nicht.
Der andere Wagen, der mit dem defekten Scheinwerfer, war längst auf und davon.

Beißender Qualm lag in der Luft. Mein Auto produzierte ihn im Überfluss. Ich hustete mir die Seele aus dem Leib, während meine Sicht von Tränen verschleiert war.
Meine Beine standen in Flammen.
Ich schrie wie noch niemals zuvor in meinem Leben.
Ich versuchte, mich aufzubäumen, um das entsetzliche Gewicht von meinen Knien und meinen Unterschenkeln zu nehmen. Ich griff in die Flammen, berührte glühend heißes Metall und sank irgendwann, in dem furchtbaren Augenblick, in dem ich mein Leben und mich selbst aufgab, in das feuchte Gras zurück.
Für mich war es vorbei. Keine Hoffnung auf Rettung.
Ausgespielt, Hendrik Torn.

- 2 -

„SCHAFFEN SIE DIE Treppe?"
Ich blickte nach oben, blinzelte gegen die Sonne. Die Konturen des Mannes nahm ich nur schemenhaft wahr.
Die Treppe.
Noch vor ein paar Wochen hätte sie für mich ein unüberwindbares Hindernis dargestellt. Alles in mir hätte sich gesträubt, meine Beine in einem derartigen Winkel anzuheben. Mit jedem Schritt ging die Angst davor, die nachgewachsene Haut oberhalb meiner Schienbeine könnte dem Druck nicht standhalten und würde reißen.
Ich presste meine Lippen aufeinander und nickte entschlossen.
Irgendwo da oben lag meine Zukunft. Dort sollte etwas beginnen, was ich im Stillen bereits als mein zweites Leben bezeichnete. Ein Leben ganz ohne Ärzte, ohne Verbandsschwestern und ohne Cannabis, das ich gelernt hatte zu inhalieren. Vielleicht sogar ein Leben ohne Schmerzen, auch wenn mir diese Vorstellung im Moment noch wie eine Utopie erschien.
Für einen Augenblick spürte ich eine Angst in mir aufkeimen. Die Angst davor, dass diese Zukunft einzig und allein an dieser Treppe scheitern würde. Der Kerl dort oben würde jeden meiner verzweifelten Schritte überwachen. Und er wäre der Erste, der zu Doktor Degner gerannt käme, um ihm davon zu erzählen, dass ich noch nicht so weit sei. Schlimmer noch, dass ich es mit Sicherheit niemals packen würde.
Die Angst wurde von einer Welle aus Wut abgelöst. Ja, ich begann, den Mann über mir zu hassen. Dafür, dass er in diesem Augenblick eine solche Macht über mich hatte, dass er von oben auf mich herabsah. Dass er vielleicht insgeheim hoffte, ich würde schon bei der dritten Stufe laut aufschreien und aufgeben. Vielleicht grinste er dabei.

Ich hob meinen rechten Arm und schirmte meine Augen gegen die Sonne ab.
„Natürlich“, sagte ich mit einem Lächeln.
Die Konturen des Mannes von der Wohnungsgesellschaft waren ein klein wenig klarer geworden. Er stand am oberen Ende der fünfzehn Stufen, und in seinem Gesicht lag eine Mischung aus Neugier und zur Schau getragener Besorgnis.
Ich packte die Griffe meiner Krücken fester und hievte mich die erste Stufe hinauf.
Na bitte.
Ich hoffte, der Kerl würde registrieren, wie leicht mir das gefallen war.
Wind zerrte an meinen Hosenbeinen und an meiner Jacke. Es war kalt oder *frisch*, wie man hier oben sagt.
Rechts neben mir rollten die Ausläufer weißer Wellen an den Strand. Eine Joggerin bewegte sich vorbei, mit Kopfhörern, die wie Ohrenschützer aussahen. Neben ihr rannte ein heller Labrador Retriever und hielt seine Schnauze in den Wind.
Ich setzte die gummierten Füße meiner Krücken auf der nächsten Stufe auf. Ich ächzte leicht, als ich das Hindernis überwand, und hoffte, dass der andere es nicht gehört hatte. Natürlich hatte er das. Er wartete doch geradezu auf jedes kleine Anzeichen meiner Schwäche. Oder etwa nicht?
Mit einem Mal fühlte sich meine dicke Jacke zu eng an. Ich spürte, wie mir der Schweiß aus allen Poren ausbrach und sich auf meinem Rücken sammelte.
Ich hoffte, der andere hatte ausreichend Zeit mitgebracht. Der Weg hier hinunter an den Strand war beschwerlich gewesen, und das, obwohl der Taxifahrer mich so nahe wie möglich an die Uferpromenade herangefahren hatte.
Ich spürte das Kribbeln in meinen Unterschenkeln. Da war etwas in mir, das diese Treppe nehmen wollte. Jede einzelne Stufe. An ihrem Ende lag die Verlockung. Die Verhei-

ßung eines besseren Lebens. Eines anderen Lebens. Dass sich Änderungen einstellen würden, damit hatte ich mich inzwischen abgefunden.
Stufe Nummer drei.
Meinen Beruf, das Schreiben, hatte ich immer schon als Geschenk empfunden. Ich würde weiter von zu Hause aus arbeiten können, nur würde ich häufiger als üblich Pausen einlegen müssen. Die größte Herausforderung bestand im Augenblick noch darin, eine Position zu finden, in der die Schmerzen von einem wütenden Brüllen auf ein sanftes Murmeln abklangen. Auf ein Stadium, das ich mittlerweile in Gedanken ausblenden konnte, wenn ich mich nur gut genug darauf konzentrierte.
Stufe vier.
Eine Windbö traf mich mit voller Kraft, zog und zerrte an mir, versuchte, mich ans Ende der Treppe zurück zu katapultieren. Ich hielt der Kraft stand, stemmte mich dagegen, bäumte meinen Oberkörper auf.
Der Wind pfiff durch die offenen Treppenstufen und blies mir losen Sand ins Gesicht.
Ich setzte meine Krücken auf und bewegte mich weiter nach oben. Natürlich hatten andere Wohnungen zur Auswahl gestanden.
Oben in der Siedlung gelegen. Bei den anderen Häusern im Ort. Ebenerdig. Bequem mit dem Auto und zu Fuß erreichbar.
Aber die hatte ich nicht gewollt. Sie hätten kaum einen Unterschied zu meiner Stadtwohnung dargestellt.
Nein, ich wollte mit dem Wind und den Wellen kommunizieren, wenn ich tagsüber an meinem Laptop saß oder mich nachts schlafen legte.
Ich wollte die Einsamkeit. Wollte allein sein.
Und deshalb stand ich jetzt hier, quälte mich die Stufen nach oben. Nicht etwa, um dem Kerl da oben etwas zu beweisen. Oder mir.

Es handelte sich auch nicht um eine Flucht aus den beiden Reha-Aufenthalten, die hinter mir lagen und insgesamt drei Monate meines Lebens verschlungen hatten, das mir inzwischen so kostbar erschien.
Ich brauchte Ruhe, und die würde ich nur hier bekommen. Doktor Degner hatte mir einen Prospekt zukommen lassen, ein blaues Hochglanz-Faltblatt, auf das er einen gelben Post-it geklebt hatte, versehen mit zwei Reihen seiner dünnen Handschrift, die auf mich immer so ungelenk wirkte, als hätte er einen Magnum-Kugelschreiber aus Beton verwendet.
Ich wollte von Anfang an das *Krähennest,* und ich sollte es bekommen.
Es war noch weit vor der Saison, es gab noch keine Reservierungen. Es war die Zeit, in der die Menschen allenfalls damit begannen, ihren nächsten Urlaub zu planen oder zu buchen. Bis Ostern könnte ich es mir hier bequem machen, vorausgesetzt, ich würde wieder zu mir selbst finden und zu den Dingen, die mir wichtig waren, die mein Leben ausmachten.
„Für einen Moment dachte ich schon, Sie schaffen's nicht", sagte Ingo Lausen, der mich mit einem verkniffenen Lächeln ansah, als ich die fünfzehnte Stufe hinter mir gelassen hatte und schnaufend neben ihm stand.
Ich öffnete meine Jacke und bog mein Kreuz durch, die Krücken mit meiner rechten Hand umklammernd.
Es hatte viele dieser Momente gegeben, in denen ich dasselbe gedacht hatte. Aber die lagen weit hinter mir, und ich betete, dass es auch so bleiben würde.
Laut Doktor Degner konnten posttraumatische Symptome jederzeit auftreten. Laut seinen Aussagen waren diese Erscheinungen selbst nach über zwölf Monaten keine Seltenheit. Seine Stimme hatte damals, vor fünf oder sechs Wochen einen ernsten Unterton angenommen, als er so vor mir saß, das rechte Bein über das linke geschlagen, seine Brille an einem Bügel in der Hand haltend.

Keine Seltenheit bedeutete für mich damals, dass es mich mit Sicherheit treffen würde. Wie auch immer sich diese Symptome äußerten. Degner musste damals meine Verunsicherung gespürt haben, denn er machte sofort eine abwehrende Handbewegung und beugte sich in seinem schwarzen Arztstuhl aus knarzendem Kunstleder nach vorne.

„Ich rechne bei Ihnen nicht damit“, hatte er gesagt. „Aber es ist meine Pflicht, Sie zumindest darauf hinzuweisen.“

„Worauf genau?“, hatte meine Frage gelautet.

„Nun, man spricht allgemein von organischen Psychosen, die oftmals in Koexistenz mit einer Bewusstseinsstörung auftreten. Gestörte Wahrnehmungen, Halluzinationen, bis hin zu Wahnvorstellungen. Andere wiederum haben in dieser Zeit nur einige… lebhafte Träume.“

Ich hatte da gesessen und dem Mann mit den grauen Schläfen zugehört, während er mich aufmerksam beobachtete, als wolle er feststellen, inwieweit meine Träume (und ich hatte in dieser Zeit weitaus lebhaftere als mir lieb gewesen waren) möglicherweise noch meine Tage beeinflussten.

„Die meisten allerdings, die ein wirkliches Problem mit ihrem Trauma haben, greifen zu Alkohol oder Tabletten.“

Wieder dieser durchdringende, leicht stechende Blick. Zu jener Zeit hatte ich das Gefühl, dass ich vor Degner nichts verbergen konnte. Und höchstwahrscheinlich traf diese Überlegung sogar den Nagel auf den Kopf. Hätte mein Arzt seinerzeit irgendwelche dieser Symptome an mir erkannt, hätte er vermutlich darauf verzichtet, den blauen Prospekt mit den Ferienhäusern an der Ostsee an mich zu adressieren.

„Machen Sie sich um mich keine Sorgen“, hatte ich geantwortet, und zwar nicht nur Doktor Degner.

Ich ertappte mich dabei, dass ich dieselben Worte auch Ingo Lausen gegenüber benutzt hatte.

Ich stand auf der kleinen Hochterrasse, die mit einem hölzernen Geländer umfasst war. Von dort blickte ich über

den weiten, gelbgrauen Sand. Die Joggerin und ihr Hund waren in der Ferne längst zu winzig kleinen Punkten geworden, die sich an der leicht schäumenden Wasserlinie entlang in östlicher Richtung bewegten.
Ich drehte mich zu Lausen um, der in seinem dünnen, grauen Geschäftsanzug zu frieren schien.
Er langte in seine Tasche und zog einen kleinen Schlüsselbund heraus. Den Haustürschlüssel reckte er demonstrativ in die Höhe, als würde er mir die Pforte zum Paradies öffnen.
Aber vielleicht war es ja genau das, was mich hinter der vollverglasten Tür erwarten würde.
Lausen schloss auf. Ich sah den Mann das erste Mal von hinten und erkannte, dass seine leicht fettigen Haare über den Kragen von Hemd und Sakko ragten.
Er öffnete die Tür, missachtete den Fußabtreter und war im nächsten Moment im Innern des Hauses verschwunden. Hinter der halb geöffneten Glastür konnte ich ihn nur als verzerrtes Abbild erkennen.
Ich folgte ihm und betrat zum ersten Mal das Haus, das mir in den kommenden zwei bis drei Monaten ein Heim werden sollte.
Die Glasfront, die hoch über dem Strand zum Wasser hinaus blickte, wurde von vier hohen, massiven Holzpollern gestützt, um die bisweilen, wenn der Sturm das Wasser in die Bucht drängte, die Ausläufer der Wellen spielten. Aus dem Innern hatte der Betrachter einen herrlichen Ausblick über die Förde und die schlangenförmig verlaufende Küstenlinie, an der sich sandige Abschnitte mit solchen abwechselten, die mit zahlreichen kleineren und größeren Steinen versehen waren. Hier und da ragte ein Findling aus dem Sand.
„So geht es den meisten, die das erste Mal hier rauf kommen“, erklärte Lausen, der mich mit einem seichten Lächeln auf seinen schmalen Lippen beobachtet hatte.

Er lehnte mit dem linken Ellenbogen gegen einen dunklen Holztresen, der die Küche von dem großzügig angelegten Wohnbereich trennte.
Die Räume waren geschmackvoll eingerichtet und möbliert. Nichts, was meinen Sinn für Ordnung auf den ersten Blick störte. Im Gegenteil, ich sah mich bereits am Abend im Ledersessel sitzen (den ich in Richtung Ostsee drehen würde), mit einem guten Buch in der Hand, das von dezentem Licht der Stehlampe beschienen wurde.
Ein wenig abseits davon befand sich eine Couch mit einem Tisch in passender Höhe. Hier würde ich vielleicht in den nächsten Tagen wieder schreiben können.
Ein wenig hatte ich Skrupel vor dieser Situation, die sich vermutlich nicht weiter hinauszögern ließ. Wenn ich hier nicht wieder mit meinem Beruf Versöhnung schließen konnte, würde es mir vermutlich nie wieder gelingen.
Als mich der Unfall so unvermittelt traf, steckte ich mitten in der Arbeit an einem Roman über einen alternden Ermittler aus New York, dem ich den Namen Lucas P. Fulton verliehen hatte. Er war durch Misserfolge und Alkohol von der Spur, seiner Spur, abgekommen. Zudem hatte der Tod seines Partners dafür gesorgt, dass Fulton anfing, alles zu hinterfragen. Erst als das junge, französische Mädchen Colette in sein Leben trat, schöpfte er wieder ein wenig Hoffnung. Sie war der Grund dafür, dass er sich nicht, wie er es vorgehabt hatte, den Lauf seines Colts in den Mund geschoben hatte, um dann mit geschlossenen Augen abzudrücken. Aber auch Colette hatte ihre dunklen Geheimnisse, die sie vor Fulton hütete, bis sie sie auf dramatische Weise einholten. Ob es für Fulton und das Mädchen noch eine Zukunft gab, würde niemand mehr erfahren. Nicht einmal ich, denn ich hatte die Arbeit an diesem Buch abgebrochen. Nach meinem Unfall und der schmerzhaften, langsamen Genesung fand ich keinen Bezug mehr zu der Geschichte. Die Figuren erschienen mir hohl, eindimensi-

onal und hölzern. Sie hatten mir nicht das Geringste mehr zu sagen. Fast vierhundert Seiten, die nie das Licht der Welt erblicken würden, und vielleicht war das auch gut so. Vielleicht war es Zeit, hier oben mit etwas Neuem zu beginnen. Was das sein würde, nun, das würden mir entweder das Murmeln der Wellen oder das Flüstern des Winds verraten.

„Sie sollten darauf achten, die Hintertür nicht allzu oft zu benutzen. Sie schließt etwas schlecht."

Ich hatte nicht einmal bemerkt, dass Lausen seine Position am Tresen verlassen hatte und durch den Flur in Richtung der beiden Schlafzimmer gegangen war.

Ich drehte mich um und folgte ihm. Zwei praktisch eingerichtete Räume, in denen sich jeweils ein Bett, Kommoden, Schränke und Wäsche befanden.

Lausen blickte sich um und wirkte irgendwie erleichtert, als ich ihm folgte. Ich musste einen seltsamen Eindruck bei ihm hinterlassen, dachte ich. Aber es war mir vollkommen gleich, was er von mir dachte. Vielleicht war er auch bereits vorgewarnt worden, wer wusste das schon.

Lausen drängte sich an mir vorbei und öffnete eine Tür in meinem Rücken.

„Die Vorratskammer", sagte er. „Die ist leider noch nicht allzu gut bestückt. Wir wussten nicht genau, wann genau Sie kommen würden."

Nein. Ich hatte es bis zuletzt offen gehalten, ob ich überhaupt fahren würde. Wenn es nach mir gegangen wäre, hätte ich mich vermutlich in meiner Stadtwohnung verkrochen, bis … ja, bis ich vielleicht wie Fulton geendet wäre. Ohne Aussicht auf ein Happy End.

„Der nächste Einkaufsmarkt ist eine ganze Ecke weg", erklärte der Mann von der Wohnungsgesellschaft mit abschätzendem Blick auf die mehr oder weniger leeren Regale.

„Was heißt das?", fragte ich. Nicht, weil es mich interessierte, sondern weil ich das Gefühl hatte, als erwarte Lausen eine Reaktion von mir.

„Naja, es sind ungefähr sieben Kilometer, und Sie …“, Lausen blickte auf meine Krücken, „… haben ja kein Auto.“

Er räusperte sich diskret. „Möglicherweise kann man mit dem Marktleiter sprechen, dass er Ihnen etwas hier heraus liefert. Oder ich gebe Ihnen die Nummer von Frau Schwarz.“

Wieder eine Pause. Gleiche Situation wie gerade eben.

Ich drehte mich zu ihm um, was mit den Krücken in der Enge des Wohnungsflurs zu einem Balanceakt für mich wurde.

„Verraten Sie mir, wer das ist?“

Lausen schloss die dünne Holztür. „Frau Schwarz ist unsere Reinigungskraft. Sie kümmert sich um die Häuser hier unten. Bisweilen übernimmt sie auch kleinere Besorgungen für unsere Mieter. Sie wohnt in Glücksburg, also gleich um die Ecke. Sehr zuverlässige Person. Und preiswert.“ Er zwinkerte mir zu.

„Warum nicht?“, entgegnete ich und bewegte mich an meinen Krücken zurück ins Wohnzimmer.

„Ich lasse Ihnen meine Karte da“, sagte Lausen. In meinem Rücken hörte ich ihn hantieren. Das Klicken eines Kugelschreibers. „Die Nummer von Frau Schwarz habe ich auf die Rückseite geschrieben. Sie ist im Grunde immer zu erreichen. Manchmal kann es sein, dass ihr Sohn dran geht. Ist ein etwas komischer Bursche. So ein – wie sagt man – Gruftie oder so. Aus der Gothic-Szene.“

Lausen sah, dass ich ihn anstarrte. Dann brach er ab und stieß ein kurzes Lachen aus. „Sorry, ich quatsche so vor mich hin, und dabei weiß ich ja noch nicht mal, ob Sie das Haus überhaupt mieten wollen.“

„Ich nehme es“, gab ich zurück.

Lausens Grinsen wurde breiter. „Schön. Sehr schön. Sie werden es hier sehr ruhig haben. Wissen Sie, ich meine, können Sie schon absehen, für wie lange?“

„Müssen wir das jetzt schon konkret festlegen?“, fragte ich.
Er überlegte einen Moment, dann schüttelte er den Kopf.
„Nein. Ist kein Problem. Rufen Sie einfach die Tage durch, und dann trage ich es bei uns ein. Haben Sie noch Fragen, Herr Torn?“
„Im Augenblick nicht“, antwortete ich automatisch, ohne über seine Worte nachzudenken.
Irgendwie wuchs in mir der Wunsch, allein zu sein. Auf die kalten Wellen hinauszublicken und an nichts zu denken.
„In Ordnung“, sagte Lausen und steckte seinen Kugelschreiber weg. „Dann helfe ich Ihnen aber noch mit Ihrem Gepäck.“
Ich wartete ab, bis Lausen die beiden Koffer und die Reisetasche nacheinander die Treppe hinauf gewuchtet hatte. Als er wieder vor mir stand, deutete er, etwas atemlos, auf den Flur zum Schlafzimmer. „Soll ich …“
„Nein“, wiegelte ich ab. „Das schaffe ich schon allein. Vielen Dank.“
Er drückte meine Hand und verabschiedete sich, nicht ohne noch einmal auf seine Visitenkarte hinzuweisen, die er auf der Ecke des Tresens platziert hatte.
Ich beobachtete, wie Lausen die Treppe hinunterstieg. Der Wind erfasste sein beinahe schulterlanges Haar und wirbelte es durcheinander.
Dann war er verschwunden, und ich war allein.
Ich atmete tief durch, ließ die Stille besänftigend auf mich einwirken und blickte durch die klaren Fensterscheiben auf die Ostsee hinaus.
Hier könnte etwas Neues beginnen. Ich fühlte es in diesem Augenblick mit einer ungeheuren Intensität. Vielleicht handelte es sich dabei auch um eine Vorahnung meinerseits.
Denn genau so sollte es schließlich kommen.

- 3 -

ICH STAND AM Tresen und drehte das kleine Kärtchen in meinen Händen, während ich noch immer auf die Flensburger Außenförde hinausblickte. Auf der Ostseite erkannte ich den Leuchtturm von Holnis, rot-weiß gestreift.
Der Strand zu Füßen des Krähennests war menschenleer. Dieses Haus befand sich (und mit ihm noch ein paar andere) ein gutes Stück abseits des Touristentrubels. In einiger Entfernung befand sich, am südlichen Rand der Halbinsel, der Ortsteil Drei, wo sich in wenigen Monaten die Bade- und Kurgäste tummeln würden.
Jetzt strich der noch empfindlich kalte Wind über die wenigen verbliebenen, winterfesten Strandkörbe und über den darüber gelegenen Campingplatz, der um diese Jahreszeit eine mehr oder weniger freie Fläche war.
Dr. Degner, der alte Fuchs, hatte nicht zu viel versprochen. Dies war die Idylle, nach der ich so lange vergeblich gesucht hatte. Ich ließ meinen Gedanken freien Lauf. Sie streiften ziellos durch mein Leben, blieben kurz an Gabriele hängen, die ich niemals Gabi genannt hatte, nicht einmal in den sieben Jahren, in denen wir verheiratet gewesen waren. Es lag so lang zurück. Vieles hatte ich verdrängt, vergessen, entsorgt.
Ein Gutes war dieser Verbindung allerdings entsprungen. Unsere gemeinsame Tochter Melina war inzwischen mit ihrer Schulausbildung fertig. Sie hatte sich in den Kopf gesetzt, zu studieren. Musik und … das andere Fach, das ich immer wieder vergaß und das mir nicht einmal einfallen wollte, wenn ich mich voll darauf konzentrierte. Sie hatte ihr Studium an der Europa-Universität in Flensburg aufgenommen. Es war ein gutes Gefühl, sie so dicht in meiner Nähe zu wissen. Ich würde sie anrufen, das gehörte zu den Dingen, die ich mir fest vorgenommen hatte. Und während ich an meine Tochter dachte, kam ich zu dem Schluss,

nicht mehr allzu lange mit der Kontaktaufnahme zu warten.
Meine Trennung von ihrer Mutter war im Streit verlaufen. Wir beide hatten es uns nicht zum Ziel gesetzt. Die Dinge hatten sich einfach so entwickelt. Gabriele wusste, was mit mir geschehen war, so nahe standen wir uns immerhin noch. Aber das war auch alles. Halt, nein, ich erinnere mich sogar an einen kurzen Besuch von ihr. Damals, vor einigen Monaten, als ich noch an das Krankenhausbett gefesselt war, in der festen Überzeugung, dass mich eine schwere Wundinfektion dahinraffen würde. Ich war so sehr mit dieser Vorstellung beschäftigt, dass ich kaum Erinnerungen an dieses Zusammentreffen habe. Kurz war es gewesen. Und nicht sonderlich erbaulich, für keinen von uns.
Es gibt eben Dinge, die man besser ruhen lassen sollte. So auch die Deponie, die auf den Trümmerstücken unserer Ehe gewachsen war.
Der Gedanke an Melina brachte mich darauf, dass ich tatsächlich kaum etwas im Haus hatte. Also legte ich Lausens Visitenkarte auf den Tresen und griff nach dem Hörer des Wandtelefons. Ich tippte die Nummer in die Tastatur und wartete auf ein Lebenszeichen. Nach einer gefühlten halben Ewigkeit wurde am anderen Ende abgehoben.
„Ja?“
Eine männliche Stimme unbestimmbaren Alters.
„Ich würde gerne mit Frau Heidrun Schwarz sprechen“, antwortete ich.
Es folgte ein kurzes Zögern.
„Meine Mutter ist noch unterwegs. Wer wünscht sie zu sprechen?“ Die Stimme des Mannes hatte einen leicht nasalen Ton bekommen.
Ein flüchtiges Lächeln huschte mir über das Gesicht. Ich nannte dem Mann, den ich für den Sohn der Frau hielt, meinen Namen und mein Anliegen.

„Ich weiß nicht, ob es sich heute noch einrichten lässt", gab er nach einer Weile des Überlegens zurück. „Aber ich werde es ihr selbstverständlich ausrichten. Wie, sagten Sie, war der Name?"
„Hendrik Torn", erwiderte ich. Ich legte auf und schüttelte den Kopf. Als ich ihn wieder anhob, nahm ich in der Tür der Glasvitrine eine Spiegelung wahr.
„Vorsicht, Torn", sagte eine männliche Stimme.
Ich rührte mich nicht, blinzelte nur.
In dem Sessel, der noch immer in der Position stand, in der ich ihn vorgefunden hatte, kauerte eine Gestalt.
Sie hockte dort mit vornübergebeugtem Oberkörper, die Unterarme auf die Knie gestützt und die Hände gefaltet. Auf der von mir aus gesehen rechten Armlehne lag ein Hut mit breiter Krempe.
„Mit dem Burschen stimmt was nicht", sagte der Mann, dessen Spiegelbild ich nur vage wahrnahm. Angedeutet, wie der Hauch des Frühlings, der draußen in der Luft lag.
„Fulton", sagte ich leise, noch immer ohne mich umzudrehen. „Wie kommen Sie hierher?"
„Ist 'ne lange Geschichte", sagte Lucas P. mit gedehntem amerikanischen Akzent. „und nicht weiter relevant. Ich bin hier, um Sie zu warnen, mein Freund."
Ich rang mir ein müdes Lächeln ab. „Sie wollen mich warnen? Nachdem ich Ihnen so übel mitgespielt und Ihre Story nicht beendet habe?"
Er deutete im Spiegelbild der Vitrine eine vielsagende Handbewegung an. „Kümmern wir uns nicht weiter darum, Torn. Aber Sie sollten in diesen Tagen Ihre Augen und Ohren offen halten. Könnte zumindest nicht schaden."
„Habe ich denn etwas zu befürchten?", fragte ich. Ich kann mich nicht erinnern, ob ich die Worte wirklich laut sagte, oder ob sich diese ganze Unterhaltung nur in meinem Kopf abspielte. Das Beruhigende, wenn es denn überhaupt etwas Beruhigendes an dieser Szene gab, war, dass ich wuss-

te, dass sie nicht real war. Ich wusste, dass Fulton nicht existierte. Er war eine Romanfigur, noch dazu eine, die nicht einmal das Licht der Welt erblickt hatte. Ich konnte diese Sache jederzeit beenden, wenn ich wollte. Ich brauchte mich nur umzudrehen, um einen leeren Sessel vorzufinden.

Dennoch interessierte mich, was der Mann zu sagen hatte.

„Es sind hier ein paar Dinge im Gange“, antwortete Fulton und veränderte seine Sitzposition. Für einen Moment glaubte ich wirklich, das leise Knarzen der mit Kunstleder bezogenen Sitzfläche wahrzunehmen. „Mehr kann ich darüber nicht sagen. Noch nicht. Aber wenn ich an Ihrer Stelle wäre, würde ich mir den jungen Schwarz einmal genauer ansehen. Ist nur ein gut gemeinter Rat von mir.“

„Danke, Mister Fulton. Ich werde ihn beherzigen.“

Und damit drehte ich mich langsam um und starrte auf den Ledersessel. Natürlich war er leer, und auch die Spiegelung auf der Vitrine, hervorgerufen durch das einfallende Sonnenlicht, war verschwunden.

Das Telefon klingelte und riss mich aus meinen Gedanken. Ich drehte mich um und nahm den Hörer von der Wand.

„Heidrun Schwarz hier“, sagte die Stimme, „mein Sohn sagte mir eben, dass Sie angerufen hatten. Sie sind draußen in Holnis?“

Für eine Frau besaß sie eine tiefe Stimme. Zudem war sie ein wenig außer Atem, als wäre sie gerade gerannt.

„Ich bin nicht gut zu Fuß“, leitete ich ein. Diese Feststellung hatte gute Chancen, von einer fachkundigen Jury zur Untertreibung des Jahres gewählt zu werden. „Ich bräuchte für die nächsten Tage einige Lebensmittel.“

„Verstehe schon“, antwortete die Schwarz. „Herr Lausen hat mich auch schon deswegen informiert. Ich hätte Sie also sowieso angerufen.“

Klang nach einem hektischen Nachmittag im Hause der Schwarz’, dachte ich.

Ich gab ihr ein paar Dinge durch, von denen ich glaubte, mich besser zu fühlen, wenn ich sie im Haus hätte.
Heidrun Schwarz hörte geduldig zu und notierte. Ich hörte ihren Filzstift im Hintergrund über das Papier quietschen.
„Wann können Sie hier sein?“, fragte ich.
„Na, also anderthalb Stunden werden Sie mir schon geben müssen“, kam es zurück.
„Perfekt“, sagte ich und bedankte mich. Kurz bevor sie auflegte, hörte ich eine männliche Stimme, vermutlich die ihres Sohnes. Es klang so, als würde er sich über mich erkundigen wollen. Aber vielleicht hatte ich mir das auch nur eingebildet. Besten Dank, Fulton, alter Kumpel.
Erneut klingelte das Telefon an der Wand, und ich stöhnte innerlich auf. In der festen Annahme, es handele sich um Heidrun Schwarz, die noch eine Nachfrage hatte, riss ich den cremefarbenen Hörer von der Wand.
„Ja?“
„Spricht da etwa mein Lieblingspatient?“
„Doktor Degner“, entfuhr es mir. Ich hatte seine Stimme sofort erkannt. „Was verschafft mir das Vergnügen?“
Ein kurzes, hartes Lachen in der Leitung.
„Als ob Sie sich freuen würden, mich zu hören. Ich wollte nur einmal nachhaken, ob Sie Ihren Plan tatsächlich in die Tat umgesetzt haben. Und natürlich fragen, ob Sie gut angekommen sind.“
„Es ist alles bestens“, antwortete ich. „Ich bin seit etwa einer Stunde hier und habe es noch nicht bereut.“
„Sehr schön. Sie sind mit allem versorgt, nehme ich an?“
Ich erzählte ihm von meinem Telefonat mit Frau Schwarz.
„Ach, die gibt es immer noch?“, kam es zurück. „Nicht zu fassen.“
„Sie kennen die Frau?“, hakte ich nach.
„Aber natürlich. Vor ein paar Jahren haben Maybrit und ich dort unseren Sommerurlaub verbracht. Frau Schwarz hat uns jeden Morgen frische Brötchen an die Türklinke

gehängt. Sagen Sie, gibt es den Kachelofen im Wohnzimmer noch?"
„Ja", gab ich knapp zurück.
„Ach, das waren schöne Zeiten damals", schwelgte Degner in Erinnerungen. Aufgrund unserer zahlreichen langen Sitzungen und Gespräche wusste ich, dass sich diese Zeiten für ihn, zumindest vorübergehend, verschlechtert hatten. Das gerahmte Foto seiner Frau war von einer Woche auf die andere von seinem Schreibtisch verschwunden. Es war die Zeit, in der der Mann mit dem weißen Kittel dunkle Augenränder mit sich herumtrug und bisweilen unausgeschlafen wirkte. Auch musste er in dieser Zeit das Rauchen wieder angefangen haben, wie ich damals beiläufig feststellte.
„Sagen Sie, Torn, wie sieht es im Augenblick auf Ihrer Skala aus?"
Diese Frage war mittlerweile zischen uns so etwas wie ein Ritual geworden. Ich hatte eine Zahl zwischen eins und zehn zu benennen, wobei letztere den höchsten Grad des aktuellen Schmerzempfindens darstellte.
Es hatte viele Tage gegeben, an denen ich ihm die volle Punktzahl genannt hatte. Unangenehm viele Tage. Tage, an denen ich ihm am liebsten eine Zwölf in sein interessiert dreinblickendes Gesicht mit dem Grübchen unter dem kräftigen Kinn geschrien hätte. Und Degner hatte es gewusst, da war ich mir sicher. Er hatte mir stets gegenüber gesessen und während meiner Antwort scheinbar geschäftig in meine Krankenakte geblickt, die inzwischen einen dicken, braunen Papphefter füllte.
„Ich ziehe heute eine Vier", sagte ich. Und wieder sah ich ihn in Gedanken sitzen, wortlos nicken und eine kurze Notiz in die Akte kritzeln.
„Ich stelle Ihnen ein neues Rezept aus", sagte Degner entschlossen. „Ich werde es an die Apotheke in Glücksburg faxen, ist Ihnen das recht, Torn?"

„War mir nicht bisher alles recht, wenn es nur meinen Zustand verbessert hat?“, fragte ich zurück.
„Ah, nun mal nicht so pessimistisch“, hörte ich ihn sagen. „Sie haben einen langen Weg hinter sich. Ein steiniger Weg. Niemand weiß das besser als ich. Aber jetzt geht es nur noch bergauf. Das verspreche ich Ihnen.“
Für einen kurzen Moment dachte ich an die Treppe, die zum Krähennest hinaufführte. „Wenn Sie es sagen.“
„Am besten Sie setzen sich mit der Apotheke telefonisch in Verbindung, damit man Ihnen die Tabletten liefert. Haben Sie noch ausreichend Salbe?“
„Könnte nicht schaden, wenn Sie noch einen Fünflitereimer dazu schreiben“, gab ich mit einem Lächeln in den Mundwinkeln zurück.
„Verstehe“, antwortete Degner, der meine Antwort offenbar nicht einmal als Scherz aufgefasst hatte.
Plötzlich kam mir ein Gedanke. „Da Sie gerade Frau Schwarz erwähnt haben: haben Sie damals auch ihren Sohn kennengelernt?“
Ich hörte förmlich, wie Degner stutzte. „Lieber Himmel, ja. Den hatte ich beinahe völlig vergessen. Unscheinbares Kerlchen, ziemlich blass. Ging, glaube ich, damals noch in die Schule. Manchmal hatte sie ihn dabei, wenn sie Besorgungen machte. Er half ihr immer die Tüten tragen. Warum fragen Sie?“
„Ach, nichts weiter“, gab ich scheinbar gleichgültig zurück. „Ich hatte ihn nur vorhin am Telefon, und er schien mir etwas seltsam, das ist alles.“
„Ich glaube, der Bursche interessiert sich für die schwarze Szene. Sieht immer alles ziemlich gruselig aus, aber ich glaube, der Bengel ist harmlos. Haben Sie schon einen Plan, was Sie unternehmen werden, Torn?“
„Nicht den geringsten“, gab ich lächelnd zurück.
„Naja, Sie wollten ja die Ruhe genießen, und davon haben Sie da draußen reichlich. Wenn Sie besser zuwege sind,

sollten Sie sich mal rüber nach Glücksburg fahren lassen, um sich das Wasserschloss anzusehen. Maybrit und ich …“ Er brach ab, räusperte sich.
„Ich werde sicher darauf zurückkommen“, versprach ich.
„Nun gut. Dann wünsche ich Ihnen einen erholsamen Aufenthalt, mein Lieber. Und Sie wissen, dass ich das durchaus ehrlich meine, nach allem, was wir beide zusammen durchgemacht haben.“
„Das weiß ich zu schätzen“, antwortete ich. „Ich werde mir Mühe geben, Sie nicht zu enttäuschen.“
„Das wollte ich hören“, erwiderte Degner lachend. „Und falls etwas sein sollte: Meine Nummer haben Sie ja.“
Wir verabschiedeten uns, und ich hängte ein weiteres Mal den Hörer ein. Ich spürte ein leichtes Ziehen in meinen Unterbeinen, hervorgerufen von dem vielen Stehen.
Ich schlurfte langsam zu dem Sessel hinüber (meine Krücken hatte ich am Tresen stehenlassen) und ließ mich hineinfallen. Vorsichtig und umständlich drehte ich ihn herum, so dass ich auf das Wasser blicken konnte.
Die Luft war klar und man konnte bis hinüber nach Dänemark blicken, wo in der Ferne die beiden Türme der Kirche von Broager zu sehen waren. Um diese Kirche und die Entstehung ihrer Doppeltürme rankte sich eine uralte Sage, wie ich irgendwo gelesen hatte.
Der Ritter des Schlosses, der den Bau der Kirche beaufsichtigte, ließ seine schwangere Frau zurück, um in den Krieg zu ziehen. Sofern sie einen Sohn gebar, solle sie einen spitzen Turm errichten lassen. Wurde es ein Mädchen, sollte an dieser Stelle ein stumpfer Turm entstehen. Als der Ritter nun eines Tages wieder nach Broager zurückkehrte, sah er aus der Ferne bereits zwei spitze Türme leuchten.
Ich blickte so lange über das glänzende Wasser zu den beiden Türmen hinüber, bis ihre Konturen langsam verschwammen und mir die Augen zufielen.

Als ich sie wieder öffnete und aus meinem Schlaf hochschreckte, blickte ich in das bleiche Gesicht eines Mannes, der mich höhnisch angrinste.

- 4 -

„Ziemlich leichtsinnig von Ihnen, die Tür offen zu lassen."
Ich blinzelte, versuchte, ein klares Bild zu bekommen.
Der junge Mann mit den langen schwarzen Haaren stand direkt vor mir. Er hielt meine Krücken in der Hand und hielt sie mir vor die Nase.
„Ich dachte, die gehören Ihnen."
Ich erkannte, wie er mich ansah. Etwas glänzte in seinen Augen. Ein Anflug von Ironie, vielleicht sogar Schadenfreude, überlegte ich.
Hinter ihm war ein Geräusch. Jemand kam die Treppen hinauf. Ich sah zwei große, braune Papiertüten, bevor sie von der leicht untersetzt wirkenden Frau auf den Boden gestellt wurden. Die Farbe ihres Haars war annähernd die gleiche wie die ihres Sohnes, nur dass ihres lediglich schulterlang trug.
Sie kam aufgeregt näher und wischte sich im Gehen die Hände an ihren Hosenbeinen ab.
„Sie müssen Herr Torn sein. Ich bin Heidrun Schwarz, wir hatten heute telefoniert." Sie drängte ihren Sohn beiseite, der mich noch immer herausfordernd ansah. Lauernd und abschätzend wie eine Hyäne, dachte ich. Ich entschied mich dafür, den Burschen nicht zu mögen. Nun ja, zumindest nahm ich mir fest vor, auf der Hut zu sein, ganz so wie es mir mein imaginärer amerikanischer Freund geraten hatte.
„Ich habe Ihnen die Einkäufe hierher gestellt", erklärte Heidrun Schwarz und deutete auf die beiden prall gefüllten Tragetaschen. „Soll ich es Ihnen noch auspacken?"
Ein Teil von mir hätte dieses Angebot nur zu gerne angenommen, doch der andere Teil, der dominantere, wollte die beiden merkwürdigen Gestalten so schnell wie möglich wieder aus dem Haus haben. Aus meinem Haus.
„Nicht nötig", beeilte ich mich, zu versichern. „Das schaffe ich schon allein."

Heidrun Schwarz warf einen skeptischen Blick auf meine Krücken, die ihr Sohn in diesem Moment gegen den Sessel lehnte. „Ganz wie Sie meinen. Wenn es Ihnen nichts ausmacht, würde ich dann gleich abkassieren.“

„Natürlich nicht“, gab ich zurück, sammelte mich für einen Moment und stemmte mich dann aus dem Sessel hoch. Wie um es dem Milchgesicht zu beweisen, nahm ich nur eine Krücke mit und bewegte mich damit zur Garderobe hinüber, an der meine Jacke hing. Ich fingerte meine Brieftasche heraus und kehrte damit zu Mutter und Sohn zurück.

„Was haben Sie ausgegeben?“, fragte ich Heidrun Schwarz und kam das erste Mal dazu, die Frau etwas ausgiebiger zu mustern. Sie trug blaue Jeans und eine einfache Windjacke. Ihre Füße steckten in braunen, mit Kunstfell gefütterten Halbstiefeln. Insgesamt machte sie einen stämmigen Eindruck. Ihr Gesicht verriet noch Spuren der Bräune, die sie sich offenbar vor einiger Zeit im Solarium geholt hatte. Das Braun war jedoch dabei, einem ungesund wirkenden Gelbton zu weichen, was ihr einen leicht kränklichen Ausdruck verlieh.

Ihre Augen wirkten wachsam und waren von zahlreichen Krähenfüßchen umgeben.

Aufmerksam war auch ihr Sohn Gunnar. Mir entging durchaus nicht sein Blick, mit dem er verfolgte, wie ich das Geld für die Einkäufe abzählte.

Heidrun Schwarz hatte mir inzwischen den Betrag genannt und legte mir den Kassenbon auf den Tresen.

Ich nahm drei Fünfziger aus meiner Brieftasche und drückte sie ihr in die Hand. „Der Rest ist für Sie.“

„Vielen Dank“, gab sie, ein wenig erstaunt und positiv überrascht, zurück. „Falls Sie noch etwas benötigen sollten, rufen Sie mich einfach an. Meine Nummer haben Sie ja.“

Ich nickte ihr freundlich zu und versicherte, dass ich mich aller Wahrscheinlichkeit nach schon in ein oder zwei Ta-

gen wieder bei ihr melden würde, wenn der Kaffee ausgegangen sei.
Aus den Augenwinkeln heraus beobachtete ich ihren schlaksig wirkenden Sohn, der genau verfolgte, wie ich meine Brieftasche auf den Tresen legte.
„Bleiben Sie für länger?“, fragte er, als er meinen Blick bemerkt hatte.
„Ich weiß noch nicht genau“, antwortete ich wahrheitsgemäß. „Ziemlich sicher aber erst einmal für zwei Monate. Vielleicht auch länger.“
Dann werden wir uns ja künftig häufiger sehen, sagte sein Blick. Laut fragte er: „Wovon leben Sie?“
„Gunnar, jetzt lass' doch“, flüsterte seine Mutter in seinem Rücken.
Der junge Mann, ich schätzte ihn auf Anfang Zwanzig, lächelte entschuldigend. „Was denn? Die Frage wird doch noch erlaubt sein. Oder bin ich Ihnen damit zu nahe getreten, Herr Torn?“
Erwartungsvoll und wieder mit einem ironischen Glitzern in den Augen sah er mich direkt an.
Nein, ich mochte ihn nicht. Die gezwungen gedrechselte Ausdrucksweise passte nicht zu ihm. Sein Aufzug, die Art, wie er sich gab und wie er redete, ließen mich mehr und mehr zu der Überzeugung gelangen, dass der Junge eine Rolle spielte. Vielleicht war das normal für sein Alter, dachte ich. Was wusste ich schließlich mit meinen nahezu fünfzig Lenzen von den jungen Leuten von heute?
Ich dachte kurz an Melina. Sie hätte mir sicher einiges darüber verraten können, aber der Kontakt zu ihr hatte sich gewissermaßen ausgedünnt. Meine Auseinandersetzungen mit ihrer Mutter hatten sicherlich ihren Teil dazu beigetragen.
„Ich schreibe“, antwortete ich, um mich selbst aus dieser Gedankenkette herauszureißen.
„Ah“, machte Gunnar. „Für Zeitungen nehme ich an? Sie sind Journalist?“

„Nein“, gab ich lakonisch zurück. „Ich schreibe Romane. Novellen, Erzählungen. Echte Bücher.“
Ein Grinsen unternahm einen kurzen Ausflug über sein weißes Gesicht. Mein Gott, ich glaube tatsächlich, dass der Junge Schminke oder weißes Puder benutzte, um diesen Teint zu erhalten.
„Müsste ich etwas von Ihnen kennen?“, fragte er. Dabei sah er sich demonstrativ um, als erwarte er in meiner Nähe ein randvoll mit meinen Werken vollgestopftes Regal.
„Kann schon sein“, erwiderte ich. „*Die Gunst des Mörders* war vor zwei Jahren kurz auf der Spiegel-Bestsellerliste.“
Gunnar Schwarz legte Daumen und Zeigefinger an sein Kinn. „Ah, ja. Der Stoff wurde sogar verfilmt, habe ich recht?“
Ich gebe zu, dass er mich mit dieser Frage überraschte.
„Ja“, sagte ich leise und verspürte das Bedürfnis, wieder in meinen Sessel zu sinken. Doch diese Blöße wollte ich mir vor den beiden, vor allem vor dem jungen Schwarz, nicht geben.
„Waren Sie mit dem Film-Ergebnis zufrieden?“, hakte er nach. Er schien diese Situation, warum auch immer, voll auszukosten, während es seine Mutter sichtlich weiter drängte. Sie trat von einem Fuß auf den anderen und blickte nach draußen, wo sich nach und nach die Dunkelheit auf den Strand zu senken begann.
„Ich hätte einen anderen Hauptdarsteller genommen“, antwortete ich und fügte *genau wie für mein bisheriges Leben* in Gedanken dazu.
Gunnar Schwarz nickte mehrfach und tat, als müsse er erst reiflich über meine Worte nachdenken.
Dann deutete er tatsächlich eine Verbeugung an, bevor er sich verabschiedete und sich umwandte.
„Denken Sie an die Tür“, sagte er im Gehen und zwinkerte mir listig zu. So wie vielleicht der Wolf gezwinkert haben

mochte, als er das erste Mal das Haus der sieben Geißlein inspizierte.
Ich folgte den beiden bis zur Glastür. Dieses Mal nahm ich beide Krücken zur Hilfe. Ich verschloss die Tür, als sie auf die Treppe hinausgetreten waren und blickte ihnen hinterher.
Am Fuß der Treppe, bereits einige Schritte auf dem harten Sand, drehte sich der Bursche noch einmal zu mir um und winkte.
Ich hob die Hand und sah zu, wie Mutter und Sohn sich gegen den Wind stemmten und nach rechts abdrifteten, wo vermutlich ihr Wagen nahe der Uferpromenade geparkt war.
Sie gerieten aus meinem Gesichtsfeld und blieben vorerst verschwunden.
Mein Blick wanderte zurück zu den beiden Einkaufstaschen. Jetzt bereute ich es, das Angebot der Frau nicht angenommen zu haben. Ich fühlte mich ausgelaugt und erschöpft.
Meine Beine schrien nach ihrer Salbe. Das Feuer hatte einen Großteil der Talgdrüsen zerstört, was zur Folge hatte, dass meine Haut an diesen Stellen leicht austrocknete und rau wie feines Schmirgelpapier wurde.
Das war nur eins der kleinen Dinge, die mich täglich an den Unfall vor über einem Jahr erinnerten. Ein anderes war die Bildung von Knochengewebe in der Nähe meiner Fußgelenke, die zu Schwellungen führte und mir an manchen Tagen das Gehen zur Hölle machte. Doktor Degner hatte schnell eine passende medizinische Begrifflichkeit dafür gefunden. In unseren kleinen Plaudereien in seiner Praxis in Hamburg Eppendorf sprach er gerne von einer heterotrophen Ossifikation. Warum ich mir ausgerechnet diesen Begriff gemerkt habe, weiß ich nicht. Vielleicht aus dem Grund, weil ich ein Feindbild für meine Schmerzen benötigte.

Seit einigen Monaten verwendete ich nun also eine Fettsalbe, die in einer monströsen blauen Tube abgefüllt war. Sie war nahezu durchsichtig und klebte mit einem ekelhaften Gefühl an meinen Füßen, Knöcheln und Unterschenkeln.
Ich beschloss, dass die Einkaufstüten würden warten müssen, selbst wenn Heidrun Schwarz etwas aus der Tiefkühlabteilung besorgt hatte (was mit hoher Wahrscheinlichkeit der Fall war, denn ich hatte ungefähr ein halbes Dutzend Pizzen bestellt).
Humpelnd gelangte ich zu meiner Reisetasche, in der sich neben meinem Kulturbeutel auch mein Notfallset befand. Eine schwarze Ledertasche, die doppelt so groß war wie die, in der ich mein Rasierzeug und den übrigen Krempel aufbewahrte.
Ich öffnete die Reißverschlüsse und fingerte die blaue Tube heraus, die noch bis zur Hälfte mit Fett gefüllt war. Damit ließ ich mich in den Sessel fallen und verbrachte die nächste halbe Stunde damit, meine Hose aufzukrempeln und meine Beine mit der schmierigen Substanz einzucremen.
Als ich damit fertig war (und meine Finger mangels eines Taschentuchs in meinem Hosenbein abgewischt hatte) und aufblickte, war es bereits dunkel geworden.
Auf der anderen Seite der Flensburger Förde sah ich einige Lichter funkeln, die ich dem dänischen Sonderborg zuordnete.
Aber da war noch etwas. Etwas, das ich anfangs für eine Einbildung hielt, ähnlich vielleicht der Spiegelung in der Vitrine. Es gab noch ein Licht, und es geisterte über den Strand. Zuerst dachte ich an den Leuchtturm. Er war ebenfalls zum Leben erwacht, jedoch auf der genau entgegengesetzten Seite.
Ich reckte meinen Hals, versuchte, meinen Oberkörper länger zu machen als er war, um dem Geheimnis des Lichts auf den Grund zu gehen. Aber als ich mich endlich aufge-

rafft hatte, war es verschwunden. Genauso unauffällig, wie es sich in meine Aufmerksamkeit geschlichen hatte.
Plötzlich packte es mich. Ich wankte wie auf glänzenden Stelzen auf die beiden Einkaufstaschen zu, hakte den Griff einer Krücke durch die erste Tüte und zog sie hinter mir her.
Ich öffnete den Kühlschrank, stopfte beide Taschen nacheinander hinein und drückte die Tür hinter ihnen zu. Ich wartete, bis die Gummierung der Tür sich mit einem leisen, zischenden Geräusch festgesaugt hatte.
Etwa eine halbe Stunde später lag ich im Bett, das ich zuvor umständlich mit der Wäsche aus der Kommode in meinem Zimmer bezogen hatte.
Irgendwo unter mir spülte die nächtliche Ostsee sanfte Wellen an den Strand. Ich lauschte ihrem Murmeln und bildete mir sogar ein, den trockenen Sand, auf den sie trafen, knistern zu hören.

- 5 -

DER NÄCHSTE TAG brachte mir einige Begegnungen, von denen wenigstens zwei unvorhersehbar waren. Was ich allerdings mit Bestimmtheit sagen kann, ist, dass jede für sich mein weiteres Leben nachhaltig beeinflussen sollte.
Ich hatte eine ruhige Nacht verbracht. Fern schienen mir jene Zeiten zu sein, in denen ich zu Hause im Bett gelegen hatte, um gegen die Decke zu starren und im Angesicht des allgegenwärtigen Schmerzes auf den Anbruch des nächsten Tages zu warten.
Ich war durch ein Geräusch geweckt worden, das ich nicht zuordnen konnte. Mühsam schälte ich mich von der bequemen Matratze herunter, zunächst das rechte Bein, dann das linke, bis ich den Eindruck hatte, dass sie mir gehorchen würden.
Ich bewegte mich durch den Hausflur, der mit weißer Raufaser tapeziert war. An den Wänden hingen Nachdrucke einiger Werke von Erich Heckel, der wenige Kilometer weiter, in dem kleinen Dorf Osterholz, einen Zufluchtsort an der Ostsee gefunden hatte. Diesen hatte er in der Zeit zwischen den beiden Kriegen immer wieder in den Sommermonaten aufgesucht. Mein Blick streifte über die Bilder, die Badende am Strand darstellten.
Ich tauchte ein in mein Wohnzimmer. Außen an der Glastür baumelte eine dünne, durchsichtige Plastiktüte, die der Wind leicht von links nach rechts schwang. Gelegentlich schlug sie gegen die Scheibe und erzeugte jenen klopfenden Laut, den ich im Unterbewusstsein wahrgenommen hatte.
Ich öffnete die Tür, blickte in den Beutel und fand eine Tüte frischer Brötchen und eine zusammengerollte Ausgabe des Flensburger Tageblatts.
Ich konnte mich nicht erinnern, Frau Schwarz diesen Auftrag erteilt zu haben. Ich hielt es aber für möglich, dass die Frau eigenmächtig gehandelt hatte. Oder aber, noch eine

Spur perfider, dass Doktor Degner sie nach unserem gestrigen Gespräch kontaktiert hatte. Degner, dem offenbar nahezu jedes Mittel recht war, dass ich wieder zurück in den Alltag, zurück ins Leben fand.

Fast, ja beinahe könnte man sagen, dass mich inzwischen so etwas wie Freundschaft mit meinem Arzt verband. Wir hatten zusammen einen weiten Weg zurückgelegt. Einer, der weiß Gott nicht immer geradlinig verlaufen war. Für uns beide nicht.

Ich schloss die Glastür und schlurfte mit der Tüte zu dem Tisch hinüber. Aus den braunen Taschen im Kühlschrank klaubte ich ein steinhartes Päckchen Butter, fand einen Teller und ein Messer.

In einer Blechbüchse im Küchenschrank stieß ich auf Spuren der Zivilisation, und nur wenige Minuten später zog ein verlockender Duft nach Kaffee durch mein Reich über dem Meer. Ich machte mir ein Spiel daraus, den Tisch mit meiner vollen Kaffeetasse zu erreichen, ohne etwas von dem schwarzen Gebräu zu verschütten.

Es klappte. Beinahe.

Beim Hinsetzten schlug ich mit dem rechten Knie gegen das Tischbein. Kaffee schwappte auf den Unterteller, den ich kurzerhand anhob, um die Pfütze zurück in die Tasse laufen zu lassen.

Während des Frühstücks schlug ich die Zeitung auf, nicht weil ich hungrig nach Informationen war, sondern einfach aus dem Grund, weil sie vor mir auf dem Tisch lag.

Vieles davon überflog ich mit mäßigem Interesse. Ich hatte noch immer das Gefühl, dass mich die Welt da draußen vergessen hatte. Ich war nicht mehr Teil davon, war in die Geschehnisse nicht mehr involviert, seitdem meine eigene Welt nur noch aus Wundsalben und Kompressionen zu bestehen schien. In Wirklichkeit hatten sich meine Prioritäten verlagert. Was letztlich allerdings bei mir hängen blieb, war der Artikel über einen fünfunddreißig Jahre alten

Mann, der aus der Justizvollzugsanstalt in Flensburg geflohen war, wo er erst seit wenigen Tagen in Untersuchungshaft gesessen hatte.
Sein Name war Olaf Stössner, sein derzeitiger Aufenthaltsort war nicht bekannt. Er hatte die Flucht nach einem Krankenhausaufenthalt zu Fuß angetreten.
Ich blickte einige Sekunden lang auf das Schwarzweißfoto, das einen Mann mit weichen Gesichtszügen zeigte. Das Haar hing ihm wirr in die Stirn, sein Blick wirkte teilnahmslos, fast wie tot.
Ich faltete die Zeitung zusammen und legte sie beiseite.
Mein Rest Kaffee war kalt geworden. Dennoch stürzte ich ihn hinunter und verschlang den letzten Bissen meines Butterbrötchens.
Ich fühlte mich gut. Das erste Mal seit langem.
Es zog mich nach draußen. Plötzlich verspürte ich den Drang, meine Nase in den frischen Wind zu halten, der um die Ecken des Krähennests säuselte. Ich wollte mich hinunter auf den Strand begeben, um ein paar Schritte zu tun, vielleicht bis an das leicht schäumende Wasser heran, das an den größeren, halb im Sand verborgenen Steinen gluckste.
Wenig später trat ich über die Schwelle des Hauses auf die Treppe hinaus. Dort tat ich einen tiefen Atemzug.
Ich ließ die Tür unverschlossen, da ich nicht beabsichtigte, mich allzu weit vom Haus zu entfernen.
Mit beiden Krücken hangelte ich mich die Treppe hinunter, was kein leichtes Unterfangen war. Aber ich hatte die Situation fest im Griff. Mit jeder Stufe hatte ich das Gefühl, einen Teil meines alten Lebens hinter mir zu lassen.
Ich wusste, dass dieser Gedanke Unsinn war, dennoch gefiel mir diese Vorstellung.
Ich erreichte den Strand, reckte meinen Oberkörper und blieb für eine ganze Weile in dieser Haltung stehen. Der Wind zerrte an meiner Jacke.

Über den Himmel trieben grauweiße Wolken, die sich über Dänemark verdichteten. Hin und wieder stießen Sonnenstrahlen hindurch und trafen auf die Wasseroberfläche.
Es war die Zeit, in der man relativ sicher wusste, dass der Winter vorbei war und niemand mehr ernsthaft mit Schnee rechnete. Selbst hier unten roch es nach Frühling.
Ich tat ein paar Schritte und zeichnete mit meinen Krücken Spuren in den Sand. Tatsächlich schaffte ich es bis zur Wasserlinie, ohne auch nur ein einziges Mal zu pausieren.
Ich machte Fortschritte und das gleich an meinem zweiten Tag.
Die sanften Wellen spülten den Sand von den Gummipfropfen, die über die Füße meiner Krücken gestülpt waren. Das Wasser war klar, und ich konnte auf den Grund sehen. In etwa zehn Metern Entfernung befand sich die erste Sandbank, die sich wie ein riesiges Tier über den Grund schlängelte. Dahinter begann das Wasser dunkler zu werden. Weiter nordwestlich befand sich die Spitze von Holnis, die die Innenförde von der Außenförde trennte und zugleich für die Schifffahrt den Eingang nach Flensburg darstellte.
Ich hatte gelernt, dass Holnis ursprünglich eine richtige Insel gewesen war, die man in früheren Zeiten nur über einem Damm erreichen konnte. Erst im Jahre 1929 fanden sogenannte Eindeichungen statt, die aus Holnis das machten, was es heute war.
Im angrenzenden Schausende betrieb man noch heute ein Schöpfwerk, das dafür sorgte, die unter dem Meeresspiegel gelegenen Landflächen zu entwässern.
Ich kehrte der Ostsee den Rücken zu und warf einen Blick über den Strand und einen Teil der dahintergelegenen Steilküste, die für diesen Abschnitt der Ostsee so eindrucksvoll und prägend war.
Rechts vom Krähennest, das gewissermaßen den Abschluss der schroffen Küstenlandschaft bildete, verlief die

Strandpromenade, auf der sich in diesem Augenblick ein weißer Kleinwagen näherte.
Aus der Ferne erkannte ich bereits das rote Kreuz auf der Fahrertür.
Der Wagen hielt, und nach einer Weile stieg jemand aus. Eine Frau, soweit ich erkennen konnte.
Sie blickte sich um, suchte offenbar den Zugang zum Strand hinunter. Wenig später sah ich sie, wie sie durch ein Schlupfloch in der Hagebuttenhecke trat. Sie marschierte geradewegs auf den Strand und hielt dabei mit einer Hand die Kapuze ihrer Jacke fest.
Auf diese Weise kam sie näher, blieb stehen, scheinbar unschlüssig.
Auch ich hatte mich wieder in Bewegung gesetzt. Mir war klar, welches Ziel die Frau mit der unscheinbaren Tüte in der Hand hatte. Und sie würde zweifellos längst wissen, um wen es sich bei mir handelte.
Sie kam mir entgegen, bis zu einem Punkt, an dem sie offenbar entschieden hatte, auf mich zu warten.
Ich ließ mir Zeit, wollte mich nicht mehr hetzen lassen.
„Sind Sie zufällig Herr Torn?“, begrüßte sie mich. Unter ihrer Kapuze sah ich ihre weißen Zähne aufblitzen. Sie lächelte.
„Ich glaube, mit Zufall hat das nichts zu tun“, antwortete ich und nickte dabei.
Ihr Lächeln bröckelte ein wenig, wurde unsicher. Sie strich sich eine Haarsträhne aus dem Gesicht, die sich unter ihrer widerspenstigen Kopfbedeckung gelöst hatte.
„Mein Name ist Hanne Brückner“, rief sie gegen den Wind, der uns beide nun voll erfasst hatte. „Ich komme von …“
Sie nannte den Namen der Apotheke. Ich hatte bereits abgewinkt.
„Dachte ich mir schon“, antwortete ich und deutete auf die Tüte in ihrer Hand. „Lassen Sie mich raten: Das ist Doktor Degners Werk, habe ich recht?“

„Er hat uns das Rezept rüber geschickt und bat darum, Ihnen die Sachen hier raus zu liefern."
Ich grinste. Wieder einmal hatte der alte Fuchs in mein Leben eingegriffen. Es war, als wolle er nach wie vor die Kontrolle über mich behalten, rein aus medizinischer Sicht natürlich.
„Dann habe ich wohl keine Wahl, was?", rief ich zurück, obwohl sie nur einen Meter von mir entfernt war.
Sie schüttelte den Kopf, lächelte erneut und reichte mir die knisternde Tüte herüber. Ich musste nicht hineinsehen, um zu wissen, was sie enthielt.
„Sind Sie schon lange hier?", fragte Hanne Brückner, die ihre leicht geröteten Hände jetzt in die Taschen ihrer weiten Jacke steckte.
„Gestern angekommen", antwortete ich und deutete dabei auf das Krähennest, auf das in diesem Moment ein Sonnenstrahl traf und die gläserne Fassade zu einer gleißenden Spiegelfläche machte.
„Ist Ihnen das nicht zu einsam und abgelegen?", fragte sie und ließ ihren Blick demonstrativ über den leeren Strand schweifen.
„Für einen wie mich genau das Richtige", erwiderte ich.
Sie sah mich nur an. Musterte mich aus dem Schutz ihrer Kapuzenjacke heraus. Für einen Moment schien es, als suche sie nach Worten, um die plötzlich eingetretene Stille zwischen uns zu beenden.
„Ich bin hier, um zur Ruhe zu kommen", erklärte ich und deutete dabei auf meine Beine. Anhand der verschriebenen Medikamente konnte sie sich eh denken, was mit mir passiert sein musste, dachte ich.
„Dann wünsche ich Ihnen gute Erholung", sagte sie und schien froh, sich abwenden zu können.
Ich nickte ihr zu. „Danke, Frau …?"
„Brückner", wiederholte sie hastig, wandte sich zum Gehen, drehte sich noch einmal um und fügte hinzu: „Hanne."

Sie winkte mir zum Abschied und stapfte durch den Sand in Richtung ihres Wagens.
Für eine Weile sah ich ihr nach, gerade so lange, bevor mein Blick zu einem Starren werden konnte.
Meine Beine erinnerten mich daran, dass ich heute Morgen vergessen hatte, mein Schmerzmittel einzunehmen.
Ich spürte, wie sich meine Lippen zu einem Lächeln verzogen, als mich der Gedanke streifte, dass ich die verdammten Tabletten bis zu diesem Zeitpunkt nicht einmal vermisst hatte.
Es war das erste Mal, dass ich nicht an sie gedacht hatte. Und das war ein verdammt gutes Zeichen, auch wenn sich nun die Schmerzen mit ihrem abwechselnden Ziehen und Pochen zurück meldeten. Es war mir gelungen, sie zumindest für einige Zeit zurückzuschlagen.
Ich humpelte zurück zum Krähennest, verließ mich dabei einen Deut mehr auf meine Gehhilfen als bei meinem Hinweg, meisterte die Treppe und befand mich nur wenige Minuten später wieder in meinem Haus.
Nur zwei Sekunden nach dem Eintreten hörte ich einen leisen Klingelton, gedämpft durch das Futter meines Mantels, der noch immer an der Garderobe hing.
Mein Handy. Ich hatte es bisher überhaupt nicht vermisst.
Der Signalton (es handelte sich um das charakteristische Rrrrtsch-Kling einer manuellen Schreibmaschine) verriet mir, dass es sich um eine Nachricht handelte.
Für einen Moment widerstrebte es mir, nachzusehen. Sicher handelte es sich um etwas Belangloses, im schlimmsten Fall aber um etwas, das versuchte, mich in mein altes Leben zurückzuziehen.
Ich humpelte zur Garderobe und fasste in die linke Innentasche meines Mantels. Ich zog das Handy heraus, wischte über den Bildschirm und öffnete meine Nachrichten.
Eine Textzeile fiel mir dabei ins Auge. Sie bestand nur aus drei Wörtern, einer Frage: *Wo bist Du?*

- 6 -

ICH STARRTE AUF die Worte und auf das kleine Foto in der oberen linken Ecke der Nachricht.
Mein Herz begann schneller zu schlagen. Die Freude, die ich empfand, überlagerte für einen Augenblick die weiter anschwellenden Schmerzen in meinen Beinen, die bis in die Hüften hinaufzuziehen begannen.
Melina.
Ich versuchte, zu antworten und war dabei so aufgeregt, dass ich beinahe das Handy fallengelassen hätte.
Ich wischte wie von Sinnen über das Display und verspürte mit einem Mal schreckliche Angst, dass ich die Nachricht gelöscht haben könnte oder dass ich sie mir am Ende nur eingebildet hatte. Aber sie war noch da.
Ich blickte in das Gesicht meiner Tochter, eingerahmt von ihren langen, dunklen Haaren. Das Foto war, wenn ich mich recht erinnerte, auf einer Silvesterparty entstanden, die sie vor zwei Jahren mit einigen Freunden gefeiert hatte. Auf diesem Foto lachte mir Melina entgegen. Ich konnte es kaum erwarten, ihr zu antworten. Ich tat es gleich. Meine Finger huschten über die winzige Tastatur. Ich gab Melina meinen jetzigen Aufenthaltsort durch, verbunden mit dem Wunsch, dass sie mich hier draußen besuchen möge. Möglichst bald.
Und sie hielt ihr Versprechen.
Am Nachmittag desselben Tages feierten wir unser Wiedersehen. Ich sah sie bereits die Treppe heraufkommen, in einem langen, roten Stoffmantel, eine selbst gestrickte Mütze auf dem Kopf.
Sie sah mich schon durch die Scheibe und winkte mir zu. In ihren Händen hielt sie ein mit durchsichtiger Folie umwickeltes Tablett mit Blechkuchen.
„Tür ist offen“, formten meine Lippen lautlos.
Und da war sie.

„Hallo Paps“, sagte sie mit ihrer sanften Stimme, in der eine Spur von Schüchternheit mitklang.
„Jetzt stell’ das erstmal weg“, sagte ich und deutete auf den Kuchen. Ich kam ihr entgegen, nahm ihr ungeduldig das Tablett weg und stellte es auf den Tresen hinter mir.
Dann drehte ich mich zu ihr um, und ehe ich noch etwas sagen konnte, hatte sie sich in meinen Arm geschmiegt, genau wie früher.
Sie drückte mich fest, und für eine Weile standen wir einfach da wie zwei Verliebte.
Ich löste die Umarmung und hielt sie an ihren Schultern ein Stück weit von mir weg.
„Gut siehst du aus“, stellte ich fest. „Das Leben an der Uni scheint dir zu bekommen?“
„Na ja“, sagte sie lachend, „so toll ist es nun auch wieder nicht. Aber ich komme zurecht.“
„Jetzt mal im Ernst“, sagte ich, vermutlich noch immer bis über beide Ohren grinsend, „wie geht es dir? Alles in Ordnung bei dir?“
„Na klar“, gab sie zurück. „Ich teile mir mit einer Kommilitonin eine Wohnung in Flensburg. Sie hat mir auch zu dem Job in der Eisdiele verholfen.“
„Klingt gut“, sagte ich.
„Ist es auch. Du weißt ja, dass ich so früh wie möglich mein eigenes Ding machen wollte.“
Ich nickte. Unabhängigkeit war Melina schon immer wichtig gewesen. Es steckte in ihren Genen, die vielleicht sogar ursprünglich meine waren. Sie war schon als Kind früh selbständig, blieb dabei aber immer auf dem Boden der Tatsachen. Ich hätte mir im Grunde keine bessere Tochter wünschen können. Und jetzt, wo wir uns gegenüberstanden, spürte ich, wie sehr ich sie tatsächlich in den vergangenen Monaten vermisst hatte.
Ich blickte in ihr Gesicht. Es war ernst geworden.

„Es tut mir leid, dass ich es nicht geschafft habe, dich in der Klinik zu besuchen", presste sie hervor.
„Ist schon in Ordnung." Auch ich spürte, wie meine Mundwinkel nach und nach herabsackten.
„Nein, das ist es nicht", antwortete sie und legte diesen leichten Protest in ihre Stimme, mit dem sie mir und ihrer Mutter manches Mal auf die Nerven gefallen war. „Es … hat sich schrecklich angefühlt. Aber es war auch für mich keine schöne Zeit mit all den Umbrüchen. Und Mama …"
„Ja?", hakte ich nach, als sie nicht weiter sprach.
Sie schüttelte den Kopf. „Sie wollte nicht, dass ich dich besuche. Sie ist immer noch nicht gut auf dich zu sprechen."
„Ja, ich weiß. Ich habe sie sitzenlassen, ich wollte zuerst nicht für sie und für dich zahlen, und dann wollte ich mich auch noch mit diesem Unfall aus dem Leben schleichen. Hat nicht funktioniert."
Einen Moment herrschte Stille, dann brachen wir gemeinsam in ein leises Lachen aus. Ich machte eine wegwerfende Handbewegung. „Komm, lass' uns diesen Mist vergessen. Schwamm drüber, ok?"
„Ok", sagte sie mit Nachdruck. Sie blickte sich um, trat an den Tresen heran und lehnte sich mit dem Rücken dagegen. „Das Haus ist ja der Wahnsinn! Und der Ausblick erst. Seit gestern bist du hier?"
Ich nickte.
Sie öffnete die Knöpfe ihres Mantels, zog ihn aus und legte ihn über die Sessellehne. „So eine Behausung könnte ich mir für die Zeit des Studiums auch vorstellen. Coole Location für Partys."
„Keine schlechte Idee", räumte ich ein. „Warum bringst du deine Freunde nicht mal mit?"
Melina grinste, raffte ihre Mähne nach hinten und ließ sie mit geschickten Bewegungen durch ein Haargummi glei-

ten. „Schöner Versuch, Paps. Aber da ist nichts in Sicht, worum du dir Gedanken machen müsstest.“
„Du meinst wohl, niemanden? Keine Verehrer? Eine so hübsche, junge Frau?“
„Verehrer schon. Was für ein altmodischer Ausdruck übrigens. Aber es ist nichts Ernstes darunter. Also nicht der Rede wert. Wo sind denn hier die Teller? Und der Kaffee?“
Wir verbrachten mehr als eine Stunde damit, über alte Zeiten und dieses und jenes zu sprechen, während wir Erdbeerkuchen aßen und Kaffee tranken, mit dem ich zwei meiner Schmerztabletten einwarf. Die aus der frischen Packung von heute Morgen.
Melina sah auf ihre Armbanduhr. Ich stellte mit einem leisen Lächeln fest, dass es immer noch die war, die ich ihr an Weihnachten vor zwei Jahren geschenkt hatte.
„Mh, jetzt muss ich aber los, sonst komme ich zu spät“, sagte sie und stürzte den letzten Schluck Kaffee herunter.
„Zu deinem Date?“, hakte ich nach und zwinkerte ihr zu.
„Klar“, sagte sie, während sie aufstand. „Und zwar mit Swantje und Alisha. Das Thema sind die Drakonischen Reformen.“
„Ach du Schande“, entfuhr es mir. „Die werden vermutlich noch genauso langweilig sein, auch wenn du etwas später ankommst. Apropos: Bist du mit dem Wagen da?“
Sie sah mich an, als hätte ich einen besonders schlechten Scherz gemacht.
„Fahrrad, Paps. Das reicht in Flensburg vollkommen aus, wenn man da studiert und arbeitet.“
„Dann bist du die ganze Strecke hier raus mit dem Rad gefahren?“
Wieder dieser Blick. Dieses Mal um eine Nuance belustigter. „Es sind gerade mal achtzehn Kilometer oder so. Das schafft man locker, wenn man neunzehn ist, weißt du?“
Und wenn man zwei gesunde Beine hat, fügte ich in Gedanken hinzu. Dieser böse Gifthappen hätte mich vor ein

paar Wochen noch psychisch vollkommen heruntergezogen. Jetzt streifte er mich nur noch flüchtig und wurde sofort von einer steifen Brise weitergetragen, so dass ich ihn schnell vergaß.

„Wann sehe ich dich wieder?“, fragte ich, als ich ihr in ihren Mantel half.

Sie drehte sich um, zuckte mit den Schultern. „Mal sehen. Vielleicht schaffe ich es morgen. Ich ruf’ dich vorher an, ok?“

„Aller Wahrscheinlichkeit nach werde ich hier sein“, sagte ich lächelnd.

Sie hauchte mir einen schnellen Kuss auf die Wange und wandte sich zur Tür.

Ähnlich wie Gunnar Schwarz drehte auch sie sich noch einmal bei der Treppe um und winkte mir zu.

Auch ich winkte. Es war wundervoll, Melina so zu sehen. Ihr Anblick erfüllte mich mit Stolz und gab mir die Gewissheit, nicht alles in meinem Leben falsch gemacht zu haben.

Ich trat an die Tür heran und verfolgte ihren Weg mit meinem Blick, der sich an ihren knallroten Mantel heftete, über dem ihr dunkles Haar wehte. Dann war sie verschwunden.

Ein Gedanke drängte sich mir auf. Er war plötzlich da. Es war einer von dieser Sorte, die sich nicht so leicht wegschieben ließ. Mein Blick fiel auf die Zeitung, die noch immer auf dem Esstisch lag. Das Bild von Olaf Stössner, dem flüchtigen Sträfling, lag obenauf. Die Polizei vermutete, dass er sich noch immer in der näheren Umgebung von Flensburg aufhielt, da die Fahndung bisher nichts ergeben hatte, genau wie die Kontrollen, die sie im Augenblick am Grenzübergang zu Dänemark durchführten.

Für einen Augenblick war ich drauf und dran, Melina auf ihrem Handy anzurufen. Aber vermutlich würde sie das

Klingeln auf dem Fahrrad überhören oder sie würde mir Vorhaltungen machen, dass ich mir wieder einmal um zu viele Dinge Gedanken machte. Und vermutlich hatte sie sogar recht damit. Wie wahrscheinlich war es immerhin, dass es den Straftäter ausgerechnet hierher verschlagen würde? Und selbst wenn, hatte er im Augenblick sicher andere Sorgen, als sich am helllichten Tag um Radfahrer zu kümmern.

Diese Dinge versuchte ich mir einzureden. Doch ich konnte mir nicht helfen, ein Rest Zweifel blieb.

Ich lenkte mich dadurch ab, dass ich meine Beine mit einer frischen Schicht Salbe versorgte. Dann räumte ich das schmutzige Geschirr in die Spülmaschine.

Mein Blick streifte meine Tasche, in der sich mein Laptop und meine Schreibutensilien befanden, die aus einer Menge Briefpapier, Bleistiften und zwei Füllfederhaltern bestanden. Das Gefühl eines schlechten Gewissens durchzuckte mich. Ich hätte langsam wieder mit dem Arbeiten anfangen sollen. Anfangen müssen, wenn man es ganz genau nahm.

Mit Per Gluthardt hatte ich schon vor einigen Wochen darüber gesprochen, dass aus meinem aktuellen Werk aller Wahrscheinlichkeit nach nie mehr werden würde als ein Stoß Papier, mit dem man im Winter seinen Ofen anheizen konnte.

Per war mein Agent, dessen Aufgabe es war, mit den Verlagen und anderen Auftraggebern zu verhandeln, Termine für Lesungen zu vereinbaren und ähnliches.

In unserem letzten Telefonat hatte ich sein Zögern bemerkt, nachdem ich ihm diese Nachricht offeriert hatte. Das Zögern konnte Vielerlei bedeuten. Enttäuschung allemal, vielleicht auch Wut und Zorn. Vielleicht sah er in diesem Augenblick auch nur einige unserer hart erarbeiteten Felle dahin schwimmen und auf einen reißenden Wasserfall zutreiben.

Ich hatte ihm gesagt, dass er anstelle des Fulton-Romans ein anderes Manuskript bekommt. Er müsse nichts weiter tun, als den Verlag über meine aktuelle Situation zu informieren und nebenbei fallen zu lassen, dass wir einen anderen Stoff anbieten. Noch hatte ich von ihm keine Nachricht erhalten, dass der Verlag abgesprungen wäre. Was ein gutes Zeichen war.
Nur würde er das ganz sicher bald tun, wenn ich nicht demnächst damit beginnen würde, etwas zu Papier zu bringen.
Ich schloss die Augen für einen Moment und horchte in mich hinein. Da war nichts. Kein Anzeichen für eine Idee, geschweige denn für eine Story, bei der es sich lohnen würde, den Deckel des Laptops aufzuklappen. Also blieb er auch für heute zu. Der Gedanke erleichterte mich. Es bedeutete einen Tag Aufschub. Und morgen würde neu verhandelt werden, wobei das eigene Gewissen zu einem unerbittlichen Gegenüber werden konnte. Und das Schlimme war, dass es täglich mehr Macht gewann.
Ich schüttelte die Gedanken ab. Draußen konnte man bereits die Vorboten der Dämmerung erkennen, die sich nach und nach in den Himmel einwebte.
Also beschloss ich, noch einmal nach draußen zu gehen, bevor es ganz dunkel wurde. Beflügelt von meinem Erfolg von heute Morgen schlüpfte ich in meine Windjacke und zog den Reißverschluss zu.
Ich benötigte einige Schritte, um meine Füße von meinen Absichten zu überzeugen. Als ich soweit war, trat ich durch die Tür nach draußen.
Wenig später war ich draußen auf dem Sand, der sich in einem etwa fünf Meter breiten Abschnitt an der Steilküste entlang schlängelte. Ich wandte mich nach rechts, zur Küste hin und bewunderte die schroffen Risse und Furchen, die sich durch das lehmige Erdreich bis zum oberen Rand hin zogen.

Das leise Geräusch der glucksenden Wellen zog mich schnell in seinen Bann. Sie rollten in einem Rhythmus ans Ufer, dem ich mich nach und nach anzupassen begann.
Die Füße meiner Krücken bohrten sich in den harten Sand, der genug Widerstand bot, um mein Gewicht für kurze Zeit zu tragen. So bewegte ich mich eine geraume Zeit, ich kann nicht einmal mehr sagen wie lange, in Richtung Osten.
Irgendwann wurde mir bewusst, dass ich es nicht mehr rechtzeitig zum Krähennest zurück schaffen würde, bevor die Dunkelheit mich vollkommen umfing. Aber das machte nichts. Wenn ich mich umdrehte, konnte ich als winzigen hellen Punkt das Licht meiner Wohnzimmerlampe erkennen, die ich vor dem Verlassen des Hauses eingeschaltet hatte.
Lange Zeit hatte ich keine Ahnung, wohin es mich eigentlich trieb. Bisher hatte ich angenommen, dass ich einfach so aufs Geratewohl losgezogen war. Nur stimmte das nicht. Und wenig später wusste ich auch, warum nicht.
Ich traf auf SIE.
Ganz unvermittelt und so urplötzlich, dass ich heftig zusammenzuckte, als ich ihre schlanke Gestalt aus den Augenwinkeln heraus wahrnahm.
Rechts von mir befand sich noch immer die Steilküste, die etwa sieben bis acht Meter in die Höhe ragte. Sie war an dieser Stelle dicht bewachsen. Zwei Buchen waren vom oberen Rand heruntergerutscht und hatten sich samt ihrem Wurzelwerk quergelegt. Direkt daneben befand sich eine Art Schneise inmitten des Lehms. Eine Treppe führte steil nach oben. Zwölf Stufen, vielleicht auch fünfzehn, so wie die Treppe vor dem Krähennest, überlegte ich.
Und in der Mitte stand eine Frau in einem weißen Seidenkleid. Über ihren Schultern eine Stola mit langen Fransen, die sie mit weißen Fingern vor ihrem Brustkasten geschlossen hielt.

Sie stand einfach nur da und sah auf mich herunter, ihre freie rechte Hand auf dem Treppengeländer ruhend.
Ich hielt inne, meinen Blick gebannt auf ihre zierliche Gestalt gerichtet.
Ihr Gesicht wirkte weiß, beinahe ausdruckslos, wie Porzellan. Und doch war es von einer natürlichen Schönheit, mit feinen Zügen, einer zierlichen Nase und großen, runden Augen.
Auch sie stand still, als hätte sie ein Bildhauer aus der Steilküste geschlagen, aus Lehm geformt und genau an diesem Ort vergessen.
Ihr Haar besaß eine dunkle Tönung. Es schien mir, als würde es leicht rötlich schimmern. Genau konnte ich es im ersterbenden Dämmerlicht nicht feststellen.
Die gesamte Szene wirkte so skurril, dass sie unmöglich real sein konnte. Und doch stand ich hier, spürte den Wind in meinem Rücken, die Kälte an meinen Fingern, deren Knöchel eine leicht rötliche Färbung aufwiesen. Ich atmete, fühlte meinen Herzschlag, wandte meinen Blick für einen kurzen Moment zur Ostsee hinter mir.
Als ich meinen Kopf wieder zur Treppe drehte, war niemand mehr dort. Die Stelle, an der sie eben noch gestanden hatte, war leer.
Und jetzt war mir auch so, als hätte ich ihre schnellen Schritte auf der eisernen Treppe gehört.
Ich konnte nicht anders, als mich in ihre Richtung zu wenden. Wie automatisch stemmte ich die Krücken in den Sand und bewegte mich auf die Küste zu. Ich erreichte die Treppe und blickte nach oben, bis in die kahlen Wipfel der Bäume hinauf.
Etwas trieb mich weiter voran. Vielleicht war es der Drang herauszufinden, dass dieses Bild nicht meiner allzu lebhaften Fantasie entsprungen war. Vielleicht gab ich mir auch aus dem Grund Mühe, weil sie mich an jemanden erinnert hatte. Nur wusste ich nicht, an wen.

Meine Krücken erzeugten hohle Geräusche auf den Treppenstufen. Ich kam gut voran. Neuer Elan und Neugier trieben mich, ließen mich die Krücken wieder und wieder auf die Stufen stemmen.

Als ich oben angekommen war (es waren tatsächlich exakt fünfzehn Stufen gewesen), ging mein Atem deutlich schneller. Ich schwitzte in meiner warmen Jacke.

Als ich mich umsah, stellte ich fest, dass ich mitten auf einem kleinen, natürlichen Plateau stand, das vom Laub des letzten Jahres bedeckt war und bis an den Rand der Steilküste heranragte. In der Mitte befand sich eine kleine Holzbank, zwar von einer Schicht Moos überzogen, aber dennoch einladend. Sie zeigte auf die offene Ostsee hinaus. Hier oben vermischte sich das Rauschen der Wellen mit dem Wispern des Windes, der durch die Kronen des angrenzenden Buchenwäldchens strich.

Durch die Baumstämme hindurch sah ich ein Licht. Kein flackerndes, so wie gestern Abend, sondern eines, das ruhig und einladend schimmerte. Es gehörte zu einem Haus, einer Villa. Das Gebäude war größtenteils von einer Mauer umgeben und offenbar nur zur Seeseite hin offen war.

Also doch kein Gespenst, stellte ich erleichtert fest. Hierhin musste sie gegangen sein. Hierher schien sie zu gehören.

Ich wagte mich näher an das Haus heran. Inzwischen hatte ich einige Mühe, etwas zu erkennen. Mein Weg führte mich durch die glatten Baumstämme hindurch. Kleine Zweige knackten unter meinen Füßen, doch das kümmerte mich nicht.

Ich gelangte an ein schwarz gestrichenes, schmiedeeisernes Tor, das in die Mauer eingelassen war. Es gab zwar eine Klingel, doch nach einem Namensschild oder einer Hausnummer suchte ich vergeblich.

Ich blickte durch die Eisenstäbe hindurch und nahm hinter einem der Fenster eine Bewegung wahr. Ich glaubte, die

Umrisse einer Frau zu sehen, die sich durch einen der Räume bewegte.
Ich versuchte, mich an ihr Gesicht zu erinnern, aber stattdessen kam mir nur die glatte, leblose Oberfläche einer Porzellanpuppe in den Sinn. Nur ihr Blick war warm gewesen. Große, neugierige Augen, die auf mich gerichtet gewesen waren.
Was mochten sie gesehen haben?
Als ich mich von dem Haus abwandte, schien es mir, als würde ich aus einer Art Trance erwachen.
Was, um alles in der Welt, tat ich hier eigentlich? Was hatte mich bewogen, diese verdammte Treppe hinaufzusteigen?
Inzwischen war es nahezu stockfinster geworden, und mir wurde klar, dass das Hinuntersteigen in meiner Verfassung einem Selbstmordversuch gleichkam.
Es hatte tatsächlich Augenblicke in der vergangenen Zeit gegeben, in denen ich mich ernsthaft mit diesem Thema auseinandergesetzt hatte. Aber jetzt?
Ich dachte daran, dass das Leben mitunter makabre Wege einschlug, und dass die größte Gefahr bisweilen darin bestand, dass sich frühere, lang gehegte Wünsche irgendwann erfüllten. Ob man es noch wollte oder nicht.
Wie lange ich für die Treppe und für meinen Rückweg brauchte, weiß ich heute nicht mehr.
Nur, dass ich während dieser Zeit an meine seltsame Begegnung dachte. Sie füllte meinen Kopf aus und ließ mich die gesamte Strecke zum Haus zurückkehren, ohne ein einziges Mal zu straucheln. Plötzlich wurde mir bewusst, dass ich zurück beim Krähennest war.
Sie haben Ihr Ziel erreicht, dachte ich und lächelte matt.
Aber wo genau lag mein wirkliches Ziel?
Ich fühlte mich, wie an einem Wendepunkt angekommen. Etwas war heute geschehen, und ich konnte nicht im Entferntesten bestimmen, was es eigentlich gewesen war.

Aber es sollte Auswirkungen haben. Ich befand mich zu diesem Zeitpunkt bereits in einer Art Lore, der irgendjemand oben auf dem Hügel einen leichten Stoß versetzt hatte.
Noch bewegte sie sich langsam. Aber das würde sich schon bald ändern, denn das Gefälle war steil.

- 7 -

ALS ICH WACH wurde, fand ich mich im Sessel sitzend wieder, die Beine lang ausgestreckt, mit einer Wolldecke, die ich mir bis unter das Kinn gezogen hatte.
Hier musste ich mich gestern Nacht niedergelassen haben und sofort eingeschlafen sein.
Jemand kam die Treppe herauf und gab sich dabei nicht besondere Mühe, leise zu sein. Der Morgen dämmerte zwar bereits, aber das Licht reichte noch nicht aus, um mehr als schemenhafte Umrisse erkennen zu können.
Ich erhob mich aus dem Sessel, mit noch steifen Gliedern, die schwer zu überreden waren, die wenigen Schritte bis zur Tür zurückzulegen. Da auch mein Verstand noch nicht richtig wach war, dachte ich nicht einmal daran, mich nach meinen Krücken umzusehen, die ich irgendwo im Haus hatte fallen lassen.
Ich stolperte beinahe über sie, kurz bevor ich die Tür erreicht hatte.
Draußen verharrte der Schatten mitten in seiner Bewegung.
Ich öffnete und vernahm als erstes ein raschelndes Geräusch.
„Ah, guten Morgen, Herr Torn“, sagte eine mir inzwischen bekannte Stimme.
„Herr Schwarz, wenn ich nicht irre“, gab ich zurück und streckte mechanisch meine Hand nach der Tüte mit den Brötchen und der Zeitung aus. „Was ist mit Ihrer Mutter? Macht sie nicht normalerweise diese Arbeit?“
„Sie fühlt sich nicht wohl“, antwortete der junge Mann. „Daher bin ich spontan eingesprungen. Außerdem war ich neugierig zu erfahren, wie Sie sich so eingelebt haben.“
„Es geht mir großartig“, erwiderte ich.
Der junge Schwarz war jetzt ganz nah, klebte beinahe an der Scheibe der halb geöffneten Tür. Er warf einen Blick

auf meine Hosenbeine, die mit Dreckspritzern versehen waren.
„Ist nicht zu übersehen“, sagte er grinsend.
Ich hob die Tüte in die Höhe. „Hat Ihre Mutter das eingefädelt?“
Der Dunkelhaarige schüttelte den Kopf. „Mutter hat einen Anruf bekommen. Soweit ich weiß, kam der von Ihrem Arzt. Ein Doktor Regner oder so.“
„Degner“, stellte ich richtig.
Wieder grinste der Kerl. „Meinetwegen. Der Herr scheint sich ja rührend um Sie zu sorgen.“
„Ich bin mir beinahe sicher, dass er selbst diese Dinge irgendwie mit der Krankenkasse abrechnet“, gab ich lahm zurück.
„Wollen Sie die Brötchen abbestellen?“
„Oh, nein“, antwortete ich und spürte, wie mein rechter Mundwinkel dabei leicht zuckte. „Dann würde ich ja um die Gelegenheit gebracht werden, so früh schon mit Ihnen zu plauschen. Ach übrigens, kennen Sie sich eigentlich gut hier in der Gegend aus?“
„Schon“, räumte er achselzuckend ein. „Warum fragen Sie?“
„Etwa zwei Kilometer östlich liegt ein Haus an der Steilküste. Eine Villa. Sieht ziemlich nobel aus. Kennen Sie die?“
„Möglich.“
Das war eine Antwort, wie ich sie von Lucas P. Fulton erwartet hätte, nicht jedoch von dem bleichen Burschen, dessen fahle Gesichtsfarbe heute Morgen offenbar kein Resultat von Make-up war.
„Wissen Sie zufällig, wem das Haus gehört?“, bohrte ich weiter nach.
Er grinste mich an. Unverhohlen. Schamlos.
„Ich habe keine Ahnung. Ich interessiere mich nicht für die Leute hier am Strand.“

Das erschien mir als eine weitere unverblümte Untertreibung.
Aus einem Reflex heraus zog ich meine Brieftasche hervor und drückte Schwarz einen Fünfziger in die Hand. „Wenn Sie Zeit haben, finden Sie es heraus. Dann bekommen Sie noch einen davon."
Sein Blick begegnete meinem. In seinen Augen lag ein seltsamer Ausdruck, der mir nicht gefiel. Er versuchte, ihn mit einem Lächeln zu vertuschen.
„Alles klar", sagte er. Seine Mundwinkel zuckten. „Ich muss dann jetzt mal weiter, mich auf der Arbeit sehen lassen. Ich habe einen Job als Kfz-Mechatroniker in Rüde. Tja, ich habe es nicht so gut wie Sie, der sein Geld im Sitzen verdienen kann, indem er irgendwelche Bücher in seinen Computer hämmert." Damit wandte er sich ab, während er die Banknote in einer beiläufigen Bewegung in seiner Jackentasche verschwinden ließ.
Ich blickte ihm nach und hatte plötzlich das Gefühl, einen Fehler begangen zu haben.
Er verschwand über die Treppenstufen im Dunkel. Irgendwann waren seine Schritte nicht mehr zu hören.
„Ich habe Ihnen doch gesagt, dass dem Kerl nicht zu trauen ist", meldete sich eine Stimme hinter mir.
„Das ist eben meine Weise, ihn im Auge zu behalten, Fulton", antwortete ich ohne mich umzudrehen.
Der Detektiv gab einen abfälligen Laut von sich, der an das Grunzen eines Schweins erinnerte.
„Ich halte nichts von Ihren Methoden, Thornton."
„Wissen Sie was? Sie müssen Ihnen auch gar nicht gefallen. Weil Sie gar nicht existieren, alter Junge. Und außerdem heiße ich Torn."
Ich wandte mich, nun mit besserer Laune ausgestattet, zum Frühstückstisch und holte die zementharte Butter, auf der noch mein gestriges Muster zu erkennen war, aus dem Kühlschrank.

Während ich meinen Kaffee trank und herzhaft in das erste krosse Brötchen biss, schmiedete ich Pläne für den Tag, der vor mir lag. Nicht, dass ich viel vorgehabt hätte, aber ich hielt es dennoch für eine gute Idee, mich bei meinem Agenten zu melden. Ein Lebenszeichen wäre angebracht.
Und vielleicht würde ich heute sogar etwas zu Papier bringen können. Ich spürte, wie die Angst, den Laptop einzuschalten, langsam dem Drang zum Schreiben wich. Das erste Mal seit unendlich langen Wochen, in denen ich schon befürchtet hatte, dass dieses Gefühl zusammen mit der Haut auf meinen Beinen verbrannt wäre.
Und tatsächlich begann ich wenig später mit der Arbeit. Ich entwarf in losen Worten einen kurzen Handlungsabriss, der noch weit entfernt vom Stadium eines Exposés war.
Aber, so glaubte ich, Per Gluthhardt (der an diesem Tag noch auf meinen Anruf verzichten musste) hätte seine wahre Freude daran gehabt, mich wieder an der Tastatur zu sehen.
Ich wagte ein Experiment. Ich begann eine Geschichte aufzuschreiben, von der ich zu Beginn noch nicht wusste, über welche verschlungenen Pfade und zu welchem Ziel sie mich führen würde. Ich schrieb drauflos. Was hatte ich zu verlieren?
Ich vertiefte mich in meine Arbeit, spürte nicht, wie die Minuten dahinjagten und schnell zu Stunden wurden. Ich unterbrach meinen Schreibfluss nur dadurch, zur Toilette zu gehen und auf dem Rückweg neuen Kaffee aufzukochen, mit dem ich meine Schmerztabletten herunterspülte. Ich nahm zur Sicherheit die mit Doktor Degner abgestimmte Ration, obwohl ich mich heute so fühlte, als hätte ich gut und gerne eines von diesen verhassten Dingern einsparen können.
Irgendwann nahm ich ein Geräusch wahr, das mich aus meinem Konzept brachte. Automatisch sah ich auf und blickte zur Glastür hinüber. Dort war niemand.

Das Geräusch wiederholte sich. Irgendetwas klapperte, so als hätte sich ein Fensterladen losgerissen. Nur, dass das Krähennest nicht über derlei Vorrichtungen verfügte. Ich saß inmitten eines gläsernen Würfels, der über den Strand hinausragte.
Ich stand auf und durchquerte in kleinen, trippelnden Schritten, aber dafür ohne die Gehhilfen, das Wohnzimmer.
Das Klappern wurde lauter.
Ich ging durch den Flur und ließ meine Fingerspitzen dabei auf jeder Seite über die Tapete streifen.
In meinem Schlafzimmer war noch die Jalousie vorgezogen, doch aus dieser Ecke stammte das Geräusch nicht.
Der Flur beschrieb an seinem Ende einen Knick. Dort befand sich die Hintertür, über die man über eine kleine Treppe auf einen schmalen Pfad gelangte, der in seinem weiteren Verlauf in die Strandpromenade überging.
Ich hatte diese Tür seit meiner Ankunft nicht benutzt und erinnerte mich an Lausens Bemerkung, sie verschlossen zu halten. Ich hatte seine Äußerung nicht hinterfragt, stellte nun aber fest, dass offenbar gar kein Schlüssel zu dieser Tür existierte. Zumindest konnte ich auf Anhieb keinen finden.
Ich drückte die Klinke herunter und öffnete. Kalte Luft strömte herein und fuhr mir durch mein Haar.
Außen war eine dünne Insektenschutztür angebracht, die sich offenbar im Wind losgerissen hatte.
Rasch zog ich sie wieder heran, bis sie Kontakt mit den beiden Magneten bekam, die am Türrahmen angebracht waren.
Dann drückte ich die Hintertür, die im Augenblick nur von innen zu öffnen war (es sei denn, man besaß einen Schlüssel) wieder fest ins Schloss.
Als ich ins Wohnzimmer zurückkehrte, stand Melina an der Fensterfront und blickte auf die Ostsee hinaus.

„Ich habe dich gar nicht kommen hören“, sagte ich, trat mit vorsichtigen Bewegungen auf sie zu und nahm sie in den Arm.
„Die Tür war offen“, sagte sie und trennte sich von ihrer Mütze und ihrem Schal. Melina hatte ein hochrotes Gesicht, vom Fahrradfahren, wie ich vermutete.
Sie wandte sich zum Küchenschrank, holte zwei Teller heraus und platzierte den Kuchen darauf. Pflaume mit Streusel.
„Musst du nicht zu irgendwelchen Vorlesungen?“, fragte ich sie, während mir der Duft des Kaffees in die Nase stieg.
Meine Tochter rollte mit den Augen. „Da komme ich doch gerade her. Und nachher gehe ich noch für zwei Stunden ins Eiscafé.“
„Dann rechne ich es dir hoch an, dass du dir zwischendurch Zeit für deinen alten Dad nimmst“, antwortete ich.
Sie legte den Kopf leicht schräg und sah mich an. „Irgendjemand muss sich doch schließlich um dich kümmern. Wer weiß, was du sonst alles anstellst, so ganz allein.“
„Im Grunde kann ich mich über mangelnde Gesellschaft nicht beklagen“, überlegte ich laut. Und im Grunde war es ja tatsächlich so. In Gedanken kehrte ich zu der Villa an der Steilküste zurück. Die Frau auf der Treppe, die Frau im weißen Seidenkleid. Immer wieder beschäftigte sie mich. Manchmal hatte ich das Gefühl, der Antwort auf die Frage nach ihrer Identität ganz nahe zu sein. Aber in dem Moment, in dem ich zupacken wollte, entglitt sie mir, und ich war wieder genauso ratlos wie zuvor. Dabei hatte ich das unbestimmte Gefühl, sie kennen zu müssen. Nur woher wollte sich mir nicht erschließen, ich kam einfach nicht drauf.
Sollte ich Melina von ihr erzählen? Aber was hätte ich schon zu sagen gehabt? Außerdem könnte diese Geschichte sehr leicht ein merkwürdiges Licht auf mich werfen.

Und so wollte ich nicht vor meiner eigenen Tochter dastehen.
„Wo wir gerade über Gesellschaft reden“, platzte Melina in meine Überlegungen, „hast du schon bemerkt, dass du neue Nachbarn bekommen hast?“
Ich sah von meinem Kuchen auf, hörte sogar auf zu kauen. „Nachbarn? Nein. Wie kommst du darauf?“
Wieder der kurze Ansatz des Augenrollens. Eine Eigenschaft, die sie aus ihrer Kindheit mit hinüber ins Erwachsenenalter gerettet hatte. „Na drüben im Nachbarhaus scheint jemand eingezogen zu sein. Ich hab’ sie gesehen, als ich mit dem Fahrrad oben an der Promenade langgefahren bin.“
Ich stand auf und schob meinen Stuhl umständlich beiseite. Dann trat ich ans Fenster. Um ehrlich zu sein, hatte ich dem Strandbungalow westlich des Krähennests bisher kaum einen Blick geschenkt. Es wäre mir auch nie in den Sinn gekommen, dass es in dieser Jahreszeit noch jemanden hierher verschlagen könnte, um ein paar Tage auszuspannen.
Aus dem seitlichen Fenster blickte ich hinunter auf den Strand. Der Bungalow schmiegte sich in etwa dreißig Metern Entfernung in den Schutz einer hohen Hecke. Und tatsächlich waren die Jalousien hochgezogen. Eine Tür stand offen. Eine junge Frau schob einen alten Mann im Rollstuhl über einen Holzsteg bis zur Eingangstür. Ein kräftiger Mann trug einen großen Plastikkorb mit Lebensmitteln hinter ihnen her, bis ins Haus.
„Sieht so aus, als würden die sich da für länger einrichten“, presste ich hervor.
„Und wenn schon“, hörte ich Melina sagen. „Es sind sicher ganz harmlose Leute. Genau wie du.“ Sie kicherte.
Ich zuckte mit den Schultern und wandte mich wieder meiner Tochter zu. Sie berichtete mir von ihrem Studium, den Kommilitonen und Professoren, anstehenden Klausu-

ren und blickte dann wiederum mit einem hektischen Gesichtsausdruck auf die Uhr. „Oh, Mist. Ich muss los. Du kommst doch klar, oder?“

Ich breitete die Arme aus. „Natürlich.“

„Naja“, sagte sie zwinkernd, „ich habe vorhin in deinen Kühlschrank gesehen. Da solltest du mal bei Gelegenheit ran. Ciao, Paps.“

„Tschüss, meine Kleine. Und pass gut auf dich auf.“

„Logisch“, sagte sie, während sie sich ihren Schal um den Hals schlang.

„Ich meine ja nur“, merkte ich an, „weil doch dieser Irre aus der JVA geflohen ist. Und soweit ich gelesen habe, weiß man immer noch nicht, wo er steckt.“

Ihr Gesicht wurde für einen Augenblick ernst. „Ach, der. Der ist doch wahrscheinlich schon längst über alle Berge. Sonst hätte man ihn doch erwischt.“

„Pass trotzdem bitte auf dich auf“, sagte ich.

Sie kam auf mich zu, umarmte mich flüchtig. „Und du mindestens genauso.“

„Versprochen.“

Sie hastete die Treppe hinunter, dieses Mal ohne sich noch einmal zu mir umzudrehen.

Ich blickte zu der Ecke hinüber, in die ich mich zum Arbeiten zurückgezogen hatte. Dort befand sich ein kleinerer Sessel mitsamt einem Fußhocker. Ich schlurfte hinüber und ließ mich nieder. Mit meiner linken Hand schob ich die Lamellen meiner Innenjalousie ein wenig beiseite, so dass ich aus dem Fenster sehen konnte.

Ich blickte direkt zum Bungalow hinüber. Niemand war zu sehen, aber irgendwie strahlte das Haus plötzlich etwas anderes aus. Ein seltsames Gefühl beschlich mich. Ich war nicht mehr allein hier unten. Nun ja, vielleicht ergab sich in den nächsten Tagen ein Gespräch, vielleicht waren sie dann auch schon wieder verschwunden, wer wusste das schon?

Ich ärgerte mich nur darüber, dass sie mich vom Schreiben ablenkten. Immer wieder ertappte ich mich selbst dabei, wie mein Blick auf Wanderschaft ging und an dem Haus dort unten haften blieb.
Wenn ich genauer hinsah, konnte ich sogar die Spuren erkennen, die die Reifen des Rollstuhls in dem Sand auf dem Bretterweg hinterlassen hatten. Ein Wagen war nicht zu sehen. Möglich, dass er hinter dem Haus geparkt war.
Während ich dort saß und an nichts Besonderes dachte, wurden mir plötzlich die Augenlider schwer. Ich nickte ein und schreckte etwa eine Stunde später wieder hoch.
Dieses Mal hatte mich kein Geräusch geweckt, sondern meine innere Uhr, die mir sagte, dass es an der Zeit war, sich auf den Weg zu machen.
Ich blinzelte, als ich aus dem Fenster sah, das nach Osten lag. Da war wieder das Licht. Dasselbe Licht, dass ich am Abend meiner Ankunft bereits gesehen hatte. Und vermutlich leuchtete es genau bei der Treppe auf. Die Entfernung könnte passen, überlegte ich.
Was es auch immer damit auf sich hatte, das Licht erinnerte mich zumindest daran, die Taschenlampe mitzunehmen, die ich in der Besenkammer auf einem Regal gefunden hatte.
Als ich das Haus verließ, schloss ich mit dem Schlüssel ab und steckte ihn in meine Tasche.
Kurz darauf befand ich mich wieder auf meiner persönlichen Piste. Ich erreichte die Treppe an der Steilküste vor Einbruch der Dunkelheit.
Es war niemand dort, und auch das über den Strand geisternde Licht fand ich nicht mehr. Ich spürte einen kleinen, kaum merklichen Stich der Enttäuschung irgendwo in mir. Im gleichen Moment schalt ich mich selbst einen Narren. Was hatte ich erwartet? Dass die rothaarige Fremde jeden Tag um die gleiche Zeit auf der Treppe auftauchen würde?

Ich widerstand der magischen Anziehungskraft, die die eisernen Stufen auf mich ausübten.
Irgendwo dort oben lag das Haus, von dem ich annahm, dass es ihr gehörte. Wer auch immer sie sein mochte und was immer sie an diesen Strand verschlagen hatte.
Ich machte Kehrt und stemmte mich gegen den kalten Abendwind. Als ich das Krähennest erreichte, sah ich das erste Mal Licht in dem Haus nebenan. Es fiel hinaus auf den Strand. Ich glaubte, Stimmen aus dem Innern zu hören. Jemand lachte hoch und schrill. Dann war ein Geräusch zu hören, als ob jemand in die Hände klatschte.
Man vertrieb sich offenbar die Zeit.
Womit auch immer …

- 8 -

ZWEI TAGE KAMEN und gingen. Tage, in denen ich vor allem inzwischen liebgewonnene Gewohnheiten pflegte, wie zum Beispiel das gemeinsame Kaffeetrinken mit Melina. Ich glaube, dass ich mich meiner Tochter noch nie so nah gefühlt habe wie in jenen Stunden.
Ich machte Fortschritte. Aus meinem anfänglichen Exposé erwuchs nach und nach der Anfang eines Romans, der so vollkommen anders war als das, was ich bisher jemals zu Papier gebracht hatte. Ich spürte endlich wieder die alte Euphorie, das Gefühl, etwas Richtiges zu tun. Ich informierte Per über die neuen Früchte meiner Arbeit, der sich darüber sehr erleichtert zeigte. Mehr noch, er rechnete sich (beziehungsweise uns) sogar gute Chancen aus, den Verlag für die Idee erwärmen zu können.
Es ging bergauf. Das konnte und wollte ich vor allem nicht länger leugnen.
Am Morgen des aktuellen Tages blieben meine Brötchen aus. Weder Heidrun Schwarz noch ihr Sohn ließen sich bei mir sehen. Ich will nicht behaupten, dass mich diese Tatsache in Unruhe versetzte, aber wenn ich ehrlich zu mir selbst bin, war es nicht sehr weit davon entfernt.
Ich wartete auf Informationen und fühlte mich plötzlich trotz Handy (aber mit äußerst bescheidenem Netzempfang und nicht vorhandenem Internet) wie von der Außenwelt abgeschnitten.
Frau Schwarz erschien dennoch am späten Vormittag. Ich hatte eine kleine List angewendet und ihr per Telefon eine neue Einkaufsliste durchgegeben, da ich meine sämtlichen Tiefkühlpizzen inzwischen in die Mülltonne hinter dem Haus entsorgt hatte.
Ich erwartete sie bereits an der Tür. Zu meiner Enttäuschung war sie allein gekommen, wuchtete die Tragetaschen die Treppe hinauf und setzte sie vor dem Kühl-

schrank ab. Als sie sich wieder aufrichtete, ging ihr Atem schneller.
Ich steckte ihr ein gutes Trinkgeld zu.
„Hatte Ihr Sohn heute keine Zeit, Ihnen zu helfen?“
Sie überlegte, wusste scheinbar für einen Moment nicht, was sie sagen sollte.
„Sie haben ihm Geld gegeben“, presste sie schließlich hervor. „Das sollten Sie nicht tun.“
„Warum nicht?“, fragte ich.
Sie nahm ihren Mut zusammen und hielt meinem Blick stand.
„Gunnar kann damit nicht umgehen. Er gibt es nur wieder für … illegale Dinge aus, Sie verstehen?“
Ich verstand kein Wort. Der junge Mann hatte auf mich eigentlich nicht den Eindruck gemacht, als würde er Drogen konsumieren. Aber sicher war ich mir in diesem Punkt auch nicht.
„Das tut mir leid“, gab ich stockend zurück. „Ich wollte Sie beide nicht in Verlegenheit bringen.“
Sie seufzte leise. „Woher sollten Sie das auch wissen.“
„Was macht Ihr Sohn denn eigentlich?“, fragte ich. Die Antwort darauf interessierte mich wirklich. Mir hatte nur ein Kontakt, ein kurzer Wortwechsel genügt, um festzustellen, dass der Bursche hochintelligent war.
„Er könnte so vieles“, antwortete sie und strich sich mit der flachen Hand über die Stirn, „aber leider macht er nichts aus seinen Talenten. Stattdessen jobbt er lieber in dieser Kfz-Werkstatt.“
Ich sah sie nachdenklich an. „Sie wissen nicht zufällig, ob er …“ Ich brach den Satz ab, als ich erkannte, dass sie mich bereits verstanden hatte.
„Sarah Maynes heißt die Frau, nach der sie suchen“, erklärte Heidrun Schwarz mit fester Stimme. „Sie stammt aus Neuseeland oder Australien, soweit ich weiß.“
„Sie kennen sie?“

„Ich war ein paar Mal dort, um ihr im Haushalt zu helfen und ihr Lebensmittel zu bringen, genau wie bei Ihnen. Inzwischen lässt sie sich die Sachen direkt vom Markt liefern. Sie hätten sich das Geld, das Sie meinem Jungen gegeben haben, sparen können, Herr Torn.“
Diesmal lag in ihrer Stimme ein unüberhörbarer Vorwurf.
„Er kann es behalten“, gab ich, wenig einfallsreich, zurück.
„Er hat es vermutlich längst ausgegeben. Brauchen Sie sonst noch etwas?“
Ich überlegte, ob ich sie noch zu weiteren Details die mysteriöse Frau vom Strand betreffend befragen sollte, entschied mich jedoch dagegen. Ich hatte jetzt immerhin einen Namen, auch wenn der mir überhaupt nichts sagte.
„Machen Sie für die Leute nebenan eigentlich auch Besorgungen?“, fragte ich, aus keinem besonderen Grund, höchstens dem, einen möglichst neutralen Gesprächsausstieg zu finden.
Sie schüttelte den Kopf. „Nein. Und das müsste ich mir auch genau überlegen. Ich kann mir nämlich nicht mehr annehmen. Außerdem scheinen sie recht gut für sich selbst sorgen zu können. Guten Morgen, Herr Torn.“
Ich erwiderte ihren Gruß und ließ sie ziehen. Es sah so aus, als hätte ich es mir, zumindest vorübergehend, mit Mutter und Sohn Schwarz verdorben.
Sarah Maynes.
Kaum hatte ich ihn gehört, begann der Name, in meinem Kopf herum zu spuken. Ich startete mein Handy und versuchte, die mobilen Datendienste zu aktivieren. Ich brach dieses Vorhaben sehr schnell ab und steckte das Gerät zurück in meine Manteltasche, wo es meinetwegen bis zum Ablauf der nächsten zwei Monate bleiben konnte. Dennoch … was war an dieser Frau, dass sie mir keine Ruhe ließ? Ich war ihr nicht einmal so nahe gekommen, dass ich ihr Alter hätte bestimmen können. Im Grunde war sie im

Augenblick nicht mehr als eine geisterhafte Erscheinung für mich.
Allerdings spürte ich, dass sie von mehr umgeben war, als ich im Moment begreifen konnte.
Was ich brauchte, waren mehr Informationen. Und das würde nur über ein funktionierendes Internet klappen.
Ich hatte eine Idee. Sie war ein Stück weit aberwitzig. Aber hieß es nicht, dass Not erfinderisch machte?
Ich bewegte mich zum Wandtelefon hinüber und tippte eine Nummer ein, die ich auswendig kannte.
In der Praxis von Doktor Degner meldete sich eine der weiblichen Sprechstundenhilfen, von denen kaum eine älter als siebzehn sein konnte und die alle neben ihrer Berufskleidung auch noch identische Frisuren trugen. Ich hatte längst aufgegeben, mir ihre Namen einprägen zu wollen. Also verlangte ich Doktor Degner zu sprechen und bekam ihn tatsächlich nur wenige Minuten später an den Apparat.
„Torn, alter Junge, ist etwas passiert?“, hörte ich ihn, ein wenig atemlos, in den Hörer schnaufen.
„Nein, keine Sorge. Es ist nur etwas eingetreten, mit dem wir beide nicht gerechnet haben, als wir meinen Aufenthalt hier im Detail geplant haben.“
„Was ist es?“
„Kein Internet.“
„Oh, nein!“
„Ich benötige es, um Recherchen für mein neues Buch betreiben zu können“, erklärte ich.
Degner stieß ein lautes Lachen aus. „Sie schreiben wieder? Das ist eine großartige Neuigkeit. Was wird es … ach, egal was es wird, lassen Sie mir gleich drei Exemplare reservieren, ja? Mit einer persönlichen Widmung, wenn ich bitten darf.“
„Für den Mann, der das Wunder vollbracht hat, mich wieder gehen zu lassen“, schlug ich vor. „Ich werde Ihnen die Bücher persönlich vorbei bringen. Mit dem Fahrrad.“

Das Gespräch verflachte in ein kurzes Geplänkel, bis ich noch einmal auf den eigentlichen Grund meines Anrufs zurückkam.
Erwartungsgemäß stutzte Degner, nachdem er sich meinen Vorschlag angehört hatte. Aber wie fast immer in unseren Gesprächen versprach er am Ende, alles zu unternehmen, um das Unmögliche zumindest in die Nähe des Machbaren zu rücken.
Ich sah auf meine Uhr, es war früher Nachmittag. Ich hatte noch ein wenig Zeit. Melina hatte mich gestern mit den Worten verlassen, dass sie einen Tag mit ihren Besuchen pausieren müsse, da sie heute Vorlesungen hatte, die bis in den späten Nachmittag hineinreichten.
Nun gut, ich würde das Beste daraus machen und mir die Zeit am Strand vertreiben. Nach zwei Tagen Nieselwetter schien die Sonne das erste Mal wieder, und das wollte ich ausnutzen.
Ich wagte ein weiteres Experiment und nahm nur eine Gehstütze mit hinunter an den Strand. Es war hauptsächlich mein linkes Bein, welches mir noch Probleme beim Gehen bereitete. Zumeist war es immer derselbe Ablauf. Meine Fußknöchel meldeten sich nach spätestens zwanzig Minuten und verlangten nach Ruhe, die ich ihnen aber nur hin und wieder gewährte. Ich spürte, dass ich auch in der Lage war, dieses Problem in den Griff zu bekommen. Also folgte ich auch in diesem Punkt dem Rat meines Arztes und begab mich so oft wie möglich an die frische Seeluft.
Ich stand am Ufer und blickte auf das Wasser hinaus, wo gerade ein Industrieschiff die Einfahrt in die Flensburger Innenförde ansteuerte. Bis hierhin hörte ich die Motoren im Schiffsraum stampfen.
Ich war so fasziniert von diesem Vorgang, dass ich die Bewegung in meinem Rücken zunächst gar nicht wahrnahm.

„Was glauben Sie, ob die Seefahrer heute noch immer einen Anflug von Freiheit verspüren, wenn sie da draußen unterwegs sind?“
Ich drehte mich um und blickte dem Mann im Rollstuhl ins Gesicht. Auf seinem Kopf trug er eine helle Strickmütze, die ihm bis über die Ohren reichte. Über seinen Augen wucherten weiße Augenbrauen, die die Eigenschaft hatten, seinen Blick zu verdüstern. Die Haut des Mannes wirkte wie vergilbtes, ausgeblichenes Leder. Er trug eine dicke Daunenjacke, seine Füße steckten in fellbesetzten Stiefeln.
„Glauben Sie, dass es so etwas heutzutage noch gibt?“, wiederholte er. „Freiheit?“
Ich blickte zu dem Schiff hinüber, das langsam an uns vorbei zog. „Schwer zu sagen. Ich fürchte, ich kenne mich in der Schifffahrt zu wenig aus.“
„Ich wäre gerne zur See gefahren“, warf er ein. „Aber leider …“ Er deutete auf seine Beine, über die eine altmodische, karierte Wolldecke gebreitet war. Er blickte schräg zu mir auf, blinzelte gegen die Sonne.
„Fasold ist mein Name. Erich Fasold. Wir scheinen gewissermaßen Leidensgenossen zu sein.“ Er deutete mit seiner rechten Hand auf meine Krücke. „Um ehrlich zu sein, beobachte ich Sie schon seit ein paar Tagen. Wie schlimm ist es damit?“
„Ein Autounfall“, antwortete ich und fühlte mich bei meinen eigenen Worten unangenehm berührt. Es gab nicht viele Menschen, mit denen ich seither über die schwärzeste Stunde meines Lebens gesprochen hatte. „Ich habe Verbrennungen zweiten Grades davongetragen.“
Fasold verzog das Gesicht. „Klingt unangenehm.“ Er klopfte sich demonstrativ auf die Beine. „Ich spüre da gar nichts mehr. Nur mein Rücken führt manchmal wahre Arien auf.“
Ich blickte ihn an, blickte ihm in die Augen. Sie waren zu Schlitzen verengt. Was hatte er gerade gesagt, er hatte

mich beobachtet? Seltsamerweise spürte ich das irgendwie auch jetzt, in diesem Moment. Für mich hatte es den Anschein, als wären wir uns nicht zufällig am Strand begegnet. Er musste mir regelrecht aufgelauert haben.
Auf der anderen Seite – was gab es hier draußen für ihn schon zu tun? Möglich, dass ihm langweilig war und er einfach nur nach einem Gesprächspartner suchte.
„Hat Ihnen Ihr Arzt diesen Aufenthalt verschrieben oder sind Sie aus anderen Gründen hier?“, fragte ich.
Der Alte lacht hart auf. „Du lieber Himmel. Auf die Idee, mir diesen Urlaub von der Kasse bezahlen zu lassen, bin ich noch gar nicht gekommen.“ Er rieb seine weißen, gepflegten Hände gegeneinander, als würde er sie waschen. „Nein. Ich stamme aus Köln, wissen Sie? Ich besitze eine kleine Fabrik am Rhein, die ich gerade meinen beiden Söhnen vermacht habe. Ich wollte danach möglichst weit weg sein, um noch einige restliche Geschäfte abzuwickeln, für die ich ein wenig Zeit und Ruhe benötige. Und da schien mir dieser Ort perfekt zu sein. Ich war vor vielen Jahren schon einmal hier, als meine Frau noch lebte. Gott hab' sie selig.“
„Sie ziehen sich vom Geschäft zurück“, fasste ich zusammen. „Haben Sie schon Pläne für die Zeit danach?“
Wir sahen dem Schiff nach, das langsam hinter der Landzunge verschwand, bis nur noch das zurückgebliebene Kielwasser an seine Existenz erinnerte.
„Oh, da gibt es schon noch einige. Wer keine Pläne mehr hat, ist tot, denken Sie nicht auch?“
„Vermutlich“, gab ich zurück und nickte.
„Ich beabsichtige, meine Freiheit zu genießen. Und zwar auf meine eigene Weise. Freiheit bedeutet für mich, in meinem Alter, sich unerfüllten Träumen zu widmen. Sie wahr zu machen ist der größte Luxus, den sich ein Mensch erlauben kann.“
Ich wollte etwas entgegnen, seine Aussagen hinterfragen, doch ich kam an diesem Tag nicht mehr dazu.

Über den Strand näherten sich zwei Gestalten, ebenfalls in dicke Jacken gehüllt. Ein Mann und eine Frau, das erkannte ich bereits an der Art, wie die beiden sich bewegten.
Er lief scherzhaft und spielerisch hinter ihr her, um sie einzufangen, was ihm nach auffallend kurzer Zeit gelang.
Sie, die junge, blonde Frau, die ich von meinem Fenster aus gesehen hatte, gab einen kurzen, halb erstickten Schrei von sich, als er sie packte und zu sich heran zog.
Es hatte den Anschein, als wollte er sie küssen, doch sie zog im letzten Moment den Kopf weg und wand sich aus seinem Griff. Das Spiel begann von neuem.
„Sie sind wie Kinder", stellte Fasold fest, der seinen Kopf in die Richtung seiner beiden Mitbewohner gedreht hatte. „Manchmal sogar wie Tiere. Hier können Sie am lebenden Objekt das Balzverhalten studieren, junger Freund."
Die beiden, die keinerlei Notiz von uns zu nehmen schienen, lachten beinahe gleichzeitig auf. Der kräftige Mann schnitt der Blondine den Weg ab und streckte beide Arme nach ihr aus.
Sie wich vor ihm zurück, lachend. Der Wind verfing sich in ihrer Kapuze und zerrte sie ihr vom Kopf. Hervor lugte ein blonder Pferdeschwanz, aus dem sich einige dünne Strähnen gelöst hatten. *Sie ist hübsch*, dachte ich. Es war ein beiläufiger Gedanke, ohne größeres Interesse. Ja, hübsch war sie, nur schien sie nicht zu dem Mann zu passen, der sich gerade die größte Mühe gab, um sie zu werben und sich dabei, darin waren der Alte und ich uns offensichtlich einig, zum Vollidioten zu machen.
„Stefanie Sillner und Malte Beck", sagte Fasold, der meinen Blick bemerkt hatte. „Sie ist meine Sekretärin und er so etwas wie mein Pfleger. Sie wissen schon, er karrt mich ab und zu von A nach B. Entweder mit dem Wagen oder im Rollstuhl. Für mehr sind die beiden nicht zu gebrauchen. Aber in gewisser Weise bin ich auf Leute wie sie angewiesen."

Wie aufs Stichwort kamen die beiden näher. Anscheinend hatten sie bemerkt, dass wir uns über sie unterhielten, denn sie stellten ihr albernes Spiel ein, ordneten unabhängig voneinander ihre Kleidung und klopften sich den Sand von ihren Hosenbeinen.

„Alles in Ordnung bei Ihnen, Erich?“, fragte die junge Frau, fragte Stefanie.

Der Alte vollführte nonchalant eine Geste mit seiner rechten Hand und deutete dabei eine leichte Verbeugung an. „Es geht mir blendend. Dies hier ist übrigens unser Nachbar, Herr …?“

„Torn“, sagte ich trocken. „Hendrik Torn.“

Die beiden Angestellten blickten mich neugierig an. Stefanie Sillner nickte mir mit einem etwas unsicher wirkenden Lächeln zu, während der Mann an ihrer Seite es bei einem leicht stumpfsinnigen Blick beließ.

„Warum kommen Sie am Abend nicht mal rüber zu uns, Herr Torn?“, schlug Fasold vor. „Sagen Sie mir, was Sie trinken wollen. Entweder haben wir es im Haus oder ich lasse es von Herrn Beck besorgen.“

Ich hob abwehrend die Hände. „Danke, aber ich hatte in der Vergangenheit meine kleinen … Probleme mit dem Alkohol. Aber Ihr Angebot nehme ich sicher irgendwann an. Ich bin ja noch eine Weile hier. Genau wie Sie, nehme ich an?“

Erich Fasold sah mich aus leicht verengten Augen an. „Doch. Einige Tage ganz sicher noch.“

Die Situation hatte auf seltsame Weise einen unangenehmen Anstrich bekommen. Ich suchte nach einer Gelegenheit, mich von den Dreien loszueisen.

Meine Rettung nahte in Gestalt von Hanne Brückner, die sich uns zielstrebig näherte.

„Ihre kleine Frau Doktorin“, scherzte Fasold mit barscher Stimme und ließ ein kurzes Lachen folgen, das falsch und anzüglich klang.

Ich nickte meinen Nachbarn zu und beeilte mich, so gut es ging, der Angestellten entgegen zu gehen.
„Hallo Herr Torn“, rief sie mir bereits aus zwei Metern entgegen und deutete zu den drei Gestalten am Wasser hinüber. „Wie ich sehe, haben Sie schon Bekanntschaften geschlossen.“
„Meine Nachbarn von nebenan“, sagte ich und deutete mit einem Kopfnicken zu dem Bungalow hinüber. „Ich bin froh, dass ich denen entkommen bin.“
Sie lachte. „So schlimm?“
„Seltsame Leute“, gab ich nachdenklich zurück und verfiel dabei in einen Ton, wie ihn Lucas P. Fulton, der beinharte Ermittler, gerne verwendete.
„Und Sie sind sicher, dass Sie keiner von denen sind? Von den seltsamen Leuten meine ich?“
Sie lächelte mich an, und das erste Mal war sie mir so nah, dass ich in Versuchung geriet, die Sommersprossen in ihrem Gesicht zu zählen.
Hanne Brückner griff in ihre Jackentasche und hielt mir einen kleinen Gegenstand hin, der wie ein abgebrochenes Fieberthermometer aussah.
„Ah, sehr gut“, stieß ich angenehm überrascht aus. „Sie haben diesen Datenstick tatsächlich bekommen?“
„Das ist ein Surfstick“, stellte sie richtig. „Fürs Internet.“
Sie drückte mir das Plastikteil in die Hand.
„Will ich wissen, wie Doktor Degner das in die Wege geleitet hat?“, fragte ich, als ich den Stick in meine Tasche gleiten ließ.
Ihr Grinsen wurde breiter. „Mein Chef, Doktor Weingarten, hat jetzt einen Vertrag über eine SIM-Karte mit einem Datentarif an der Backe. Soweit ich mitbekommen habe, werden die Rechnungen, immerhin schlappe vierzig Euro im Monat für die ganzen Flatrates, von Doktor Degners Konto abgebucht.“
„Was will man mehr?“, fragte ich freudestrahlend.

Sie deutete auf die kleine Papiertüte, die sie mir feierlich überreichte. „Zum Beispiel das hier. Degner hat darauf bestanden, dass ich Ihnen noch frisches Verbandszeug einpacke. Dazu gibt es noch gratis von uns eine Testpackung von einer rückfettenden Lotion. Die ist ganz neu, sollten Sie mal ausprobieren, hat Degner gesagt. Verzeihung, Doktor Degner natürlich."
„Soll ich Ihnen ein Geheimnis verraten?", fragte ich. „Der Mann ist mir unheimlich."
Sie zuckte mit den Schultern und vergrub ihre schlanken Hände in den Hosentaschen. „Naja, zumindest würde ich ihn auch mit dem Begriff *seltsam* beschreiben."
„Genau wie mich", warf ich ein.
Sie sah mich unschlüssig an und schürzte die Lippen dabei. „Darüber bin ich mir noch nicht ganz im Klaren. Tät' mich jetzt jemand fragen, würde ich sagen, dass Sie hier draußen irgendetwas aushecken."
„Na, zum Glück fragt ja niemand", gab ich zurück. „Und ich werde es ganz sicher nicht tun." Ich hob die Tüte an und bemerkte erst jetzt, wie schwer sie war.
Als ich hineinsah, erkannte ich einen Gegenstand, den mir mein Gegenüber bisher verschwiegen hatte.
Mit spitzen Fingern zog ich ein gebundenes Buch hervor, in leicht schiefgelesenem Zustand, wie mir sofort auffiel.
„Was haben wir denn da?", fragte ich und betrachtete das Cover, das einen dunklen Schatten zeigte, der einer jungen Frau auf einer einsamen Landstraße nachstellte. *„Die Gunst des Mörders*. Ihr Exemplar?"
„Ein Fehlkauf", antwortete sie schnippisch. „Aber ich dachte mir, wo ich ja nun denjenigen kenne, der es …"
„Verbrochen hat …", schlug ich vor.
„Jedenfalls dachte ich, Sie würden vielleicht etwas reinschreiben wollen. Natürlich nur, wenn es Ihre knappe Zeit erlaubt."

Ich warf noch einen letzten kritischen Blick auf mein Werk, bevor ich es zurück in die Tüte steckte. „Ich denke, das lässt sich einrichten. Wollen Sie vielleicht mit rüber kommen, zum Krähennest?"
Sie hob abwehrend die Hände. „An sich gerne, aber ich muss noch ein paar Sachen ausliefern. Aber morgen Nachmittag habe ich frei. Was halten Sie davon, wenn ich mir das Buch dann wieder bei Ihnen abhole?"
Ich sah sie an, fühlte den kalten Wind auf meiner Haut, der mein Gesicht davon abhielt, rot anzulaufen wie das eines Konfirmanden, dem die brennende Kerze ins Kirchenschiff gefallen ist.
„Ich würde sagen, das ist eine glänzende Idee", antwortete ich.
Hanne Brückner zwinkerte mir zu. „Prima. Also dann? Bis morgen." Sie wandte sich ab, ein wenig abrupt und vielleicht mit aufsteigender Farbe im Gesicht. Im sicheren Abstand von mehreren Metern drehte sie sich um und winkte mir zu.
Ich hatte mich in der Zeit nicht von der Stelle gerührt.
Gut gelaunt kehrte ich zum Krähennest zurück.
Als ich die Treppe nach oben stieg, blickte ich noch einmal auf den Strand hinaus.
Da draußen waren sie noch immer zu dritt. Beck und Sillner hatten Erich Fasold in die Mitte genommen und ihre Hände von hinten auf seine Schultern gelegt. Irgendwie war mir, als blickten alle drei zu mir herüber.

- 9 -

ALS ICH IN mein Haus zurückkehrte, nahm ich als Erstes das klappernde Geräusch der Hintertür wieder wahr.
Ich dachte daran, dass sich möglicherweise wieder die Insektenschutztür gelöst haben könnte, war aber umso überraschter, dass es sich dieses Mal um die Hintertür als solche handelte, die ich offenbar nicht fest genug ins Schloss gedrückt hatte. Sie schlug im Wind und fegte eine empfindliche Kälte in den Flur. Ich schloss erneut beide Türen, stemmte mich letztlich mit meinem ganzen Gewicht dagegen und ließ nicht nach, bis ich das erlösende Geräusch des Einrastens vernahm. Zusätzlich besorgte ich mir einen Stuhl aus dem unbenutzten Nebenzimmer (ich wollte noch einen Versuch starten, es Melina anzubieten) und klemmte ihn unter die Türklinke.
Zufrieden mit meinem Werk, drehte ich mich um und wandte mich wieder meiner Arbeit zu. Doch es fiel mir schwer, mich auf die Handlung einzulassen. Sie schien mir nicht greifbar zu sein, viel zu weit entfernt.
Der wahre Grund war hingegen ein anderer, wie ich schnell feststellte. Ich war abgelenkt von den Eindrücken des Tages, nein, wenn ich es recht bedachte, sogar von sämtlichen Eindrücken, die ich während der Zeit meines Aufenthaltes gesammelt hatte.
Ursprünglich war ich hierhergekommen, um allein zu sein. Doch plötzlich sah ich mich von zahlreichen Personen umgeben, die ich nicht recht einzuschätzen wusste.
Wer waren die drei Leute vom Nachbarhaus in Wirklichkeit? Was war mit Gunnar Schwarz geschehen, warum meldete er sich nicht mehr bei mir? Und nicht zuletzt – wer war die geheimnisvolle Frau auf der Treppe, die Sarah Maynes hieß?
Natürlich beschäftigte mich vor allem die letzte Frage, und daher hatte ich gleich nach meiner Rückkehr den Surfstick

aus meiner Jacke geklaubt und ihn in den USB-Schlitz meines Laptops geschoben. Ungeduldig hatte ich davor gesessen und gewartet, bis sich die Software vollständig installiert hatte. Schlussendlich verfügte ich über einen funktionierenden Internetzugang, auch wenn die Datengeschwindigkeit sehr zu wünschen übrig ließ. Aber hatte ich nicht massenhaft Zeit?
Die ehrliche Antwort lautete: Nein. Ich war ungeduldig, wollte wissen, was es mit der Frau auf sich hatte, die mich auf eine unerklärliche Art und Weise faszinierte.
Ich gab ihren Namen in eine Internet-Suchmaschine ein und erhielt … nichts.
Ich probierte eine andere Schreibweise ihres Namens, bis ich zuletzt auf vollkommen abwegige Abkürzungen und Auslassungen verfiel. Zu guter Letzt probierte ich es mit zwei anderen Suchmaschinen. Das Ergebnis war überall dasselbe.
Das Netz kannte zwar Personen mit dem Namen Sarah Maynes, aber die gefundenen Ergebnisse hatten allesamt nichts mit der Frau zu tun, die jetzt in einer Villa nahe der Ostsee lebte.
Enttäuscht dachte ich nach, suchte nach meinem Denkfehler und fand ihn nicht. Ich öffnete nebenbei mein überquellendes Email-Postfach und begann damit, die meisten Nachrichten ungelesen zu löschen.
Während ich dabei war, in Gedanken versunken, nahm ich aus den Augenwinkeln einen Lichtstreif wahr.
Sofort war ich wieder hellwach. Es war das Licht, das ich jetzt schon mehrfach beobachtet hatte.
Ohne zu überlegen, sprang ich auf, klaubte im Vorbeigehen meine Jacke vom Ledersessel und wandte mich zur Tür.
Ich trat nach draußen, den Blick auf die noch fern erscheinende Steilküste gerichtet und streifte mir die Jacke über.
Mit einer Krücke bewaffnet wagte ich mich an den Abstieg. Unten angekommen stellte ich fest, dass ich die Ta-

schenlampe vergessen hatte. Aber ich wollte allein deswegen nicht wieder umkehren und dabei kostbare Zeit verlieren.

Was ich hier tat, konnte ich niemandem wirklich erklären, und ich ertappte mich wieder bei dem Gedanken daran, froh zu sein, dass niemand hier war, der Fragen stellen konnte. Ich folgte einer Art Impuls. Was ich empfand, ging weit über die dem Menschen angeborene Neugier hinaus. Tief in meinem Innern wusste ich, dass ich der Frau schon einmal begegnet war, dass ich sie kennen musste. Möglich, dass es Jahre her war. Aber ich kannte sie. Und vielleicht, so dachte ich jedenfalls, war es ihr ebenso ergangen.

Meine Schritte klangen auf dem harten Sand seltsam hohl. Die Dämmerung war bereits weit fortgeschritten. Über den grauen Abendhimmel wanderten träge Wolken, die sich am Horizont zu einem gewaltigen Berg auftürmten.

Der leichte Wind raschelte irgendwo rechts über mir in trockenem Laub, das sich seit dem letzten Herbst weigerte, von den Ästen zu fallen. Zweige wiegten hin und her, rieben aneinander und bildeten zusammen mit dem Murmeln der Wellen eine Geräuschkulisse, die mich über den Strand hinweg begleitete.

Ich musste darauf achten, mir meine Kräfte gut einzuteilen und mich nicht gleich auf den ersten einhundert Metern zu verausgaben. Ich mahnte mich selbst immer wieder, das Tempo zu drosseln. Und kaum war eine weitere Minute vergangen, stellte ich fest, dass ich schon wieder in eine höhere Schrittgeschwindigkeit verfallen war.

Etwas trieb mich voran. Meine innere Unruhe, vielleicht auch mein Drang, die Wahrheit über SIE zu erfahren.

War ich bereits besessen von diesem Gedanken?

Ich dachte eine Weile darüber nach, während ich einen Fuß vor den anderen setzte, die aufkommenden Schmerzen vor allem in meinem linken Bein ignorierend.

Wenn ich ehrlich zu mir selbst war, musste ich mir meine Frage mit einem klaren *Ja* beantworten.
Was würde geschehen, wenn ich die Treppe erreichte?
Insgeheim wusste ich auch das. Ich würde heute nicht noch einmal die Disziplin aufbringen, um an dieser Stelle Kehrt zu machen.
Und genauso kam es schließlich auch. Die Treppe lag im Dunkel vor mir, war mehr zu erahnen als wirklich zu sehen.
Ich presste meine Lippen entschlossen aufeinander und nahm den Aufstieg in Angriff. Meine rechte Hand klammerte sich fest an das Geländer. So zog ich mich selbst Stufe für Stufe nach oben.
Über mir waren die Kronen der hohen Bäume zusammengewachsen. Es raschelte und knisterte geheimnisvoll.
Endlich war ich oben angelangt und sah das Licht durch das Wäldchen hindurch schimmern.
Wer auch immer vor mir hier mit einer Taschenlampe unterwegs gewesen war, er war nicht mehr zu entdecken.
Möglich, dass sie es selbst gewesen war. Sarah.
Mit seltsam trockener Kehle und einer Zunge, die an meinem Gaumen zu kleben schien, trat ich vorsichtig durch die Bäume hindurch, was noch immer der kürzeste Weg zum Haus war.
Ich folgte der hohen Mauer ein Stück weit, bis ich das Tor erreicht hatte. Davor blieb ich stehen, zögerte für einen Moment. Welchen Grund sollte ich für meinen Besuch vorbringen? Ich versuchte gar nicht erst, eine Antwort auf diese Frage zu finden. Ich hob meinen rechten Arm und streckte meinen Zeigefinger nach dem im Mauerwerk verborgenen Klingelknopf aus.
Etwas raschelte hinter mir. Ich nahm eine Bewegung wahr, einen Schatten. Aus einem Reflex heraus wollte ich mich umdrehen, als ein schwerer Gegenstand mit furchtbarer Wucht gegen meinen Kopf knallte.

Ich schrie auf, verlor meine Krücke, als ich hilflos beide Arme ausstreckte. Bunte Lichtreflexe geisterten vor meinen Augen, flammten immer rascher und heller auf, bis sie mich hinabrissen in einen tiefen, dunklen Schlund.

- 10 -

Jemand spielt Klavier.

Das war der erste halbwegs klare Gedanke, an den ich mich erinnern kann. Es war kaum mehr als eine Assoziation, eine Schlussfolgerung, wenn man so wollte, die ich aus den Geräuschen zog, die auf irgendwelchen Wegen Kontakt mit meinen Sinnen aufnahmen.

Eine Melodie drang an mein Ohr, die ich noch nie zuvor gehört hatte, dessen war ich mir selbst in meinem bedauernswerten Zustand sicher. Jemand summte dazu, wenn ich mich nicht allzu sehr irrte.

Ich lag auf dem Rücken, die Füße leicht erhöht. Meine Hände strichen über den Bezug einer gepolsterten Oberfläche. Eine Couch. Jemand hatte mir ein Kissen unter den Kopf gelegt. Ich öffnete die Augen und blickte gegen eine mit Stuck verzierte Decke.

Ein Kronleuchter hing daran, venezianisch, achtarmig, gläsern. Sein Licht blendete mich. Ich wollte die Augen schließen und wollte es wiederum nicht. Für die Dauer weniger Sekunden drohte ich, in Panik zu verfallen. Dies war nicht das Krähennest. Ich wusste nicht, wo ich war.

Dann kehrten nach und nach die Erinnerungen zurück.

Ein Schatten, der zum Schlag ausholte, meine Stirn traf.

Langsam hob ich meine rechte Hand zum Kopf und fühlte dort einen festen Verband. Ich zuckte zusammen, als ich daran herumtastete. Jemand musste mich übel erwischt haben. Ich stöhnte leise. Dann hielt ich in meinen Untersuchungen inne. Erst jetzt fiel mir auf, dass das Klavierspiel aufgehört hatte.

Ich nahm ein leichtes Rascheln wahr, erzeugt von einem Kleid aus weißer Seide.

Sie stand neben mir, wie auch immer sie dort hingelangt war, und sah auf mich herunter.

Ich blinzelte, ächzte leise.

„Someone hit me from behind“, brachte ich krächzend über die Lippen.
„Ich spreche Ihre Sprache“, sagte sie leise und ging vor der Couch in die Knie. Ihr Gesicht war jetzt ganz nah. So nah, dass ich ihren Geruch wahrnahm. Ein leicht süßlicher Hauch, der mich an den Duft einer Blume erinnerte, wenngleich ich nicht wusste, an welche.
„Wie fühlen Sie sich?“, fragte sie, während sie mich aus ihren grünen, unergründlichen Augen ansah.
Ich wollte lächeln, spürte aber selbst, wie mein Versuch zu einer Fratze geriet. „Nicht besonders gut“, gab ich stattdessen zurück. Dennoch versuchte ich, mich hochzustemmen, was mir nur sehr mühsam und mit ihrer Hilfe gelang.
„Sarah … Maynes?“, fragte ich, während ich das Gefühl hatte, Sandpapier in der Kehle zu haben.
Sie nickte. Langsam, fast scheu. „Woher wissen Sie?“
„Heidrun Schwarz nannte mir Ihren Namen. Sie müssten sie doch noch kennen?“
Wieder ein Nicken. Ihre grünen Augen ruhten auf mir.
„Ich sah Sie vor ein paar Tagen unten auf der Treppe stehen. Und da … verzeihen Sie bitte, ich komme Ihnen vermutlich schrecklich neugierig und aufdringlich vor.“
Statt einer Antwort reichte sie mir ein Glas Wasser. „Trinken Sie einen Schluck. Das wird Ihnen gut tun.“
Dankbar setzte ich das Glas an meine Lippen und trank gierig.
„Langsam“, mahnte sie und hielt behutsam mein Handgelenk fest.
Sie hatte tatsächlich rötliche Haare, wie ich nun feststellte. Sie waren schulterlang und gelockt. Der porzellanartige Gesichtsausdruck war hingegen verschwunden. Sarah Maynes war eine Frau, deren Alter schwer zu bestimmen war. Sie konnte um die sechzig sein, genauso gut aber auch älter. Nur dass man es ihr nicht ansah. Sie hatte eine glatte, weiße Gesichtshaut, trug dezenten Lippenstift. Nur die

kleinen Fältchen um ihre Augen herum verrieten, dass sie bereits ein paar Jahre mehr erlebt haben mochte, als es auf den ersten Blick den Anschein hatte.
Für einen Moment kam sie mir vor wie ein angefahrenes Reh, das hilflos und aus großen Augen mitansehen muss, wie man sich ihm nähert, nichtsahnend, was nun mit ihm geschieht.
„Sie wurden vor meiner Tür niedergeschlagen“, erklärte sie. Ihre Stimme klang hell, klar und bediente sich eines englischsprachigen Akzents, was bei ihrem Namen sicher nicht verwunderlich war.
„Haben Sie gesehen, wer es war?“, fragte ich.
Sie schüttelte den Kopf, während sie das Glas aus meiner Hand nahm und es auf einen kleinen, nierenförmigen Tisch neben der Couch stellte.
„Es war Zufall, dass ich gerade am Fenster stand. Ich sah Sie bei dem Tor stehen. Und plötzlich war da ein Schatten hinter Ihnen.“
Ein Schatten. Immerhin. Sie hatte gesehen, was ich gesehen hatte.
„Haben Sie mich hier herein geschleift?“, wollte ich wissen.
Sie lächelte sanft. „Sie sind draußen noch einmal kurz zu sich gekommen. Ich habe Sie gestützt und hier hereingebracht, auf die Couch. Da sind Sie dann …“ Sie führte ihre Hände zusammen und legte sie gegen ihre rechte Wange.
„Ich verstehe“, gab ich zurück. An diesen Teil der Nacht konnte ich mich in der Tat nicht mehr erinnern.
Langsam bugsierte ich meine Beine von der Couch herunter, fühlte eine Welle von Schmerz aufkeimen, die ich weitestgehend ignorierte. Ich nahm meinen dröhnenden Kopf in die Hände und stierte für die Dauer einiger Sekunden stumpfsinnig zu Boden.
„Es tut mir leid, dass ich Ihnen solche Umstände mache“, sagte ich und wollte mich im nächsten Moment erheben.

„You're welcome, it's all right", hörte ich sie sagen, während ihre Hand mich sanft am Aufstehen hinderte.
Mein Blick wanderte über den Parkettboden bis hin zu einer hohen Schiebetür, hinter der ich einen weißen Flügel erkannte.
„Haben Sie gerade gespielt?"
Sie nickte.
„Es war ... wundervoll", presste ich zwischen zwei Schmerzwellen hervor. Das Pochen und Klopfen in meinem Körper ignorierend, hob ich meinen Kopf und sah sie an.
„Darf ich Sie etwas fragen? Wer sind Sie?"
„You'll find out." Ein flüchtiges Lächeln huschte über ihr Gesicht. „Aber es spielt keine Rolle, wer ich bin. Wollen Sie, dass ich einen Arzt rufe?"
„Nein", sagte ich sofort und hob abwehrend die Hände. „Ich komme schon zurecht. Ich brauche nur noch ein paar Minuten."
„Mein Sohn ist Arzt", fuhr sie mit einem Anflug von Melancholie in der Stimme fort. „Psychiater. Nicht hier. Drüben in London, England."
„Was hat Sie hierher verschlagen?", fragte ich. „Ich meine, ausgerechnet hierher nach Holnis?"
Sie stand auf und ging ein paar Schritte, während ihre Finger gedankenverloren mit den Fransen ihrer weißen Stola spielten. „Ich begleitete meinen Sohn letzten Sommer nach Hamburg zu einem Kongress. Im Anschluss hatten wir ein paar Tage Zeit und wollten hinauffahren zur dänischen Grenze. Ich bat ihn, vorher an der Ostsee Halt zu machen. I love the sea, you know?"
Ich nickte.
„Und so kamen wir hierher, fanden diese Villa. Ich verliebte mich in das Haus und die Gegend. Und nun bin ich hier. Für einige Zeit."
„Ich verstehe", gab ich zurück. In Wirklichkeit verstand ich überhaupt nichts. Ich hörte, was sie sagte und konnte

ihre Worte einigermaßen nachvollziehen, doch die Zusammenhänge blieben für mich weiterhin unklar.
Ich wusste nicht einmal mehr genau, wie ich hierhergekommen war. Seltsamerweise fühlte ich mich in ihrer Gegenwart nicht unwohl. Im Gegenteil. Ich spürte so etwas wie eine grundsätzlich vorhandene Sympathie zwischen uns.
„Wie spät ist es?", fragte ich, einfach, weil es mir gerade in den Sinn gekommen war.
„Gleich halb drei", gab sie zurück, als sei unsere gemeinsame Situation das Natürlichste auf der Welt.
„Du lieber Himmel", stieß ich hervor und unternahm einen erneuten Versuch, aufzustehen.
Dieses Mal hinderte sie mich nicht daran. Sie lehnte mit ihrer schlanken Gestalt an einer Anrichte, auf der allerhand Porzellanfigürchen aufgereiht waren. Zumeist handelte es sich um Vögel, deren Gefieder die gesamte Farbpalette abdeckten.
„Sie müssen nicht gehen, wenn Sie nicht wollen", sagte sie, als sie erkannte, wie ich noch leicht wankte.
„Ich habe Ihnen schon genug Umstände bereitet", antwortete ich und blinzelte das Schwindelgefühl weg, das in diesem Augenblick seine Finger nach mir ausstreckte.
Sie schüttelte den Kopf. „Kommen Sie mit nach nebenan, ich werde uns einen Tee machen."
Ich wollte protestieren, im ersten Moment, aus einer Art Reflex heraus. Mein Körper allerdings sprach eine andere Sprache und ließ meinen anfänglichen Widerstand in Sekundenschnelle zusammenschmelzen.
„Also gut", lenkte ich ein und folgte ihr durch einen geräumigen Flur in die Küche des Hauses.
Wir tranken englischen, schwarzen Tee zusammen, den ich mir mit Milch und viel Zucker versüßte.
Viel sprachen wir in diesen Minuten nicht. Aber irgendwie war das auch gar nicht notwendig. Ich war dieser Frau dankbar, dass sie sich um mich gekümmert hatte, auch

wenn ich noch immer keinen blassen Schimmer davon hatte, wer sie war.
Als es draußen bereits hell wurde, war es an der Zeit für mich, zu gehen.
Sie blickte mich an und nickte zufrieden. Offenbar bot ich inzwischen keinen allzu mitleiderregenden Anblick mehr.
Der Weg zur Haustür führte uns wieder an der Schiebetür vorbei, die unverändert einen Spalt offen stand.
„Warten Sie hier“, sagte sie plötzlich. „Sie haben etwas vergessen.“
Noch ehe ich antworten konnte, war sie verschwunden.
Ich spürte die wohlige Wirkung des Tees in mir, der einige Kräfte in mir wieder zum Leben erweckte.
Ich konnte nicht umhin, näher an die Tür heranzutreten. Ich schob sie ein winziges Stück weiter auf und blickte in den Raum dahinter.
Es war ein helles, freundliches Zimmer, in dem der große, weiße Flügel den Mittelpunkt bildete. Eine kleine Bank stand davor. Auf dem Instrument befand sich ein kleines gerahmtes Bild, das einen Mann von etwa vierzig Jahren zeigte. Er lächelte dem Betrachter zu, aus den gleichen lebhaften grünen Augen seiner Mutter.
Als ich meinen Kopf anhob, fiel mein Blick auf die rückwärtige Wand. Und plötzlich bekam ich eine Ahnung davon, wer sie war.
Dort hingen in einer Reihe drei goldene Schallplatten, die in entsprechende Rahmen gefasst waren. In einer Glasvitrine daneben befanden sich allem Anschein nach Preise und Auszeichnungen. Ich hatte keine Zeit mehr, all dies näher zu betrachten, da ich in meinem Rücken ihre Schritte vernahm.
Langsam drehte ich mich zu ihr um.
„Ihre Krücke“, sagte sie und hielt mir meine verhasste Gehhilfe hin, nicht ohne das geheimnisvolle Lächeln aus ihren Augen zu verlieren.

Ich deutete mit dem rechten Daumen in Richtung der Schallplatten. „Sie sind …“

„Sssssccchhht“, sagte sie und legte den Zeigefinger an ihre Lippen.

Ich wusste dennoch, was geschehen war.

Ich hatte Noosha gefunden.

- 11 -

WIE ICH AN jenem Morgen nach Hause gekommen bin, weiß ich nicht mehr. Ich habe kaum noch Erinnerungen an den Rückweg über den Strand. Fragte man mich heute danach, würde ich ihn als eine Mischung aus Schmerz und Euphorie bezeichnen, von dem mal das eine, mal das andere die Vorherrschaft übernahm.
Noosha.
Natürlich sagte mir ihr bürgerlicher Name nichts, denn dieser war, soweit ich mich erinnere, niemals veröffentlicht oder bekannt geworden. Sie hatte es wie kaum eine andere verstanden, aus sich eine Kunstfigur zu machen, die sie in einem Hauch von Theatralik auf jeder Bühne perfekt dargestellt hatte. Und obwohl die Siebzigerjahre und damit auch ihre Erfolge weit zurücklagen, erinnerte ich mich dennoch an sie.
Im Krähennest angekommen, fiel ein Schleier von mir ab. Ich ließ mich in den Sessel fallen, zog mir meinen Laptop heran und schaltete ihn ein. Ich verbrachte den Morgen damit, mir alte Videoclips im Internet anzusehen, verliebte mich und schlief irgendwann ein.
Ein kalter Lufthauch weckte mich Stunden später. Ich spürte ihn, wie er an meinen Beinen hinauf kroch und mich frösteln ließ. Die Tür zur Treppe schwang im Wind hin und her, genau wie die Lamellen des Vorhangs daneben.
Möglich, dass ich die Tür beim Hineingehen nicht fest genug verschlossen hatte. Vielleicht hatte der Wind sie nach innen aufgedrückt.
Oder aber es war jemand in der Wohnung.
Ich schälte mich aus dem Sessel. Mein Herz schlug automatisch schneller. Im Aufstehen langte ich nach meiner Krücke und packte sie so fest ich konnte.
Dann hörte ich im Bad die Klospülung. Wenig später rauschte Wasser durch die Leitungen nach unten, ein geräuschvoller Vorgang. Ich hörte die Tür gehen. Schritte.

Melina stand vor mir.
Ich ließ geräuschvoll die Luft aus meinen Lungen entweichen. „Himmel, hast du mir gerade einen Schrecken eingejagt.“
„Na, danke gleichfalls“, sagte sie, drückte im Vorbeigehen die Tür zu und trat mit düsterer Miene näher.
„Wieso?“, fragte ich.
„Hast du mal gesehen, wie du aussiehst?“, fragte sie, kam zu mir herüber und drückte mich, dieses Mal ein wenig länger als sonst. „Meine Güte, da ist man mal einen Tag nicht hier und schon bricht bei dir anscheinend Armageddon aus. Du siehst aus, als hätte Frankenstein dich über Nacht zusammengeflickt. Und was ist das überhaupt für ein Verband um deinen Kopf? Da ist Blut dran, oder?“
Ich hob die linke Hand und hielt mich mit der rechten wie ein Betrunkener am Tresen fest.
„Es ist nicht so, wie es aussieht“, begann ich kläglich.
„Ganz dummer Spruch“, sagte sie, rollte mit den Augen und bugsierte mich zu meinem Sessel zurück, in den ich dankbar und ein wenig beschämt einsank.
„Und jetzt erklär’ mir bitte mal, was passiert ist. Bist du gestürzt oder wie?“ Sie zog sich einen Stuhl heran und sah mich erwartungsvoll an.
Für den Bruchteil einer Sekunde wollte ich ihr einfach zustimmen und es dabei belassen. Stattdessen drängten sich andere Worte über meine Lippen. „Ich war gestern Abend noch am Strand unterwegs“, begann ich. Und dann erzählte ich ihr die ganze Geschichte.
Als ich geendet hatte, starrte Melina mich an. Sie hatte ihre dunklen Augenbrauen zusammengezogen, und auf ihrer Stirn zeigte sich eine Falte. Sie unternahm einen Versuch, etwas zu sagen, überlegte es sich dann jedoch offenbar anders.
Sie hob die Hände und fuchtelte abwehrend damit vor mir herum.

„Moment, Moment, ok? Das ging gerade alles ziemlich schnell. Du willst mir ernsthaft sagen, dass dir einer was über den Schädel gezogen hat, du nicht mal weißt, wer es war und du dann darauf anstatt die Polizei zu verständigen die ganze Nacht bei einer fremden Frau verbracht hast, die deine Mutter sein könnte?"
„Ist sie aber nicht", antwortete ich lahm. „Mutter ist …"
„Hör' auf, mich zu verscheißern", rief sie. Ihre Zornesfalte trat jetzt noch stärker hervor.
Ich nahm ihre Hand und drückte sie.
„Hör' zu, ich weiß, wie sich das alles anhört. Aber was sollte ich dir denn erzählen, wenn nicht die Wahrheit?"
Ich wischte über den Laptop. Nachdem der Bildschirmschoner verschwand, war noch immer die Seite aktuell, die ich zuletzt aufgerufen hatte. Ich drückte auf das kleine, dreieckige Zeichen für Play und der Clip wurde abgespielt.
Es ertönten die ersten Takte von *S-S-S-Single Bed*. Noosha tauchte auf, in einen weißen Umgang gehüllt und mit einer roten Blume im Haar. Darunter trug sie eine schwarze Hose, die selbst für das Jahr 1976 sehr gewagt schien.
Melina sah abwechselnd zu mir und auf den Bildschirm.
„Was, um alles in der Welt, ist das?"
Ich deutete auf den Clip. „Das ist sie. Das ist die Frau, die ich gestern Abend getroffen habe. Vor ein paar Tagen habe ich sie am Strand auf der Treppe gesehen, und gestern Abend, da … da war ich in ihrem Haus."
„Nachdem du eins über den Schädel bekommen hast", erinnerte sie mich. Sie beugte sich vor und stoppte Noosha und ihre Band mitten in der zweiten Strophe.
„Ok", seufzte Melina, „ich glaube dir. Es bleibt mir wohl auch nichts anderes übrig. Ich meine, du bist Schriftsteller, und von dir sollte man daher eigentlich erwarten können, dass du dir eine Story ausdenkst, die glaubhafter ist. Oder zumindest origineller."

„Auch wenn es abgedroschen klingt“, antwortete ich, „aber die rätselhaftesten Geschichten schreibt noch immer das Leben selbst.“
„Ach ja“, seufzte sie, stand auf und stellte den Stuhl an den Tisch zurück, „das musste ja von dir kommen.“ Sie drehte sich zu mir um. „Und weißt du denn auch schon, wie es weitergehen soll?“
Ich blinzelte. „Womit genau?“
Sie deutete auf meinen Verband. „Na mit deiner Verletzung. Weiß dein Arzt davon?“
„Degner weiß komischerweise alles. Auch diese Sache wird er ganz sicher schnell herausfinden. Wahrscheinlich scannt er regelmäßig meinen Laptop und checkt meine Telefonverbindungen.“
„Ich meine es ernst“, erwiderte Melina. „Mir hältst du Vorträge, dass ich ja aufpassen soll wegen des Typs, der da abgehauen ist. Und du bist ihm vermutlich tatsächlich begegnet, hältst es aber nicht mal für nötig, deine Tür abzuschließen.“
„Du hast ja recht“, lenkte ich mit ernsterer Stimme ein. „Ich werde künftig besser auf mich achtgeben, in Ordnung?“
Sie warf mir einen Blick zu, der mich daran erinnerte, wie ich ihr den Hustensaft eingeflößt hatte, als sie fünf Jahre alt gewesen war. Und genau wie damals fand sie sich schließlich mit der Situation ab.
Ich sah auf die Uhr meines Laptops. Wir hatten die Mittagszeit bereits weit hinter uns gelassen. „Wie sieht es bei dir aus, bleibst du noch auf eine Tasse Kaffee? Ich fürchte nur, ich habe keinen Kuchen im Haus. Nicht mal was Vergleichbares.“
Ich sah, wie sie versuchte, sich ein Lächeln zu verkneifen. „Nein, ist lieb gemeint, aber ich muss gleich schon wieder weiter. Warum besuchst du mich nicht mal in der Eisdiele in Glücksburg, hm?“

„Gute Idee“, gab ich zurück. „Vielleicht finde ich jemanden, der mich fährt. So, und nun sei mir nicht böse, aber ich glaube, ich muss hier drinnen tatsächlich mal etwas aufräumen. Duschen und Rasieren könnte auch nicht schaden.“
„Du redest ja, als ob du noch Besuch erwartest.“ Ihre Augen weiteten sich einen Deut. „Es kommt tatsächlich noch jemand vorbei, oder? Wer ist es denn? Goosha?“
„Ihr Name ist … nein, es ist jemand anderes“, antwortete ich.
Melina grinste, während sie den Reißverschluss ihrer Jacke bis zum Hals hinauf zog. „Eine Frau, oder? Du würdest nur für eine Frau aufräumen. Na komm schon, wer ist es?“
Wir gingen gemeinsam zur Tür. „Es geht dich zwar nicht das Geringste an, aber sie versorgt mich hier draußen mit meinen Medikamenten. Sie heißt Hanne und scheint eine sehr nette Person zu sein.“
„Dein Alter?“
„Fast“, antwortete ich mit einem Lächeln. „So, nun aber raus mit dir, bevor du wieder irgendwo zu spät kommst.“
Melina drehte sich zu mir um und drückte mir einen Kuss auf meine stoppelige Wange. „Hab’ dich lieb, Paps.“
„Ich dich auch, Kleines“, sagte ich, und als sie längst gegangen war, flüsterte ich es noch einmal gegen die beschlagene Scheibe: „Ich dich auch.“
Ich machte mein eigenes Versprechen wahr und verbrachte lange Zeit im Bad mit einer ausgiebigen Dusche und einer gründlichen Rasur. Ich versorgte meine Beine mit einer ausreichenden Schicht Fettsalbe und legte frische Verbände an. Meinen Kopf hatte ich inzwischen vorsichtig vom Mull befreit. Ich hatte ein wenig Kochsalzlösung hineingeträufelt, damit sich die verkrusteten Bandagen besser lösten.
Das Ergebnis war weit weniger schlimm als befürchtet. Nachdem ich die Wunde vorsichtig gereinigt hatte, blieb

eine rosa angelaufene Schwellung zurück, die allerdings bei Druck noch empfindlich wehtat.
Ich schlüpfte in frische Kleidung und warf die alte in die Waschmaschine im Bad. Danach schaffte ich Ordnung im Wohnzimmer und machte mich daran, frischen Kaffee aufzubrühen. Ich hatte die Kanne gerade fertig befüllt, als es draußen an der Tür klopfte.
Ich drehte mich um, winkte Hanne Brückner zu und bedeutete ihr mit einer Geste, dass ich mich sofort auf den Weg machen würde.
„Wirklich schön haben Sie es hier", sagte sie, als sie eintrat. „Hätte ich gar nicht gedacht."
„Weil Sie mir keinen Geschmack zutrauen?", fragte ich.
„Weil das Haus von außen ziemlich futuristisch aussieht. Mit dem ganzen Glas, meine ich." Sie lächelte schnippisch und knöpfte ihren Mantel auf, den sie an die kleine Garderobe neben der Tür hing.
„Beinahe hätten Sie noch meine Tochter getroffen", sagte ich, während ich das letzte heiße Wasser durch den Filter in die Kanne laufen ließ.
„Sie hat Sie besucht? Das freut mich. Es muss hier doch furchtbar langweilig sein. So ganz allein meine ich."
Ich setzte den Wasserkocher ab. „Nein, das kann ich nicht gerade behaupten. Ich habe ja genügend Auslauf, und im Grunde passiert hier genug, wenn man die Augen offen hält."
Sie betrachtete für eine Weile nachdenklich meinen Kopf, enthielt sich aber eines Kommentars dazu.
Auch ich hielt es für keine besonders gute Idee, dieser Frau, die mir zwar sehr sympathisch erschien, die aber doch im Grunde eine Fremde für mich war, von meinen nächtlichen Erlebnissen zu erzählen.
Also erzählte ich ihr von Melina, die jetzt neunzehn war und mein ganzer Stolz. Wir redeten über das Schreiben,

über Bücher und aktuelle Filme, für die sie sich sehr interessierte.
Und ich genoss ihre Anwesenheit, das zwanglose Plaudern. Ich mochte die Art, wie sie lächelte und sich bisweilen eine Strähne ihres blonden Haars hinter die Ohren steckte.
Ich erfuhr einiges über sie, wenn auch nicht viel, da sie, wie mir schien, darauf achtete, was sie von sich preisgab und was nicht.
Sie lebte allein, stammte ursprünglich nicht von hier oben, sondern war der Liebe wegen hierher gezogen. Bis sich die Liebe verflüchtigt hatte, sie aber neue Wurzeln im Norden pflegte.
„Ich bin noch nicht mal dazu gekommen, Ihnen Ihr Buch zu signieren", stellte ich irgendwann mit einem entschuldigenden Lächeln fest.
„Das macht nichts. So eilig ist es auch wieder nicht."
„Am Ende wollen Sie es gar nicht zurück?"
„Doch", sagte sie nach einer Weile. „Ich nehme es. Aber nur, wenn Sie mir etwas Persönliches hineinschreiben."
„Glauben Sie denn, dass wir uns dazu bereits genug kennen?"
„Als Schriftsteller sollte Ihnen da schon etwas einfallen, meinen Sie nicht?" Sie sah mich herausfordernd über den Rand ihrer Kaffeetasse hinweg an.
„Die Wette gilt", antwortete ich.
„Woran schreiben Sie gerade?", wechselte sie das Thema und deutete auf meinen Laptop auf dem Beistelltisch.
Ich lehnte mich zurück und zuckte mit den Schultern, was sie zu einem erneuten Lächeln bewog.
„Sie wissen es nicht?", fragte sie.
„Es ist dieses Mal nicht so einfach zu beschreiben", antwortete ich. „Die Geschichte lässt sich nicht ohne weiteres einem bestimmten Genre zuordnen. Ich erzähle einfach, was mich beschäftigt und lasse meine Figuren danach agieren."

„Klingt ja sehr geheimnisvoll“, sagte sie mit gespielt düsterer Stimme.
„Vielleicht lese ich Ihnen beim nächsten Mal etwas daraus vor“, sagte ich.
Sie blickte mich mit großen Augen an. „Etwas Unveröffentlichtes? Mir?“
„Warum nicht?“
Sie stellte ihre Tasse ab. „Keine Ahnung. Aber ich dachte, Schriftsteller sind da immer besonders eigen, was das angeht. Außerdem wäre ich dann ja der erste Mensch, der es zu lesen bekommt. Es sei denn, Sie haben es schon Ihrer Tochter gezeigt.“
Ich schüttelte den Kopf. „Melina hat sich bisher nie wirklich für Romane interessiert. Also werde ich es Ihnen vorlesen, einverstanden? Und Sie sagen mir dann ehrlich und schonungslos, was Sie davon halten.“
„Ich muss Sie warnen“, erwiderte sie, „ich sage immer, was ich denke.“
„Umso besser“, gab ich zurück. „Wenn es nämlich nichts taugt, werde ich den ganzen Mist löschen.“
„Einfach so?“, fragte sie. „Legen Sie damit nicht eine ziemliche Verantwortung in meine Hände?“
„Vielleicht vertraue ich Ihnen.“
„Vielleicht machen Sie damit aber auch einen riesengroßen Fehler.“
Für einen Augenblick sahen wir uns schweigend an, bis wir gleichzeitig anfingen zu lachen.
So blieb die Ausgabe von *Die Gunst des Mörders* auch an diesem Tag unsigniert, was wir jedoch offenbar beide nicht als weiter schlimm betrachteten.
Als es auch für sie Zeit wurde zu gehen, begleitete ich sie zur Tür.
„Wie geht der Heilungsprozess voran?“, fragte sie, nachdem sie den letzten Knopf ihres Mantels geschlossen hatte. „Haben Sie noch große Schmerzen?“

Ich dachte in diesem Moment tatsächlich über ihre Frage nach und schüttelte dann langsam den Kopf.
„Ich habe das Gefühl, dass die Schmerzen langsam aber sicher nachlassen. Sie werden zumindest erträglicher."
„Dann scheint es Ihnen hier gut zu gehen", stellte sie fest. „Das ist doch schon mal eine wertvolle Erkenntnis."
„Ich habe hier draußen ja auch immer wieder angenehme Abwechslungen", sagte ich und zwinkerte ihr zu.
„Erwarten Sie darauf besser keine Antwort von mir", sagte sie lächelnd, drückte kurz meinen Arm mit ihrer Hand und trat über die Schwelle nach draußen.
„Beim nächsten Mal habe ich Kuchen da", rief ich ihr hinterher.
Sie hob im Gehen auf der Treppe ihre rechte Hand und streckte ihren Daumen in die Höhe.
Ich schloss die Tür, um dem schneidenden Wind zu entgehen. Als ich mich umdrehte und in die leere Wohnung blickte, kam ich zu dem Schluss, dass es mir so schlecht gar nicht ging.
Tatsächlich fühlte ich mich seit meiner Ankunft so, als hätte ich mich an einer unsichtbaren Station angedockt, um meine Akkus vollzuladen.
Ich klappte meinen Laptop auf, um zu schreiben, blieb aber bei den zugegeben wenigen Clips einer gewissen Sängerin hängen, die mit ihrer Band in den 70ern eine Handvoll Hits gehabt hatte. Sie waren damals auf der neu entstandenen Pop- und Discowelle mitgeschwommen. Später hatte Noosha eine Solokarriere angestrebt, die dann relativ schnell im Sande verlaufen war. Damit teilte sie ein Schicksal, das unzählige andere Künstler vor und nach ihr im Musikgeschäft ereilt hatte. Was Noosha hingegen zu einem besonderen Fall machte, war die Tatsache, dass es danach nicht nur ruhig um sie wurde, sondern dass sie offenbar vollkommen von der Bildfläche verschwand. Sie gab danach nicht ein einziges Interview mehr, besuchte keine

Talkshows oder TV-Camps, sie fand in den Medien überhaupt nicht mehr statt.
Es schien, dass die Welt sie vergessen hätte.
Bis auf einige hartgesottene Fans vielleicht. Und Leute wie mich, die seit letzter Nacht wieder damit begonnen hatten, sich mit ihrer Musik zu beschäftigen.
Ich fragte mich, wie es möglich war, dass sich jemand, der zuvor über mehrere Jahre im Rampenlicht gestanden hatte, so vollkommen aus der Öffentlichkeit zurückziehen konnte, dass nicht einmal die Presse ihren aktuellen Wohn- oder Aufenthaltsort kannte.
Nun gut, weil er Holnis hieß. Aber das war ganz sicher nur ein Teil der Antwort. Mich interessierte der Rest, der im Verborgenen lag. Die Frage nach dem, was mit Sarah Maynes geschehen sein konnte, begann meine Fantasie zu beflügeln. Sie setzte einen Gedankenprozess in Gang, der nicht mehr aufzuhalten war, selbst wenn ich es gewollt hätte.
Ich stand auf, um mir ein wenig die Füße zu vertreten.
Als ich den Lamellenvorhang nach Westen aufzog, begegnete mein Blick dem von Erich Fasold. Er befand sich einige Meter weit von seinem Bungalow entfernt und hatte seinen Rollstuhl in meine Richtung gedreht.
Ich hob die rechte Hand.
Fasold erwiderte den Gruß. Er saß stumm da und machte keine Anstalten, seinen Rollstuhl aus dem Wind zu bewegen.
Ob er auf etwas oder jemanden wartete? Alles sah danach aus. Was waren das für Geschäfte, die er hier unten am Strand abzuwickeln hatte?
Während ich über diese Frage nachdachte, tauchte hinter dem Mann ein Schatten auf und wurde zu Malte Beck.
Der Pfleger trug keine Kopfbedeckung. Sein blondes Haar wurde vom Wind durcheinandergewirbelt, so dass seine Augen kaum zu erkennen waren. Seine Augen, die nun

ebenfalls für die Dauer von Sekunden zu mir herauf starrten.
Beck grüßte nicht.
Nach einer Weile löste er die Bremsen des Rollstuhls und drehte ihn herum. Die beiden Männer schlugen den Weg zum Bungalow ein.
Ich ertappte mich dabei, dass ich noch immer die Schnur des Vorhangs in der Hand hielt. Langsam ließ ich sie sinken.
Das Klingeln des Wandtelefons direkt neben mir ließ mich zusammenfahren.
Für einen Moment starrte ich den Apparat an, bevor ich meinen linken Arm mechanisch ausstreckte und den Hörer abnahm. „Ja?"
„Herr … Torn?"
Die Stimme am anderen Ende der Leitung war so leise, dass ich die Worte kaum verstand.
„Wer spricht denn da?"
„Sie hätten gestern beinahe meinen Namen ausgesprochen", kam es zurück.
Noosha.
Natürlich. Insgeheim hatte ich es gewusst, aber ein Teil von mir sträubte sich noch, es für wahr zu halten.
„Herr Torn, es … ist etwas passiert. Können Sie herüber kommen?"

- 12 -

ICH HATTE DIESES Mal beide Krücken mitgenommen. Ich war in der Lage, mich schneller zu bewegen, wenn ich mich gleichzeitig mit beiden Gehhilfen abstützte.
Während dieser Tage in Holnis hatte sich meine Armmuskulatur deutlich weiter entwickelt. Ich war spürbar kräftiger geworden und zudem in der Lage, die Strecke über den Strand in einer wesentlich schnelleren Zeit zurückzulegen. Und an diesem Abend spürte ich das erste Mal, dass es auch notwendig war.
Als ich am Strand entlanghastete, ging ein leichter Nieselregen nieder, der den Sand aufweichte und mir nach einigen Minuten die Sicht verschleierte.
Als ich die Treppe zum Haus erreichte, war ich vollkommen außer Atem. Ohne es zu wollen, hatte ich es übertrieben, mich verausgabt.
Vierzehn, fünfzehn. Ich war oben, hielt einen Moment inne und sah zur Villa hinüber.
Als ich mir meinen Weg durch die Buchen bahnte (seltsam, wie vertraut er mir schon jetzt vorkam), sah ich Sarah hinter der Pforte stehen. Ihre weißen Finger umklammerten einen der Gitterstäbe, während sie nach draußen spähte.
Als sie mich erkannte, verfiel sie in hektische Bewegungen und schloss das kleine Tor auf, um mich einzulassen.
„Guten Abend“, brachte ich keuchend hervor. „Was ist denn geschehen? Sie klangen so aufgeregt am Telefon.“
Sie schüttelte nur rasch den Kopf, blickte sich zu beiden Seiten um und beeilte sich, das Tor wieder hinter mir zu schließen. Ich hörte, wie sie den kleinen silbernen Schlüssel, den sie an einer Kette bei sich trug, zweimal herumdrehte.
„Kommen Sie ins Haus“, flüsterte sie, „da können wir reden.“

Ich sah nur für den Bruchteil einer Sekunde in ihr regennasses Gesicht. Sie musste schon lange hier draußen auf mich gewartet haben.
Ihre Augen waren geweitet und vermittelten einen unruhigen, geradezu gehetzten Ausdruck.
Wir traten ins Haus, wo sie ihren Sommermantel ablegte und ihn achtlos über die kleine Kommode in der Diele warf.
Dort drehte sie sich zu mir um, in einem einfachen Kleid, das aus einer anderen Epoche zu stammen schien. Ihre Hände schienen nicht zu wissen, wohin. Sie rieben aneinander, falteten und lösten sich im ständigen Wechsel.
„Er war hier", presste sie schließlich zwischen ihre Lippen hindurch.
Ich sah sie fragend an, während ich mich aus meiner nassen Jacke schälte.
„Der Mann, der Sie niedergeschlagen hat", erklärte sie. „Ich bin mir sicher, dass er es war. Aber dieses Mal war er hier, hier im Haus."
„Woher wissen Sie das?", fragte ich zurück. „Hat er Sie bedroht?"
Sie schüttelte den Kopf. „Ich habe ihn nicht zu Gesicht bekommen. Aber ich fand das hier auf den Tasten meines Flügels."
Sie reichte mir einen schlichten weißen Briefumschlag.
Ich entnahm das Schreiben und faltete es auseinander. Mit wachsender Unruhe überflog ich die Zeilen, die in einer kräftigen, aber zugleich säuberlichen Handschrift abgefasst waren:

Hoch verehrte Dame,
mein Geld haben Sie abgelehnt. Das ist von nun an Ihr persönliches Pech, denn ich werde mein Angebot an Sie nicht wiederholen. An diesem Punkt endet das harmlose Spiel. Sie wissen, worum es geht. Sie allein haben es in der Hand.

Erfüllen Sie meinen Wunsch oder ich werde dafür sorgen, dass alles ans Licht kommt.

Ihr ergebener Verehrer

Ich ließ den Brief sinken und schüttelte fassungslos den Kopf.
„Das ist ein Erpresserschreiben", sagte ich nach einer Weile, riss den Schrieb wütend hoch und fügte hinzu: „Blackmail!"
„Er muss in dieses Haus eingedrungen sein, ohne dass ich es bemerkt habe", fügte sie leise hinzu.
„Haben Sie einen Verdacht, um wen es sich dabei handelt?", fragte ich.
Sie presste ihre ungeschminkten Lippen zu einem blutleeren Strich zusammen und schüttelte den Kopf. „Seit vielen Tagen schon zerbreche ich mir den Kopf darüber. Aber ich finde keine Antwort."
„Das bedeutet, es geht mit diesen Briefen schon eine ganze Weile so?"
„Ja", gab sie leise zurück und senkte den Blick. „Am Anfang hat er seine Nachrichten an mich bei der Treppe hinterlegt. Ich sollte jeden Abend hinausgehen, um nachzusehen."
„Ich verstehe", sagte ich und dachte an das Licht, das ich beinahe immer um dieselbe Zeit von meinem Haus aus beobachtet hatte.
Wir gingen hinüber in das Wohnzimmer. Sie bot mir einen Platz auf der Couch an und setzte sich, zu meiner leichten Überraschung, neben mich.
„Ich habe Angst", hauchte sie. „Ich … fühle mich in diesem Haus nicht mehr sicher, nachdem das hier passiert ist." Sie deutete auf den Brief, den sie auf den kniehohen Tisch vor uns gelegt hatte.
„Wie kann er hereingekommen sein?", fragte ich.

Sarah Maynes zuckte mit den Schultern. „Vielleicht durch die Hintertür. Es ist möglich, dass ich unachtsam gewesen bin.“
„Ich möchte Sie etwas fragen“, fuhr ich nach einer Weile fort und drehte meinen Kopf in ihre Richtung. „Sie müssen darauf nicht antworten, wenn Sie nicht wollen. Passen Sie auf. Meine Frage lautet: Was weiß der Briefeschreiber über Sie und was genau will er von Ihnen?“
Sie holte tief Luft und hielt für einen Augenblick den Atem an.
„Ich denke, Sie haben ein Recht darauf, es zu erfahren, nachdem ich Sie schon um Hilfe gebeten habe. Aber Sie sind einfach der einzige Mensch in dieser Gegend, dem ich vertraue.“
Ich nickte ihr aufmunternd zu.
„Sie haben gesagt, dass Sie mich kennen“, sagte sie nach einem Moment des Schweigens. „Wie gut kennen Sie mich? Was genau wissen Sie von mir?“
„Ich weiß nur das, was man heute noch aus dem Internet über Sie erfahren kann. Und das ist ehrlich gesagt überraschend wenig. Ich weiß, dass Ihre Wurzeln in Australien liegen. Sie fanden Anfang der Siebzigerjahre mit Ihrer Band zusammen und hatten einige Singleerfolge. Mein Lieblingssong aus der Zeit ist *Imagine Me, Imagine You.* Wobei ich denke, dass auch der Song *More Than Molecules* das Potential zu einem großen Hit gehabt hätte.“
Ich legte eine kurze Pause ein, um dem Lächeln, das über ihr Gesicht huschte, den Platz einzuräumen, den es verdiente.
„Später wurde es ruhig um Sie. Es folgten keine Auftritte mehr, ebenso wenig wie Aufnahmen zu möglichen neuen Veröffentlichungen. Es gab Ende der Siebziger nichts Neues mehr von Noosha, und auch das Jahre später mal durch irgendjemanden, vermutlich gerüchteweise, ins Gespräch gebrachte neue Album hat es nie gegeben. Sie waren einfach komplett untergetaucht.“

Wieder ließ ich einige Sekunden verstreichen, in denen ich ihren Blick auf mir ruhen fühlte. Ich deutete auf den Brief auf dem Tisch.
„Nachdem Sie mir das da gezeigt haben, muss ich annehmen, dass in dieser Zeit etwas passiert ist. Irgendetwas, von dem Sie seitdem hoffen, dass es nicht an die Öffentlichkeit gelangt. Vielleicht hat es mit Ihnen zu tun oder aber mit einer Person, die Ihnen sehr nahe steht. Ihr Sohn vielleicht."
Ihre Augen weiteten sich. Sie fuhr sich mit zwei Fingern ihrer rechten Hand über die weiße Stirn.
Ich wusste, dass ich der Wahrheit zumindest sehr nahe gekommen sein musste. Erst einmal sprach ich nicht weiter, sondern ließ ihr die Zeit, die sie brauchte.
„Es begann kurz nach dem Ärztekongress in Hamburg, auf den ich meinen Sohn Martin begleitet hatte", erklärte sie. „Wer auch immer es ist, er oder sie muss damals dort gewesen sein und mich erkannt haben. Und was noch viel schlimmer ist: diese Person kennt mein Geheimnis."
„Sind Sie da vollkommen sicher?", hakte ich nach. „Es ist immerhin möglich, dass es sich um einen Bluff handelt."
„Nein", erwiderte sie und schloss für die Dauer einiger Sekunden ihre Augen, um Kraft zu sammeln für das, was sie beabsichtigte, mir zu sagen.
„Ich habe einen Mann erschossen. Und wer immer diese Briefe geschrieben hat, weiß es. Seine … Andeutungen waren unmissverständlich."
Die Worte waren wie ein Hauch über ihre Lippen gekommen. Zuerst dachte ich sogar, mich verhört zu haben, doch ein Blick in ihre Augen verriet mir, dass dies nicht der Fall war.
„Bitte erzählen Sie mir die ganze Geschichte", bat ich sie.
Sie legte ihre Hände ineinander, sammelte Mut.
„Im Grunde gibt es nicht viel darüber zu sagen. Es war das Jahr 1974 und ich hatte gerade meinen Sohn Martin zur

Welt gebracht. Ein gesunder Junge, ein … wundervolles Baby. Zwangsläufig musste ich mich für einige Zeit von der Bühne zurückziehen. Er wuchs heran mit einer Mutter, die ständig unterwegs war, die kaum Zeit für ihn hatte, die ihn ständig in andere Hände gab. Sie verstehen?"
Ich nickte und forderte sie durch eine Geste auf, weiterzusprechen.
„Irgendwann gelangte ich an einen Punkt, an dem ich große Angst bekam. Die Angst davor, meinen Sohn zu verpassen. Ich wollte für ihn da sein, wollte ihm … eine gute Mutter sein. Als Martin sechs Jahre alt wurde, entschloss ich mich dazu, meine Karriere vorübergehend auszusetzen. Aber irgendjemand schien mit meinem Plan nicht einverstanden zu sein. Ich erhielt bald darauf Briefe, in denen man androhte, meinem Sohn etwas anzutun, wenn ich mich nicht wieder auf die Bühne und ins Studio begeben würde."
„Sie sind damals bereits erpresst worden", fasste ich zusammen. „Haben Sie die Polizei eingeschaltet?"
Sie schüttelte kaum merklich den Kopf. „Nein. Das habe ich mich damals nicht getraut. Sehen Sie, diese Person kannte sehr intime Details, die mit mir und Martin zu tun hatten. Er kannte seinen Schulweg, die Schule, die Namen von Martins Mitschülern, er kannte Martins Lieblingsmüsli, das er immer zum Frühstück bekam. Er wusste alles. Und ich hatte einfach Angst, dass er …" Sie brach ab, kämpfte mit den Tränen. Ihr Gesicht war rot angelaufen.
Ich legte meine Hand auf ihren Unterarm. „Bitte sprechen Sie weiter. Lassen Sie es raus."
„Ich beschloss, nicht auf die Briefe zu reagieren, aber das … war ein noch größerer Fehler. Eines Nachts hörte ich Geräusche im Haus. Jemand war auf dem Korridor. Ich … ich hatte Martin bei mir im Zimmer. Also griff ich zu der Pistole, die ich mir über einen damaligen Freund besorgt hatte. Ich ging zur Tür, riss sie auf … und schoss."
„Ein Einbrecher?", fragte ich.

Sie nickte.
„Es war entsetzlich. Ich weiß bis heute nicht, ob es ein gewöhnlicher Einbrecher war oder ob ich den Mann getötet habe, der mir diese Briefe geschickt hatte. Ich kann mich kaum noch erinnern, was darauf geschah. Ich weiß nur noch, dass ich die Waffe fallenließ und im Korridor zusammenbrach, während Martin nebenan schrie und weinte. Ich wurde danach in ein Krankenhaus gebracht, während Martin zu Verwandten aufs Land geschickt wurde. Ich habe … lange gebraucht, um mich von diesem Schock zu erholen."
„Das verstehe ich", erwiderte ich.
Sarah Maynes, Noosha, sah an mir vorbei, ein zielloser Blick, der mit verzweifeltem Ausdruck durch den Raum wanderte.
„Ich konnte danach keine Bühne mehr betreten", flüsterte sie nach einer Weile. „Und so ist es bis heute geblieben."
„Und der Erpresser von damals?", hakte ich nach.
„Ich habe nie wieder von ihm gehört."
Ich deutete auf den Brief auf dem Tisch. „Können wir ausschließen, dass dieser Brief dort und die damaligen von ein- und demselben Täter geschrieben wurden?"
„Diese Frage habe ich mir auch schon gestellt", antwortete sie. „Und die Antwort lautet: Ich weiß es nicht. Ich habe alle früheren Briefe verbrannt. Und so habe ich es auch mit den neuen gemacht. Bis auf diesen dort." Sie starrte das Blatt Papier feindselig an.
Ich wandte mich ihr zu, nahm sanft ihre Hände, die sich kalt und zerbrechlich anfühlten.
„Darf ich Ihnen noch eine letzte Frage stellen?"
Sie nickte.
„Sie sagten vorhin, Sie würden mir vertrauen. Aber nahezu jeder könnte der anonyme Briefeschreiber sein. Was macht Sie so sicher, dass ich es nicht bin?"
„Das ist sehr einfach", gab sie zurück. „An dem Tag, an dem Sie vor meiner Tür niedergeschlagen wurden und ich

Sie hier herein brachte, haben Sie auf meiner Couch im Halbschlaf gesprochen."
„Wie bitte?", entfuhr es mir.
„Sie haben von einer Frau gesprochen, die Ihnen sehr nahe stehen muss. Ich glaube, sie heißt Melina."
„Sie ist meine Tochter", erklärte ich.
Wiederum nickte sie langsam. „Die Art, wie Sie von ihr gesprochen haben, so … fürsorglich und liebevoll … Nein, Sie können kein so niederträchtiger Mensch sein, der sich hinsetzt und solche Briefe schreibt."
„Nein", sagte ich leise. „Das bin ich sicher nicht. Aber die Frage ist, wie wir nun weiter vorgehen wollen. Beabsichtigen Sie, die Polizei einzuschalten?"
„Nein", gab sie zurück. „Ich ziehe es vor, hier zu warten."
Ich blinzelte. „Warten? Worauf?"
„Ich habe meinen Sohn verständigt. Er kommt her. In zwei Tagen kann er hier sein. Er hat es mir versprochen."
„Sie wollen fort von hier?"
„Ja. Ich habe geglaubt, an diesem Ort Frieden zu finden, fernab von meiner Heimat. Aber es scheint diesen Platz nicht zu geben, den ich suche."
Ich ließ sie los, stand auf und ging ans Fenster. Ich kämpfte mit meinen eigenen Emotionen. Ich ertappte mich bei einem aberwitzigen Gedanken. Ich wollte nicht, dass sie fortging. Ich fühlte zwischen uns eine zarte Verbundenheit, die ich nicht so früh wieder aufgeben wollte. Aber wer war ich, auch nur daran zu denken? Die Stimme der Vernunft brach sich Bahn und gewann nach und nach die Oberhand in mir.
Ich drehte mich zu Noosha um. „Ihren Sohn zu verständigen, war das einzig Richtige, was Sie tun konnten. Sie sollten dieses Haus und diesen Ort so schnell wie möglich verlassen."
„Martin war nicht gerade erfreut über meinen Anruf", sagte sie leise. „Er ist drüben beruflich sehr eingespannt. Aber er kommt mich holen. Er hat es mir fest versprochen."

„Gut“, sagte ich. „Wollen Sie vielleicht, dass ich über Nacht hier im Haus bleibe?“
Sie erhob sich von der Couch. „Das ist sehr anständig von Ihnen, aber ich denke, es wird nicht nötig sein.“
Ich erinnerte sie an den Kerl, der mich direkt vor ihrem Haus niedergeschlagen hatte.
„Eine Warnung“, entgegnete sie. „Vielleicht für Sie, für mich, vielleicht aber auch für uns beide. Bitte machen Sie mir die Freude und bleiben Sie heute zum Abendessen hier. Das würde mich schon sehr beruhigen.“
Ich willigte ein, und wir verbrachten einen Abend miteinander, der mir mein ganzes Leben lang in Erinnerung bleiben wird.
Aus Lammfleisch bereitete sie uns ein Menü, das wir im Wohnzimmer bei Kerzenschein zu uns nahmen. Sie erzählte mir von früheren Zeiten, und ich lernte sowohl Noosha als auch die sensible Sarah kennen. Sie saß mir gegenüber und wechselte mal in die eine, mal in die andere Persönlichkeit, je nachdem, wohin uns unser Gespräch gerade lenkte.
Irgendwann fiel mein Blick auf die Schiebetür zum Musikzimmer.
„Würden Sie mir eine Freude machen?“, fragte ich sie gerade heraus. Sie blickte mich an, wieder mit einer Spur von Scheu in ihren Augen.
Ich legte mein Besteck nieder und deutete zum benachbarten Raum hinüber. „Würden Sie noch einmal das Lied für mich spielen, das Sie an jenem Abend gesungen haben?“
Sie wirkte erleichtert, als sie sich mit einer weißen Serviette die Mundwinkel betupfte, das Tuch faltete und neben ihren Teller legte. „Wenn ich mich richtig erinnere, habe ich lediglich gesummt.“
„Es war eine bezaubernde Melodie“, sagte ich. „Ich würde sie gerne noch einmal hören, bevor ich gehe.“

Sie erhob sich von ihrem Stuhl und streifte mit leichten Schritten durch den Raum, fast so, als würde sie an mir vorüberschweben.
Sarah Maynes trat an die Schiebetür und zog sie auf.
Aus einer plötzlichen Eingebung heraus, nahm ich den dreiarmigen Kerzenleuchter und trug ihn hinterher.
Ich stellte ihn auf den Flügel, an dem sie in diesem Augenblick Platz nahm.
Der Schein der Kerzen rahmte ihr rotbraunes Haar ein und gab ihrem Gesicht einen ganz besonderen Ausdruck.
Sie nickte mir zu, hob ihre Finger und schlug die ersten Tasten an.
In diesem Augenblick ging eine seltsame Veränderung mit ihr vor. Ich sah Noosha, so wie sie früher war. Die Art, wie sie ihren Kopf bewegte, bisweilen ihr Kinn nach vorne streckte, so dass ihr Haar in Bewegung geriet. Hin und wieder hob sie die linke oder die rechte Hand und untermalte ihre gesungenen Worte mit Gesten und Bewegungen, so wie sie es zu ihren großen Zeiten immer getan hatte.
Dazu sang sie ein Lied, das ich noch nie zuvor gehört hatte. Aber auch in dieser Melodie erkannte ich Noosha. Es war zweifellos ihre Handschrift, ihre eigene Komposition.
Die Welt um uns herum verblasste. Ich stand am Flügel, hielt mich mit der rechten Hand dort fest und fühlte mich zugleich frei. Ich spürte meine Beine nicht mehr, doch dieses Mal war es ein Gefühl der Schwerelosigkeit, das mich trug, solange ihr Lied erklang.
Nooshas Finger glitten über die Tasten, entlockten dem alten Flügel verborgene Geheimnisse. Als der letzte Ton langsam im Raum verwehte, hatte sie ihre Augen geschlossen, ihre Hände noch immer auf dem Instrument ruhend.
Ich fand keine Worte für das, was mir gerade geschenkt worden war.
Als sie langsam aufstand, trat ich zu ihr hinüber, ergriff ihre rechte Hand und küsste sie.

Danach trat ich den Heimweg an, trat durch das Eisentor, das sie sorgsam hinter mir verschloss.
Erleichtert stellte ich fest, dass sie die Außenbeleuchtung eingeschaltet hatte, als sie sich in ihr Haus zurückzog und die Haustür hinter sich schloss.
Ich blickte mich um. Es war niemand zu sehen. Aber was hatte ich erwartet?
Ich kannte Nooshas Geheimnis und trug es über den Strand hinweg nach Hause. In Gedanken versunken näherte ich mich dem Krähennest, als ich plötzlich aus einiger Entfernung Geräusche wahrnahm.
Sie drangen aus Fasolds Bungalow.
Ich glaubte, das Splittern von Glas gehört zu haben. Gleich darauf laute Stimmen, darunter die einer Frau. Es musste sich um Stefanie Sillner gehandelt haben, die scheinbar abwechselnd schrie und lachte.
Darunter mischten sich die Stimmen der beiden Männer. Im Hintergrund war Musik zu hören, dumpf und dröhnend wie eine Dampframme. Es handelte sich zweifellos um Heavy Metal oder etwas Ähnliches. Ich hatte gelernt, dass auf diesem Gebiet zahlreiche Abweichungen existieren.
Die Mixtur aus Geräuschen und die Bewegung hinter einem der Fenster veranlassten mich, am Krähennest vorbei zu wandern und auf den Bungalow zuzugehen.
Die Schreie der jungen Frau hatten inzwischen eine andere Klangfarbe angenommen. Etwas hatte sich hineingemischt, das ich im ersten Moment nicht zuordnen konnte.
Die wahre Bedeutung traf mich mit der Gewalt eines Hammerschlags, als ich durch die nur halb vorgezogenen Gardinen des Fensters blickte.
Auf dem breiten Bett hockte Stefanie Sillner, breitbeinig, auf den Knien und reckte dem muskulösen (und auf dem Oberkörper tätowierten) Pfleger ihr Becken entgegen, das sich im hämmernden Rhythmus der Musik vor und zurück bewegte. Die junge Frau hatte den Mund weit geöffnet,

während ihr das blonde Haar in wilden Strähnen über das Gesicht fiel. Darunter wippten ihre Brüste im Takt.
Hinter ihr war Malte Beck, der seine Hände auf ihre Hüften gelegt hatte. Sein Kopf war gegen die Decke gerichtet, die Augen geschlossen, während über seine Lippen mit jedem Stoß ein leichtes Stöhnen drang.
Das Quietschen der Bettfedern mischte sich in den grollenden Sound, der aus der aufgerissenen Anlage drang.
Vor dem Bett stand der Rollstuhl, und darin saß Erich Fasold, der mir den Rücken zukehrte und die Szene nicht nur betrachtete, sondern seine beiden Protagonisten auch noch lautstark anfeuerte, indem er unentwegt in die Hände klatschte.
Keiner der drei schien den Schatten vor dem Fenster wahrzunehmen. Angewidert und seltsam beunruhigt wandte ich mich von dem Fenster ab.
Ich packte meine Krücken fester und drehte mich um.
So schnell es ging, wollte ich zurück beim Krähennest sein. Zurück in einer Welt, die mir vertraut war, in die ich gehörte.
Mit zitternden Fingern, müde und außer Atem, schloss ich die Tür auf und stolperte ins Innere.
Ich lehnte die Krücken gegen die Wand und wankte weiter in den Raum hinein, bis ich beim Fenster angelangt war.
Noch immer erkannte ich drüben im Bungalow die Bewegungen hinter den geöffneten Gardinen. Noch immer drangen die dumpfen Bässe zu mir herüber.
Ich zog an der Schnur des Lamellenvorhangs, bis ich zumindest die Bilder ausgesperrt hatte.
Dann sank ich in meinen Sessel und schlief sofort ein.
Die Nacht war geprägt von düsteren Träumen, aus denen ich immer wieder hochschreckte, nur um halbwegs erleichtert festzustellen, dass ich mich nicht vom Fleck bewegt hatte.

- 13 -

„WIE BITTE?“
Melina hatte sich gerade Kaffee eingeschenkt. Jetzt befand sie sich hinter dem Tresen, hatte ihre Tasse sinken lassen und hielt sich demonstrativ die rechte Hand hinter das Ohr.
„Sie wird erpresst“, wiederholte ich. „Von einem anonymen Briefeschreiber. Es ist jemand, der sie hier aufgespürt hat, ganz sicher. Jemand, der vielleicht schon seit geraumer Zeit hinter ihr her ist. Möglicherweise sogar seit sehr langer Zeit.“
„Und du hast sie gestern nochmal besucht? Einfach so? Und … gesungen hat sie auch für dich?“
„Sie hatte mich gewissermaßen eingeladen“, stellte ich richtig.
Melina kam hinter dem Tresen hervor, nahm leise schlürfend einen Schluck Kaffee und sah zu mir herüber, ihre Augen leicht zusammengekniffen.
„Ich fange langsam an, mich zu fragen, ob dir dieser Aufenthalt hier wirklich gut tut“, sagte sie nach einer Weile. „Irgendwie habe ich das Gefühl, dass du da in irgendeine Sache hineingeraten bist. Hat sie wenigstens schon die Polizei verständigt?“
„Nein“, antwortete ich. „Ich glaube, sie hat sich dagegen entschieden, weil sie keine Scherereien haben möchte.“
„Ach so“, erwiderte meine Tochter ironisch, „und da ruft sie lieber dich, damit du ihr aus der Patsche hilfst. Du hast doch schon was auf den Kopf bekommen. Mann, das ist echt krass, was du mir da gerade erzählst.“
Mir kam plötzlich eine spontane Idee. „Sag’ mal, was hältst du davon, wenn du mich beim nächsten Mal begleitest? Ich könnte sie dir vorstellen. Sie war früher ein echter Popstar.“
„Wann war das noch gleich? Im letzten Jahrhundert, oder?“ Melina schüttelte den Kopf und blickte auf den

Strand hinaus. Der Wind fegte heute von der Ostsee her über das Wasser und spülte gurgelnde Wellen auf den Sand.
„Ich meine es ernst“, ergänzte ich. „Wieso kommst du nicht einfach für ein paar Tage her? Ich habe noch ein freies Zimmer nebenan. Du könntest doch auch von hier aus zur Uni fahren. Und … wir besorgen dir einen Leihwagen.“
Sie drehte sich zu mir um und seufzte geräuschvoll. „Das ist wirklich total lieb von dir, Paps, aber ich fühle mir in der WG sehr wohl. Außerdem steht bald eine wichtige Klausur an, für die wir zusammen lernen wollen.“
„Es war ja auch nur so ein Gedanke.“ Ich zuckte mit den Schultern.
„Jetzt sei bloß nicht eingeschnappt“, antwortete sie, nachdem sie selbst einen Schmollmund gezogen hatte.
„Schon gut“, gab ich gelassen zurück. „Ich bin ja froh, dass du mich überhaupt besuchen kommst. Und das meine ich wirklich so. Ich freue mich darüber, dass wir wieder regelmäßigen Kontakt haben.“
„Ich mich doch auch, Paps“, sagte sie. „Auch wenn dein Kaffee furchtbar ist.“
„Weiß deine Mutter eigentlich, dass du fast jeden Tag hier bist?“
Sie zögerte. Dann zuckte sie die Achseln. „Ich hab’s ihr nicht erzählt. Und ich glaube, das ist auch besser so.“
„Wie geht es ihr?“, wollte ich wissen.
Sie winkte ab. „Frag’ lieber nicht. Ich glaube, ich sollte mich jetzt auch wieder auf den Weg machen. Ich weiß übrigens nicht, ob ich es morgen zu dir raus schaffe.“
„Die Klausur, ich weiß“, antwortete ich lachend.
Melina trank den Rest ihres Kaffees, wobei sie das Gesicht verzog. Dann stürzte sie sich auf ihre Wintersachen. Als sie fertig angezogen war, drehte sie sich um und drückte mich kurz, aber fest.

„Pass' auf dich auf, ja?"
Ich nickte ihr zu und drückte ihr einen Kuss auf die Stirn, wobei ich mich fast auf die Zehenspitzen stellen musste. Wie inzwischen schon üblich, sah ich ihr nach und winkte ihr zu, wie sie vor dem Haus auf ihr Fahrrad stieg, mit dem sie sich in Richtung Strandpromenade fortbewegte. Auch Melina winkte noch einmal, bis sie verschwunden war.
Ich verspürte eine innere Unruhe in mir, die mich noch einmal zum Telefonapparat trieb. Ich wählte bereits zum zweiten Mal die Nummer, die ich seit gestern kannte. Heute Morgen war niemand an den Apparat gegangen. Jetzt hatte ich mehr Glück.
„Hallo?", kam es zögernd durch die Leitung.
„Hier ist Torn", sagte ich, deutlich erleichtert, Nooshas Stimme zu hören. „Alles in Ordnung bei Ihnen?"
„Es ist alles ruhig."
„Ich habe heute Morgen schon einmal versucht, anzurufen."
„Ich war spazieren. Manchmal, da zieht es mich einfach nach draußen. Ich habe am Wasser gestanden und tief Luft geholt."
Ein kurzes Gefühl der Melancholie überkam mich. Verflucht nochmal, was genau war es eigentlich, was ich für diese Frau empfand? Hatte ich mich tatsächlich in sie verliebt, die dem Alter nach meine Mutter hätte sein können? Oder verehrte ich sie auf eine andere, möglicherweise sogar tiefere Art? Die Melancholie wuchs zu einem Schmerz heran, zu einem kurzen, aber heftigen Stich, den ich irgendwo in meinen Eingeweiden spürte. Wäre das Schicksal uns gnädig gewesen und hätte mich dreißig Jahre früher das Licht der Welt erblicken lassen, wäre sie vermutlich die Liebe meines Lebens geworden. Hätte ich mir nur nicht ihre alten Musikclips angesehen. Trotzdem fühlte ich mich zu ihr hingezogen, seit gestern sogar mehr denn je.
„Hat Ihr Sohn sich noch einmal gemeldet?", fragte ich nach einer Weile.

„Ja. Er hat seine Arbeit unterbrochen und macht sich bald auf den Weg. Er will mich auf dem Laufenden halten."
„Das freut mich sehr für Sie", sagte ich tonlos.
„Sie sind sehr freundlich zu mir. Ich werde mir, bevor wir das Land verlassen, eines Ihrer Bücher kaufen."
Ich stutzte. Auf den Gedanken, dass nicht nur ich Erkundigungen über sie eingezogen hatte, sondern auch umgekehrt, wäre ich nie gekommen.
„Sehen wir uns noch einmal?", fragte ich und spürte dabei tatsächlich, wie mein Herz schneller schlug.
„Ich denke nicht. Ich habe bereits meine Sachen gepackt. Das Nötigste jedenfalls. Auch wenn Martin sicher erst morgen hier sein wird."
Etwas in mir wollte zerbrechen. Ich erinnerte mich an Melinas Worte und gab sie in leicht abgewandelter Form zurück.
„Passen Sie immer gut auf sich auf. Wollen Sie mir das versprechen?"
„Ich verspreche es", sagte sie leise. „Leben Sie wohl, Hendrik."
„Good-bye, Noosha", sagte ich und hängte den Hörer zurück an seinen Platz an der Wand. Ich beugte mich vornüber, bis meine Stirn die Stelle direkt neben dem Telefon berührte.
Noch immer hielt ich den Hörer umklammert, so sehr, dass meine Fingerknöchel weiß hervortraten.
Etwas klopfte von außen gegen die Scheibe, hart und energisch.
Ich fuhr zusammen und riss vor Schreck den Hörer herunter, dessen Sturz von dem gekräuselten Kabel aufgefangen wurde. Hart schlug er gegen die Wand und baumelte hin und her.
Ich drehte mich auf der Stelle herum und blickte zur Tür hinüber, wo ein massiger Schatten aufgetaucht war.
Es handelte ich um Malte Beck, der seinen Körper gegen das Glas presste. Sein Kopf lehnte am Glas, dicht daneben

hatte er seine beiden Hände platziert, um ungeniert in das Innere meines Hauses zu starren.
Unwillkürlich musste ich an seinen gestrigen Gesichtsausdruck denken, der seinem jetzigen in gewisser Weise ähnelte.
Ich kam hinter dem Tresen hervor, bewegte mich zur Tür hinüber und öffnete. „Was gibt es?“
Ohne dass ich ihn aufgefordert hätte, trat der klobige blonde Mann über die Schwelle und sah mich an. Mit seinem Daumen deutete er nach draußen auf den Strand, der allerdings menschenleer war.
„Er will Sie sehen.“
„Er?“, fragte ich in nicht eben freundlichem Ton zurück.
„Fasold. Ich soll Ihnen Bescheid sagen. Er bittet Sie, rüber zu kommen.“
„Wozu?“, hakte ich nach. „Gibt es ein Problem?“
Beck grinste mich an. „Nicht doch. Reden will er mit Ihnen. Worüber weiß ich nicht, das wird er Ihnen schon selbst sagen.“
Irgendwie bekam ich das ungute Gefühl, dass Ärger drohte. Dies hier war keine Einladung. Es steckte mehr dahinter. Und die Art, wie Fasolds Gorilla sich vor mir aufbaute, verriet mir, dass dieses Mal kein Nein von meiner Seite geduldet wurde.
Für einen Moment zögerte ich dennoch. Ich hielt dem Blick des Kerls stand, der einfach abwartend vor mir stand. Dabei lag die ganze Zeit über ein belustigtes Glitzern in seinen Augen.
„Also schön“, sagte ich gedehnt. „Ich komme mit.“
„Soll ich Ihnen helfen?“, fragte Beck, dessen Grinsen jetzt noch breiter geworden war.
„Danke, nicht nötig“, gab ich beinahe bissig zurück und griff nach einer meiner Krücken, die ich fest umklammerte, während ich im Vorübergehen meine Jacke von der Garderobe riss.

„Worauf warten wir noch?“
„Nach Ihnen“, sagte Beck und machte den Weg frei. Er wartete und sah zu, wie ich mich ankleidete. Dabei zog er aus seiner Tasche eine kleine silberne Dose, der er ein winziges, weißes Pfefferminzbonbon entnahm und es sich genüsslich in den Mund steckte.
Ich trat nach draußen.
Beck folgte mir und zog wie selbstverständlich die Tür hinter sich zu.
Nebeneinander gingen wir über den trockenen Sand. Beck hatte die Hände tief in seinen Taschen vergraben, während der Wind sein Haar zerzauste, ähnlich wie Sex am vergangen Abend.
In der Ferne erblickte ich den Leuchtturm von Holnis. Einige Kinder übten sich darin, Drachen steigen zu lassen. Der böige Wind erfasste die Konstruktionen und trug sie hoch in die Luft.
Die Papierdrachen waren in der Ferne nur als bunte Kleckse zu erkennen, genau wie deren Besitzer in ihren farbigen Jacken. Gegen das Windgeraune glaubte ich, hin und wieder ihre Stimmen zu hören, wie sie sich über den Höhenflug ihrer gebastelten Begleiter freuten und sie zu weiteren Höchstleistungen anstachelten.
Währenddessen hatten wir uns Fasolds Bungalow genähert. Der alte Mann erwartete uns bereits auf der Veranda.
Über seine Beine war die karierte Wolldecke gebreitet, während seine Hände dieses Mal in eleganten, schwarzen Lederhandschuhen steckten.
„Guten Tag, Herr Torn“, knurrte der ehemalige Unternehmer zu mir herüber. Sein faltiges Gesicht zeigte keinerlei Regung. Lediglich seine Augen blickten mir unter seinem Hut wachsam entgegen. „Ich freue mich, dass Sie gekommen sind.“
Eine Floskel, dachte ich und fragte mich insgeheim, wie der Alte aussehen mochte, wenn er tatsächlich Freude empfand.

Ich nickte Fasold zum Gruß zu. „Worum geht es?“
Der Mann im Rollstuhl verzog das Gesicht. „Kommen Sie immer so schnell zur Sache?“
„Meistens schon“, antwortete ich lakonisch.
Er hob abwehrend seine rechte Hand. „Nicht doch. Kommen Sie näher, ich möchte, dass wir zusammen einen kleinen Ausflug unternehmen. Keine Angst, es ist nicht weit.“
„Einen Ausflug?“, fragte ich. Ich spürte, wie das Unbehagen in mir neue Nahrung bekam. „Es tut mir leid, aber ich stehe nicht so sehr …“
„Sie wollen doch sicher einem alten, kranken Mann keine Bitte abschlagen?“, fragte er. Er starrte mir in die Augen. Was ich in seinem Blick las, waren Kälte und abschätzende Neugier.
„Ich verspreche Ihnen, dass Sie in spätestens zwei Stunden wieder drüben in Ihrem warmen Nest sitzen werden“, fuhr er fort. „Und zudem wird es Ihr Schaden nicht sein, wenn Sie mit uns fahren.“
Eine kurze Pause entstand. Stefanie Sillner trat vor die Tür des Bungalows. Über ihrem Arm lag eine weitere Decke. In ihrer linken Hand hielt sie eine kleine, silberne Thermosflasche. Fasolds Angestellte sah mich kurz an und zog es dann vor, meinem Blick auszuweichen.
„Also gut, ich komme mit“, sagte ich und fühlte mich dabei, als wäre ich gerade ungewollt einer Verschwörung beigetreten.
Anstelle einer Antwort nickte der Alte, während ein leises Lächeln seine dünnen Lippen umspielte.
Malte Beck trat auf Fasold zu und packte die Griffe des Rollstuhls. Im nächsten Moment hatte er ihn von der Veranda hinunter auf den Sand gehievt, der trocken und hart genug war, das Gewicht zu tragen.
Gemeinsam begaben wir uns hinter das Haus, wo ein dunkelgrüner Hummer Geländewagen geparkt war. Sein Lack

glänzte in der Sonne, genau wie der vordere, verchromte Stoßfänger.
Malte Beck bedeutete mir, hinten links einzusteigen. Ich befolgte seine Geste ebenso wortlos und kletterte auf den breiten, ledernen Rücksitz. Neben mir nahm Stefanie Sillner Platz, die noch immer kein Wort gesagt hatte. Sie machte ihren Gurt fest und klammerte sich danach gleich wieder an die Thermosflasche.
Beck öffnete die Beifahrertür und hievte in einer spielerischen Bewegung den Alten hinein.
Fasold drehte den Kopf in meine Richtung. „Ja, Torn. Das ist der letzte Luxus, den ich mir in meinem Alter erlaube. Und ich muss gestehen, ein Teil von mir genießt es sogar."
Fasold zog seine Handschuhe aus und legte sie sorgfältig über seine Knie, während Beck die Tür zuschlug und die mächtige Front des Wagens umrundete.
Wenig später waren wir alle an Bord. Beck startete den Motor und ließ den schweren Wagen rückwärts aus der Hauseinfahrt rollen.
„Sie wollen mir noch immer nicht verraten, wohin wir fahren?", fragte ich, nachdem wir ungefähr drei Minuten schweigend auf einer engen Straße ohne Markierungen gefahren waren, die sich durch eine karge Knicklandschaft schlängelte.
„Wir sind gleich da", gab Fasold zurück und zwinkerte mir gut gelaunt zu. Was auch immer es war, irgendetwas schien ihn in diesem Augenblick in eine regelrechte Hochstimmung zu versetzen.
Von Holnis aus gelangten wir direkt nach Glücksburg, wie ich den Wegweisern und Ortsschildern entnahm. Es herrschte wenig Verkehr in der kleinen Stadt, die das Schicksal hatte, ewig im Schatten von Flensburg zu liegen, obwohl sie auf eine eigene, lange Tradition zurückblicken konnte.
An der Hauptkreuzung lenkte Beck den Koloss aus Metall nach links, bevor er nach einigen weiteren hundert Metern

den Blinker nach rechts legte und auf einen Sandparkplatz bog. Am Ufer eines Sees kamen wir zum Stehen.
Erich Fasold deutete mit seinen knochigen Fingern durch die Windschutzscheibe.
Vor uns lag das Wasserschloss von Glücksburg, über dessen rote Ziegeldächer ein paar Sonnenstrahlen wanderten.
„Haben Sie das Schloss schon einmal aus der Nähe betrachtet?“, fragte Fasold ohne sich zu mir umzudrehen.
„Nein“, sagte ich mit wachsender Ungeduld. „Ich wüsste auch nicht, was ich ausgerechnet hier …“
„Dann machen Sie mir jetzt die Freude“, fiel mir Fasold ins Wort. Seine Stimme hatte einen knarzenden Ton angenommen, als würde sich eine alte Weide im Sturm biegen. Seine Worte hatten zudem weniger wie eine Frage, sondern wie eine Feststellung geklungen, gegen die keinen Widerspruch eingelegt werden konnte.
„An ihrer Stelle würde ich tun, was er von Ihnen verlangt“, raunte mir Stefanie Sillner zu, während sie ihren Gurt löste und ihre Tür aufstieß. Die anderen Türen öffneten sich ebenfalls, so auch meine.
Malte Beck stand davor und bot mir seine Hilfe beim Aussteigen an.
„Danke, aber ich bin kein Invalide“, knurrte ich. „Kümmern Sie sich lieber um Ihren Chef.“
Das Lächeln in den Mundwinkeln des Pflegers gefror zu einer eisigen Grimasse. Er presste seine Lippen aufeinander und nickte mir zu, als hätte er mir in dieser Sekunde ein Versprechen gegeben. Dass es tatsächlich eines war, sollte ich später noch erfahren.
Ich rutschte mehr aus dem Hummer heraus, als dass ich ausstieg. Ich pufferte den Aufprall mit meiner Krücke ab und kam zum Stehen, auch wenn meine Beine diese Aktion mit tausend unsichtbaren Nadeln quittierte, die alle gleichzeitig zustachen. Ich bemühte mich jedoch, mir nichts anmerken zu lassen.

Wir bewegten uns nach rechts, wo sich ein Gehweg befand, der direkt am Ufer des Sees auf den Eingang der Schlossanlagen zuführte.
Über eine hölzerne Brücke gelangten wir zu einem Tor. Nachdem wir es passierten, befanden wir uns auf dem Innenhof der Nebengebäude. Bis hierhin war das Gelände frei zugänglich. Im Schloss selbst war ein Museum untergebracht, für das man in einem der Nebengebäude, in dem sich auch ein kleines Café befand, die Tickets erwerben konnte.
„Ich wollte dieses Bauwerk schon immer einmal aus der Nähe betrachten“, sagte Fasold, der sich jetzt direkt neben mir befand. „Ist es nicht prachtvoll? Es war vorübergehend sogar der Sitz des Dänischen Königs und erhielt den Ruf, die Wiege Europas zu sein, nachdem zahlreiche hochgeborene Töchter des Königshauses mit anderen Prinzen oder späteren Zaren verheiratet wurden.“
„Zweifellos interessant“, erwiderte ich.
Fasold winkte mit einer Geste seinen Pfleger heran. „Beck, seien Sie so gut und kaufen Sie sich und Frau Sillner eine heiße Waffel, ich kenne ja Ihren Appetit.“ Er zwinkerte dem kräftigen Mann zu, der das Gesicht zu einem anzüglichen Grinsen verzog. „Na, nun gehen Sie schon, beeilen Sie sich. Hier haben Sie etwas Kleingeld.“
Beck nickte, nahm ein paar silberne Münzen aus der Hand des Alten entgegen und trollte sich mit der Sillner an seiner Seite davon.
Fasold blickte mich mit leicht schräger Kopfhaltung gleich der eines Hundes von unten an. „Ich würde neben meinen Beinen auch noch meinen rechten Arm für so eine Waffel geben. Aber die Dinger sind Gift pures Gift für meinen Magen. Erst recht mit der ganzen Sahne obendrauf. Sodbrennen, Sie wissen schon. Aber ich gönne den beiden all die Freuden, die mir in meinem Zustand versagt bleiben.“
„Was soll dieses ganze Theater, Fasold?“, entfuhr es mir.

Der Alte hob beschwichtigend die Hände. „Nur ruhig Blut, junger Freund. Ich werde es Ihnen gleich erklären."
Wir blickten wortlos den beiden anderen nach, wie sie durch die Glastür im Innern des Gebäudes verschwanden. Über das Kopfsteinpflaster rannte johlend eine Gruppe von mehreren Kindern, auf dem Weg zu einem in Ufernähe gelegenen Spielplatz.
„Trauen Sie sich zu, mich etwas näher an das Schloss heran zu bringen? Hier ist es kalt und zugig, finden Sie nicht?"
Wortlos nahm ich meine Krücke und legte sie in Fasolds Rücken quer über die Griffe des Rollstuhls, die ich kurz darauf anpackte.
So setzten wir uns in Bewegung und kamen Stück für Stück näher an den See, auf dem ein Schwan laut protestierend vor der neu angekommenen Kinderschar floh.
„Es gleicht einem Wunder, dass dem Schloss in den beiden Kriegen nichts passiert ist", fuhr Fasold fort, nachdem wir beide nun endlich einen einsamen Platz fernab von Gesellschaft und Lärm gefunden hatten. „Zumal es Gerüchten zufolge einigen Nazis in den letzten Tagen des zweiten Weltkriegs als Unterschlupf diente."
Ich befand mich nun an seiner Seite.
„Wir sind allein", sagte ich. „Sie können jetzt mit dem Theaterspielen aufhören."
„Haben Sie es so empfunden, ja?", konterte Fasold, der über das Uferschilf hinweg auf den See hinausblickte.
„Ja."
Der Alte gab ein kurzes, heiseres Lachen von sich.
„Vielleicht haben Sie recht. Einige von uns eignen sich nicht dazu, eine Rolle zu spielen. Der Grund, warum ich Sie hier heraus gebeten habe, ist relativ einfach. Ich wollte tatsächlich einen Moment mit Ihnen allein sein. Das hätte ich zwar auch in Holnis am Strand haben können, aber mir war dieser neutrale Ort lieber. Er hat so etwas Majestätisches."

Seine rechte Hand schob sich unter die Wolldecke. Als sie zurückkehrte, befand sich darin ein einfaches, weißes Briefkuvert. Fasold streckte es mir entgegen.
„Was ist das?", fragte ich.
„Nehmen Sie es. Es gehört Ihnen. Jetzt nehmen Sie schon."
Instinktiv griff ich nach dem Umschlag, der nicht einmal zugeklebt war. Ich blickte hinein und erkannte ein dickes Bündel Geldscheine. Der Größe und Farbe nach zu urteilen handelte es sich um Einhunderteuronoten.
„Wofür ist das?", fragte ich, noch immer auf das Geld starrend.
„Es gehört Ihnen", wiederholte Fasold, der jetzt scheinbar den Schwan beobachtete, der draußen auf dem See seine Runden zog. „Ich weiß genau, wann Ihr letztes Buch veröffentlicht wurde oder wann Sie Ihre letzte Lesung abgehalten haben. Wenn Sie nicht bald einen neuen Roman nachlegen, dürfte Ihnen bald das Wasser bis zum Hals stehen. Und ich schätze, Sie haben noch nicht einmal wieder mit dem Schreiben angefangen, habe ich recht?"
„Selbst wenn es so wäre, wüsste ich nicht, was Sie das anginge."
Fasold lachte hart und trocken. Drüben beim Schloss öffnete sich die wuchtige Holztür und entließ eine Gruppe Museumsbesucher in die Freiheit.
„Sehen Sie mich einfach als einen Mann, der sich um seine Mitmenschen sorgt", fuhr Fasold fort.
„Zu gütig", entgegnete ich. „Aber seien Sie mir nicht böse, wenn ich Ihnen dieses Märchen nicht abnehme. Was erwarten Sie von mir, wenn ich das Geld annehme?"
„Oh, Sie haben es doch bereits angenommen, oder etwa nicht?" Ruckartig und mit einer Kraft, die ich dem Alten nicht mehr zugetraut hätte, wendete er seinen Rollstuhl und blickte mir direkt in die Augen.
„Ich will, dass Sie die Frau in Ruhe lassen. Halten Sie sich aus der Sache raus, verstanden?"

Ich hatte die ganze Zeit über ein unbestimmtes Gefühl, das sich nun auf drastische Weise bestätigte.
„Endlich lassen Sie Ihre Maske fallen, Fasold. Ich dachte mir beinahe schon, dass es darauf hinauslaufen würde."
„Umso besser", knarzte er.
Irgendwo hinter uns öffnete sich die Tür des Cafés. Malte Beck und Stefanie Sillner traten heraus, schirmten ihre Augen gegen die Sonne ab und blickten in unsere Richtung.
Sie waren jedoch klug genug, sich uns nicht zu nähern. Vermutlich hatten sie von Fasold vorab unmissverständliche Instruktionen erhalten.
„Sie sprechen von Sarah Maynes", fasste ich zusammen. „Was haben Sie mit dieser Frau zu schaffen?"
„Gar nichts."
„Sie waren es, der diese Briefe geschrieben hat." Ich hielt seinem Blick stand.
„Ich weiß nichts von irgendwelchen Briefen. Und Sie tun gut daran, diese Sache nicht weiter zu verfolgen. Haben wir uns verstanden?"
In meinem Kopf arbeitete es. Was war es, das Fasold mit Noosha vorhatte? War er ihr bis nach Holnis gefolgt? Dann musste er ihren jetzigen Aufenthaltsort kennen. Und wenn dies der Fall war, würde es bedeuten, dass Noosha in Gefahr schwebte, wenn man den Inhalt des letzten Erpresserbriefes berücksichtigte.
„Ich bin keineswegs sicher, dass ich Sie verstanden habe", gab ich zurück, um Zeit zu gewinnen. „Was genau haben Sie mit Noosha vor?"
„Sie nennen Sie Noosha?", erwiderte Fasold grinsend. „Faszinierend. Und genau das ist sie immer noch, stimmt's? Eine ungemein faszinierende Frau. Unfassbar, dass ihre Stimme für immer verstummt sein soll."
„Sie sind ein Stalker", stellte ich fest, nachdem mich die Erkenntnis wie eine eiskalte Welle übermannt hatte.

„Nein", flüsterte der Alte. „Ich bin ihr größter Anhänger. Ihr einzig wahrer Fan. Und das ist ein himmelweiter Unterschied, auf den ich großen Wert lege."
„Sie haben Sie erpresst", stieß ich hervor.
Fasold beugte seinen Oberkörper nach vorne und starrte mich funkelnd an. „Was ich entschieden bestreite und Sie, mein Freund, erst einmal beweisen müssten."
„Noch einmal", entgegnete ich, „was wollen Sie von ihr?"
Fasold blickte zu seinen beiden Angestellten hinüber, die damit begonnen hatten, ihre dampfenden Waffeln zu verzehren. In seinem Blick lag ein geringschätzender Ausdruck.
„Sie war eines der ungewöhnlichsten Talente, die diese verkommene Musikszene hervorgebracht hat", presste der Alte zwischen seine blutleeren Lippen hindurch. „Sie hatte etwas, das die anderen nicht besaßen: Stil, Eleganz ... und Würde. Und dazu eine Stimme, die ich unter tausenden heraushören würde."
„Was Sie vermutlich tatsächlich getan haben", überlegte ich laut. „Und zwar vor ein paar Monaten auf einem gewissen Ärztekongress in Hamburg."
Fasold grinste mich schief an. In seinem Blick lag ein fiebriger Glanz, so dass ich beinahe den Eindruck gewann, mit einem Wahnsinnigen zu sprechen. Aber vielleicht war dieser Gedanke nicht einmal so weit hergeholt.
„Sie muss wieder singen", flüsterte er. Sein Atem wurde vor seinen Lippen zu kleinen, dampfenden Wölkchen. „Niemand setzt sich so einfach zur Ruhe, nachdem er jahrelang nur für die Musik gelebt hat. Sie ... sie hat Songs geschrieben. Gott verdammt, sie MUSS einfach über die Jahre weitere Lieder geschrieben haben. Sie dürfen nicht verkommen. Sie müssen für die Nachwelt erhalten werden. Für ... für mich!"
Für einen Augenblick, für den Bruchteil einer Sekunde, war ich nahe dran ihm zu sagen, dass ich bekommen hatte,

was ihm trotz seines Geldes verwehrt geblieben war. Ich hätte ihm sagen können, dass Noosha ganz allein für mich gesungen hatte. Einen Song, den die Welt zuvor noch nicht gehört hatte. Zu gerne hätte ich seinen Gesichtsausdruck gesehen. Aber vermutlich wäre es nicht klug gewesen, diesen Verbrecher in seinen Absichten auch noch zu bestärken.

„Und als die Frau auf Ihre Geldangebote nicht einging, beschlossen Sie, sie zu bedrohen. Sie sind ein niederträchtiges Schwein, Fasold. Ich werde Sie anzeigen."

Der alte Mann, eben noch wie in Trance versunken, wachte plötzlich auf. Sein Blick wurde klar und zugleich deutlich boshafter als zuvor.

„Versuchen Sie es, Torn, und Sie sind tot. Noch bevor Sie Ihr verfluchtes Telefon in die Hand genommen haben, wird sich auf Ihrer Stirn, direkt zwischen den Augen, ein Loch befinden. Überlegen Sie, ob es die Sache wert ist."

„Das habe ich bereits", sagte ich und schleuderte Fasold den Briefumschlag in seinen Schoß.

„Sie machen einen großen Fehler", sagte der Alte leise. „Sie sollten fortan bei jedem Schritt daran denken, dass Sie damit der Frau, die Sie offenbar verehren, schaden, ja, sie sogar in Lebensgefahr bringen. Wählen Sie die Nummer der Polizei, wird es auch gleichzeitig das Ende einer hervorragenden Sängerin bedeuten. Ich würde es sehr bedauern, diesen Schritt zu veranlassen, aber ich sähe mich durch Ihr Handeln dazu gezwungen."

Aus den Augenwinkeln registrierte ich, wie Malte Beck sein Papptablett mit den Waffelresten darauf an Stefanie Sillner weiterreichte und sich in Bewegung setzte. Mit hastigen Schritten marschierte er über den Platz auf uns zu.

„Ich warne Sie, Fasold", flüsterte ich und packte meine Krücke, die ich wieder an mich genommen hatte, fester. „Pfeifen Sie Ihren Gorilla zurück."

Der Mann im Rollstuhl lächelte dünn, während er den Briefumschlag mit einer eleganten Bewegung wieder unter der Decke verschwinden ließ. „Keine Sorge, wir werden nicht so dumm sein, uns in aller Öffentlichkeit mit Ihnen anzulegen. Aber Ihr heutiges Handeln wird ernste Konsequenzen für Sie haben, Torn. Sehr ernste, befürchte ich."
Beck hatte uns erreicht. Sein Gesicht war rot angelaufen.
„Ist was passiert?" Sein Blick wanderte zwischen seinem Chef und mir hin und her.
„Aber nein", sagte Fasold mit einem Lächeln. „Was ist, Beck? Sind die Waffeln so gut, wie sie riechen?"
Der Pfleger blinzelte. „Was?"
„Nicht weiter wichtig", erwiderte Fasold fröhlich. „Bitte seien Sie so gut und schieben Sie mich zum Wagen zurück. Mir ist kalt." Er drehte seinen Rollstuhl und bewegte ihn ein Stück auf den Platz hinaus. Dann drehte sich Fasold noch einmal zu mir um.
„Was ist mit Ihnen, Herr Torn? Fahren Sie mit uns zurück?"
Über die Lehne seines Stuhls zwinkerte er mir zu, und es lag so viel Lebendigkeit in seinem Blick.
„Danke, ich verzichte", antwortete ich.
Beck warf mir einen fragenden und nicht sonderlich freundlichen Blick zu, dann drehte er sich um und packte die Griffe des Rollstuhls.
Ich sah ihnen nach, wie sie sich in Richtung des Ausgangs bewegten.
Mein erster Gedanke galt Noosha. Ich musste sie warnen, musste ihr sagen, was vorgefallen war. Nur hatte ich dummerweise ihre Telefonnummer nicht bei mir. Die hatte ich auf einem kleinen Notizblock neben dem Telefon im Krähennest aufgeschrieben. Oder sollte ich gleich die Polizei rufen?
Gleichzeitig mit diesem Gedanken erinnerte ich mich an Fasolds Warnung. Wer sagte mir denn, ob er nicht noch

mehr Leute in seinem Gefolge hatte? Was wusste ich immerhin über ihn? Gar nichts. Wenn er Beck und die Sillner dazu gebracht hatte, für ihn zu arbeiten und sie möglicherweise sogar in seine Machenschaften eingeweiht hatte, dann konnte ihm das auch bei anderen gelungen sein.
Nein, ich durfte nicht vorschnell agieren.
Ich machte mich auf den Weg quer über den Platz und steuerte auf das Café zu.
Währenddessen hatten Fasold und sein Gefolge vermutlich schon beinahe den Geländewagen erreicht, aber das war mir egal. Um keinen Preis der Welt wäre ich noch einmal in dieses Auto gestiegen.
Ich betrat das Café und bat die freundliche junge Frau hinter dem Tresen, telefonieren zu dürfen. Ich ärgerte mich über mich selbst, dass ich mein Handy zu Hause in der Manteltasche gelassen hatte. Aber es gelang mir auch auf dem altmodischen Weg, ein Taxi herzubeordern.
Der cremefarbene Wagen bog bereits fünfzehn Minuten später durch die Toreinfahrt und nahm mich auf.
Bei dem Fahrer handelte es sich um eine resolut aussehende Frau von etwa sechzig Jahren, die eine Dauerwelle zur Schau trug darüber hinaus mit mäßigem Erfolg versuchte, zwanzig Jahre jünger auszusehen. Ich nannte ihr die Adresse, und nach weiteren zehn Minuten bogen wir bereits in die Straße, die zur Uferpromenade von Holnis hinunterführte.
Ich zahlte die Frau aus, gab ihr ein gutes Trinkgeld und sah dem Taxi für einen Moment nach.
Bis zum Krähennest waren es nur ein paar Schritte, die ich in aufgewühltem Zustand zurücklegte.
Was ich heute erfahren hatte, war unglaublich. Fasold hatte die Karten auf den Tisch gelegt, seine Maske fallen gelassen. Aber wer war dieser Kerl nun in Wirklichkeit? Hatte er Noosha schon damals bedroht? Der Gedanke erschien mir fantastisch, geradezu grotesk. Auf der anderen Seite

schien mir im Augenblick vieles möglich zu sein, was ich gestern noch als absurd abgetan hätte.
Ich hastete die Stufen hinauf und betrat das Haus.
Dass in meiner Abwesenheit jemand hier gewesen sein musste, bemerkte ich sofort. Gleichzeitig erkannte ich auch, dass es noch nicht lange her gewesen sein konnte.
Jemand hatte vor kurzer Zeit den Wasserkocher in der Küchenzeile angestellt und die Öffnung der Kanne direkt zum Fenster gedreht, das vom heißen Dampf vollkommen beschlagen war.
Jemand hatte mit dem Finger die Worte *Letzte Warnung* auf die Scheibe gemalt. Es gab in meinem Umfeld nicht viele, die dafür in Frage kommen würden.
Ich sah zu, wie die Scheibe nach und nach klar wurde und den Blick auf den Strand wieder frei gab. Ebenso wie zu dem benachbarten Bungalow hinüber. Im Innern stand Malte Beck, die halb zurückgezogenen Gardinen noch in der Hand. Er starrte durch das Fenster zu mir herauf. Auf seinen Lippen lag ein höhnisches Lächeln.

- 14 -

ICH GRIFF ZUM Telefon, wählte Nooshas Nummer. Als Antwort erhielt ich ein Besetztzeichen. Ich legte auf, wählte erneut an, mit demselben Ergebnis.

Eine Stimme, tief in meinem Innern verborgen, flüsterte mir zu, dass in ihrem Haus möglicherweise etwas ganz und gar nicht in Ordnung war. Es gab für mich nichts mehr zu überlegen, ich musste zu ihr. Ich sah aus meinem Fenster.

Der Bungalow war nach wie vor hell erleuchtet. Jetzt allerdings waren die Gardinen zugezogen. Nichts regte sich, aber ich war beinahe überzeugt davon, überlaute Musik und andere Geräusche aus dem Haus nebenan zu hören, wenn ich meine Tür öffnete.

Es dunkelte bereits, als ich endlich den Entschluss fasste, meinen Ausbruch zu wagen. Ich zog den Lamellenvorhang auf der Westseite des Krähennests halb zu und schaltete die Stehlampe ein. Dann drapierte ich einige Kissen aus dem Schlafzimmer so auf meinem Arbeitssessel, dass sie von außen betrachtet im besten Fall eine menschliche Silhouette abgeben würden. Es war ein billiger Trick. Aber immer noch besser, als es nicht wenigstens zu versuchen.

Ich packte meine Krücken und bereitete mich innerlich auf einen weiteren Strandmarsch vor. Möglicherweise kam es heute darauf an, ihn in persönlicher Bestzeit zu absolvieren.

Leise öffnete ich die Tür und genoss den kalten Abendwind, der über mein erhitztes Gesicht fuhr. Auf der oberen Veranda blickte ich mich nach allen Seiten um. Es war niemand zu sehen. Dafür dröhnten tatsächlich aus Fasolds Bungalow dumpfe Bässe, die sich mit kreischenden Gitarren abwechselten.

Ich zog die Tür hinter mir zu und drehte den Schlüssel im Schloss herum.

Dann machte ich mich auf den Weg.
Die ersten Meter würden die entscheidenden sein. Ich musste so schnell wie nur möglich von den Häusern weg. Ein Blick aus dem Fenster von drüben, eine verräterische Bewegung meinerseits, und ich war vielleicht geliefert.
Mit harten Bewegungen kämpfte ich mich voran. Die Füße meiner Krücken stachen in den Sand. Feiner Kies knirschte unter meinen Schritten, und direkt neben mir gluckten dunkle Wellen gegen die Steine am Ufer.
Ansonsten war es totenstill. Ich hatte mich inzwischen weit genug von dem perversen Treiben in der Fasold-Hütte entfernt. So hoffte ich jedenfalls.
Ich befand mich irgendwo im Nirgendwo. In der Ferne, im gegenüberliegenden dänischen Kegnæs, sah ich hin und wieder das Licht eines Leuchtturms aufblinken.
Mein Atem ging stoßweise, gefror mir vor meinen geöffneten Lippen. Bis zur Villa oberhalb der Steilküste war es noch ein guter Kilometer, wie ich schätzte. Ich hatte für die Distanz zwischen unseren Häusern inzwischen eine recht verlässliche innere Uhr entwickelt.
Gerade, als ich ruhiger zu werden begann, tauchte irgendwo hinter mir ein Licht auf. Es war nur ein kurzes Blinken, so als ob irgendjemand nur für die Dauer von ein bis zwei Sekunden eine Taschenlampe eingeschaltet hätte, um sich zu vergewissern, wo er sich befand.
Vor Schreck erstarrt blieb ich auf der Stelle stehen. Ob er mich erkannt hatte?
Nein, dachte ich. Aber im Grunde versuchte ich nur, mich damit zu beruhigen.
Langsam bewegte ich mich weiter. Ich selbst hatte keine Lampe eingesteckt, da ich mir durchaus zutraute, den Weg ohne derlei Hilfsmittel zu finden. Es war noch ein Rest Grau am Himmel, der mich Umrisse erahnen ließ, und hin und wieder geisterte das Licht des Leuchtturms über das Wasser.

Dennoch kam ich viel zu langsam voran. Wer auch immer dort im Schutz der Dunkelheit hinter mir war, er würde mich schon bald eingeholt haben.
Ob Erich Fasold seinen Bluthund von der Leine gelassen hatte? Eines stand fest: Wenn ich meinen Weg wie geplant fortsetzte, würde es innerhalb der nächsten Minuten zwangsläufig auf eine Konfrontation hinauslaufen, der ich aller Wahrscheinlichkeit nach nicht gewachsen war.
Also musste ich mir schleunigst etwas einfallen lassen.
Ich tauchte nach rechts weg, wobei ich darauf achtete, meine Krücken anzuheben und sie bis auf weiteres nicht zu benutzen, um keine verräterischen Spuren im Sand zu hinterlassen. Ich tauchte ein in den Schutz der Steilküste, mit ihren schroffen Lehmwänden und teils herabgestürzten Bäumen. Irgendwo neben mir plätscherte Wasser von oben herunter und vereinigte sich zu einem Rinnsal, das durch den Sand bis zum Ufer verlief.
Mein Verfolger würde bald merken, dass die Spur meiner Krücken ziemlich abrupt endete. Er musste nur, so wie er es jetzt schon mehrfach getan hatte, einmal kurz seine Lampe einschalten.
Und da hörte ich auch bereits seine Schritte. Er kam rasch näher, und obwohl ich meinen Verfolger noch nicht erkennen konnte, hatte ich bereits in meinem Innern ein ziemlich klares Bild von ihm gewonnen. Ich sah Malte Beck vor meinem geistigen Auge, wie sein wachsamer Blick über den Sand irrte, während er energisch Luft einsaugte und sie als kleine Dampfwolken in die Nachtluft blies.
Ich drückte mich weiter in den Schatten eines Baumstamms, der kopfüber auf den Strand gesackt war und dessen breit gefächertes Wurzelwerk direkt neben mir steil in die Höhe ragte. Langsam und vorsichtig ging ich daneben in die Hocke und spähte über den nassen, kalten Stamm hinweg.

Da war er. Beck. Für den Bruchteil einer Sekunde sah ich sein angestrengtes Gesicht im Schein des Leuchtturms. Er hielt seinen Blick zu Boden gerichtet, suchte in der Tat nach den Spuren, die ich hinterlassen hatte. Er tat dies, obwohl er doch wissen musste, welches Ziel ich anvisiert hatte.

Ob er damit rechnete, dass ich mich irgendwo hier unten versteckte?

Die Antwort darauf erhielt ich bereits in den nächsten Sekunden. Ich ahnte seine Umrisse mehr als dass ich sie sah. Was ich jedoch in der Dunkelheit erkennen konnte war, dass er stehengeblieben war und zwar exakt an der Stelle, an der ich meinen Pfad verlassen hatte.

Ich ließ mich weiter auf den Boden sinken, wobei mir meine Krücken im Weg waren. Ich hielt sie beide in der linken Hand, während meine rechte den Boden unter mir abtastete. Meine Finger gruben sich durch den Sand und stießen schon bald auf einen Widerstand.

Ich hielt meinen Blick wie gebannt auf Beck gerichtet, während ich versuchte, den faustgroßen Stein aus seiner Grube zu bergen.

Der Pfleger schaltete seine Taschenlampe ein. Dieses Mal jedoch nicht nur kurz, um sich nicht zu verraten. Er ließ den Lichtkegel vor sich über den Strand wandern, bis er sich in der Dunkelheit verlor.

Ich intensivierte meine Anstrengungen, grub tiefer und spürte, wie kurz nacheinander zwei Fingernägel brachen.

Der Lampenschein wanderte weiter, fraß sich jetzt in die dunklen Hänge der Steilküste, geisterte über die toten Buchen, die wie stumme Wächter eines verbotenen Terrains wirkten. Gleich würde mich der Lichtstrahl erreicht haben und meine Deckung über den Haufen werfen.

Meine Finger waren jetzt tief im eiskalten, lehmigen Sand verborgen und umschlossen den Stein. Ich zog daran, bis er sich mit einem matschigen, saugenden Geräusch löste.

Der Strahl der Taschenlampe traf mich und blieb auf mir ruhen.
Ich blinzelte, war geblendet von der gleißenden Helligkeit. Beck hatte mich gefunden. Ich hörte ihn höhnisch lachen. Nur kurz, an das Bellen eines großen Hundes erinnernd.
Er kam näher.
Ich richtete mich auf, hielt den Stein in meiner Hand noch hinter meinem Rücken verborgen.
Beck richtete den Schein seiner verdammten Lampe nach wie vor direkt auf meine Augen. Ich konnte nichts mehr sehen, sondern musste mich ganz auf meine übrigen Sinne verlassen.
Ich hörte seine Schritte. Er trat in die Wasserlache, die sich etwa zwei Meter vor mir gebildet hatte. Diese Stelle hatte ich mir eingeprägt.
„Wir hatten Sie gewarnt, Torn. Aber Sie wollten ja nicht hö…“
Ich warf den Stein mit voller Wucht, wohlwissend, dass ich nur diesen einen Versuch hatte.
Wie er traf, konnte ich nicht erkennen. Alles, was ich in dieser Sekunde wahrnahm, waren ein dumpfer Laut und ein überraschter, halb erstickter Aufschrei.
Die Taschenlampe fiel in den Sand.
Das war für mich der Startschuss. Ich packte meine beiden Krücken und verließ meine Deckung.
Im fahlen Schein der Taschenlampe erkannte ich den bulligen Beck, wie er seinen Oberkörper tief nach unten beugte, so dass seine flatternden Haare beinahe den Sand berührten. Dazu stieß er keuchende Laute aus.
Ich hastete, so gut ich eben konnte, an ihm vorbei, setzte über die Wasserstelle hinweg und bohrte meine Krücken immer rascher in den Sand.
„Bleib stehen, du verfluchter Mistkerl!“, schrie Beck mir hinterher. Vermutlich hatte er nur meine Schritte vernommen, denn er tastete mit seinen Armen suchend hin und

her, während aus einer Platzwunde an seiner Stirn das Blut über sein Gesicht strömte.
Aus Beck war ein Monster geworden, das orientierungslos über den Strand taumelte.
Ich hetzte weiter und stemmte meine Krücken derart hart in den Sand, dass ich mich mit jedem neuen Schritt regelrecht nach vorne katapultierte.
Ich keuchte und rang um Atem. Bald schon spürte ich, wie sich auf meiner Stirn der Schweiß sammelte, der sofort vom Wind gekühlt wurde.
Noch einmal hörte ich Malte Beck hinter mir rufen und stellte dabei erleichtert fest, dass seine Stimme bereits so weit entfernt war, dass ich nicht einmal seine Worte verstehen konnte.
Immer wieder warf ich über meine Schultern einen Blick zurück. Noch immer schien sich die Taschenlampe im Sand zu befinden, denn ich nahm sie jetzt nur noch als schwachen Schimmer wahr, der seine Position nicht veränderte.
Mir wollte beinahe das Herz in der Brust zerspringen. Doch ich gestattete mir keine Atempause, um meine Jacke zu öffnen. Ich musste weiter.
Schwer keuchend erreichte ich die Treppe und begann ohne zu zögern damit, die Stufen in Angriff zu nehmen.
Ich wusste nicht mehr, ob ich über Tag meine Schmerzmittel eingenommen hatte. Jetzt jedenfalls protestierten meine Beine lautstark bei jeder noch so kleinen Bewegung. Ich zwang mich, die Schmerzen so gut es ging zu ignorieren und weiterzumachen. Die junge Haut über meinen Schienbeinen spannte sich bis zum Zerreißpunkt und brannte wie Feuer.
Tränen traten mir in die Augen. Ich blinzelte sie weg, während ich mich der Mitte der Treppe näherte.
Dort hielt ich für einen kurzen Moment inne und blickte mich um. Unter mir befand sich der Strand. Ich hörte die

Wellen auflaufen, die den Sand zum Knistern brachten. Ein leises Flüstern. Mehr vernahm ich jedoch nicht. Keine Schreie, keine schweren Schritte irgendwo hinter mir.
Die nächsten Stufen kamen mir wie eine unüberwindbare Mauer vor, doch auch sie meisterte ich mit letzter Anstrengung.
Nooshas Haus wirkte von außen wie immer. Das längst vertraut gewordene Licht schimmerte durch die Buchen hindurch. Ich musste nicht lange nach dem kleinen Pfad suchen, der durch sie hindurch führte.
Ich hatte ihn halb zurückgelegt, als ich plötzlich aufschreckte und zum Haus hinüber starrte.
Was ich gehört hatte, war das unverwechselbare Geräusch eines Schusses gewesen.

- 15 -

WIE IN TRANCE taumelte ich durch die Buchen hindurch, stolperte in ein Loch im Boden und stieß einen harten Schrei aus, als mir der Schmerz vom rechten Fußgelenk bis hinauf in die Hüfte schoss. Ich biss die Zähne zusammen und bewegte mich weiter.
Aus einigen Metern Entfernung erkannte ich bereits, dass die Eisenpforte im Wind hin und her schwang. Dabei erzeugte sie ein klapperndes Geräusch. Ich stieß sie auf, so dass sie mit einem Scheppern gegen die dahinterliegende Wand knallte.
Meine Krücken trugen mich zur Haustür, die ich hingegen verschlossen vorfand. Ich zog und rüttelte daran, während ich mit der rechten Hand den Klingelknopf betätigte.
Ich wollte mich gerade abwenden, um nach einer anderen Möglichkeit zu suchen, als die Tür zunächst nur einen winzigen Spalt und dann weiter geöffnet wurde.
Ein weißes Gesicht kam in dem dunklen Hausflur zum Vorschein.
„Sarah!“, rief ich. „Was ist passiert?“
Sie antwortete nicht, sondern öffnete die Tür weiter, dass ich eintreten konnte. In ihrem Blick las ich, dass sich etwas Entsetzliches ereignet haben musste.
Sie stammelte etwas, das ich nicht verstand. In ihrem weißen Seidenkleid wirkte sie wie ein Racheengel.
Dazu passte auch die Pistole, die sie noch immer in ihrer Hand hielt.
„Mein Gott“, presste ich hervor und fasste sie bei den Schultern. „Sarah! Was ist hier losgewesen?“
„Ein Mann“, stammelte sie und deutete mit der freien Hand in Richtung der Wohnzimmertür.
Ich ließ die Frau los und hastete durch die Diele. Als ich über die Türschwelle ins Zimmer trat, erfasste ich die Lage sofort.

Auf dem Boden, mitten auf dem dicken, weißen Teppich, lag ein Mann, der sich in seinem eigenen Blut wälzte und stöhnende Laute von sich gab.
Ich kannte ihn. Es war Gunnar Schwarz.
Er wirkte wie weggetreten, hatte mich noch immer nicht wahrgenommen.
Ich warf meine Krücken achtlos beiseite und trat auf ihn zu. Seine Augen hatten einen fiebrigen Glanz angenommen. Schwarz schien halb bewusstlos zu sein. In seinem Zustand stammelte er abgehackte Worte, die sich mit seinen Schmerzenslauten mischten und zu einem unverständlichen Kauderwelsch wurden.
Ich kniete mich umständlich zu ihm nieder, wobei ich das Gefühl hatte, dass meine Beine unterhalb der Knie abreißen würden. Ich ächzte und versuchte, Kontakt mit dem Verletzten aufzunehmen.
Für einen Sekundenbruchteil begegneten sich unsere Blicke. Unmöglich zu sagen, ob Schwarz mich erkannte oder nicht. Kurz darauf sank sein Kopf auf den Boden. Ein tiefes Stöhnen drang aus seiner Brust.
Seine schwarze Jacke glänzte nass. Als ich mich über ihn beugte, um an dem Reißverschluss zu ziehen, nahm ich einen süßlichen, eisenhaltigen Geruch wahr.
Es gelang mir, die Jacke zu öffnen. Darunter trug der junge Mann ein Sweatshirt, dessen rechte Seite blutgetränkt war. Ich vermutete die Wunde im Brust- oder Schulterbereich.
Als ich eine Bewegung hinter mir wahrnahm, drehte ich meinen Kopf in Richtung der Tür.
Sarah Maynes war dort aufgetaucht. Sie schien in das Wohnzimmer zu schweben, mit keinen Schritten, ihren Blick auf den Verletzten am Boden gerichtet.
„Legen Sie die verdammte Pistole weg“, fuhr ich sie an. Im selben Moment tat es mir fast schon wieder leid.
Sie gehorchte, trat zu dem Couchtisch hinüber und legte die Waffe dort vorsichtig ab. Rasch zog sie ihre Hand weg,

als sei ihr erst jetzt bewusst geworden, was sie da benutzt hatte.
„Er stand plötzlich hier im Wohnzimmer“, wisperte sie leise. „Er muss durch die Hintertür eingedrungen sein. Ich war schon schlafen gegangen, als ich plötzlich ein Geräusch hörte.“
„Er hat die Pforte vor dem Haus aufgebrochen“, erklärte ich, als ob dies im Moment wichtig gewesen wäre.
„Wir müssen sofort einen Arzt rufen. Was ist mit Ihrem Telefon?“
Sie starrte mich verständnislos an.
Ich erhob mich und trat zur Anrichte hinüber, wo sich ein altmodisch wirkender Apparat befand. Als ich den Hörer abhob, bekam ich kein Signal. Das Telefon war tot. Deshalb hatte ich Sarah nicht erreichen können.
Mir kam ein anderer Gedanke. Ich kehrte zu Schwarz zurück, kniete erneut neben ihm nieder und fuhr mit spitzen Fingern in die Innentaschen seiner Jacken. Ich stieß auf einen harten Gegenstand und förderte ein Smartphone zutage.
„Keinen Arzt“, stöhnte Schwarz plötzlich. „Bitte … keinen Arzt.“
Ich sah zu ihm herunter. Seine Augen waren weit aufgerissen. Sein Atem ging flach und stoßweise.
„Aber Sie müssen zu einem Arzt. Ich werde sofort den Notruf …“
Seine kräftigen Finger umklammerten mein rechtes Handgelenk. „Nicht! Ich … ich bitte Sie, Torn. Ich will nicht, dass …“ Er brach ab und stöhnte.
„Dass Sie nicht noch mehr Ärger am Hals haben wollen, kann ich verstehen“, antwortete ich. „Aber in Ihrer Schulter steckt eine Kugel und Sie verlieren jede Menge Blut.“
Ich warf Sarah einen Blick zu, die das Stichwort offenbar verstanden hatte. Sie eilte aus dem Zimmer und kehrte schon nach kurzer Zeit mit einigen Handtüchern zurück.

Natürlich sind es weiße, dachte ich. Einer von vielen Gedanken, die mir durch den Kopf schossen.
Ich dachte noch immer an Malte Beck, dem es in den Sinn gekommen sein könnte, mir bis hierher zu folgen, um unsere kleine, persönliche Sache zu einem Ende zu bringen. Vermutlich hatte es nie eine bessere Gelegenheit dafür gegeben als diese.
„Sarah“, sagte ich eindringlich, um die Aufmerksamkeit der Frau in Weiß zu gewinnen. „Bitte schließen sie alle Türen ab. Schließen Sie auch die Fenster. Haben Sie verstanden?“
Sie sah mich an und nickte. Gleich darauf hastete sie mit hellen Schritten aus dem Zimmer.
Ich nahm nicht an, dass diese Maßnahmen wirklich hilfreich waren, aber wir mussten es den anderen ja nicht noch leichter machen.
Ich wandte mich wieder Gunnar Schwarz zu. „Glauben Sie, dass Sie es hinüber zur Couch schaffen?“
Er hatte die Zähne zusammengebissen und blickte zu dem schweren Möbel hinüber. „Ich … weiß nicht.“
„Ich werde Ihnen nicht viel dabei helfen können“, erklärte ich und deutete auf meine Beine.
„Ich versuche es“, presste er hervor.
Ich hockte mich auf meine Knie und hielt ihm meinen rechten Arm hin, damit er sich daran in die Höhe ziehen konnte. Schwarz packte meinen Unterarm und bäumte seinen Oberkörper auf.
Ich hörte seine Zähne knirschen, als er einen halb erstickten Schrei durch sie hindurch zischte.
Irgendwo in der Diele hörte ich währenddessen Nooshas Schritte, die sich uns näherten.
Die ehemalige Sängerin blieb auf der Schwelle stehen und blickte mich fragend an.
„Kommen Sie“, sagte ich und winkte sie zu mir heran, „helfen Sie mir, den Mann auf die Couch zu verlagern.“

Noch ehe Schwarz protestieren konnte, hatten wir ihn an seinem unverletzten Arm gepackt und zogen ihn in die Höhe. Schwankend kamen wir zusammen auf die Beine.
Der Verletzte stöhnte auf und schleppte sich die wenigen Schritte bis zur Couch.
„Ziehen Sie die Jacke aus", wies ich ihn an, bevor er sich in die Polster fallen lassen konnte.
Sofort war ich bei ihm und riss ihm den blutigen Fetzen vom Leib.
Schwarz schrie lautstark auf, was sowohl Sarah als auch ich ignorierten.
„Das Sweatshirt auch", sagte ich.
Dieses Mal reagierte Sarah schneller. Sie hatte sich mit einer großen Schere bewaffnet, die sie am Saum des Pullovers ansetzte und diesen der Länge nach aufschnitt.
Als das erledigt war, griff ich nach den Handtüchern. Da sein Rücken unversehrt war, ging ich davon aus, dass die Kugel noch immer in seiner Schulter oder seiner Brust steckte.
„Hier", sagte ich und reichte Schwarz die Tücher, „pressen Sie sich die auf die Wunde. Wir müssen die Blutung stillen."
Der Verwundete griff danach. Sein Gesicht war blass und von kaltem Schweiß überströmt. Das dunkle Haar hing ihm wirr in die Stirn.
Gunnar Schwarz presste sich ein dickes Handtuch auf die Schulter und schrie vor Schmerz auf. Mit seiner linken Faust schlug er mehrfach auf die Polster der Couch.
„Ich habe das nicht gewollt", stammelte Sarah, als sich unsere Blicke für eine Sekunde oder zwei trafen. „Ich schwöre Ihnen … ich hatte keine Ahnung."
„Ich weiß", gab ich knapp zurück. Ich streifte den Gedanken, die Frage, was die Frau im Augenblick durchmachen musste. Das Trauma, das ihre ganzen letzten Jahre beeinflusst hatte, wiederholte sich gerade in diesen Augenblicken.

Ich wandte mich wieder dem Verletzten zu und deutete mit meinem Kinn auf das Handtuch, das sich unter seinen Fingern langsam hellrot färbte.
„Was tun wir jetzt?“, fragte ich ihn.
Er öffnete den Mund und tat ein paar hektische Atemzüge.
„Keinen Arzt“, wiederholte er. „Bitte rufen Sie meine … Mutter an.“
Ich tauschte einen kurzen Blick mit Sarah. Sie nickte mir zu.
„Ihre Mutter“, wiederholte ich tonlos und zuckte mit den Schultern. „Na, warum nicht.“
Ich hielt ihm das Smartphone hin, damit er den Bildschirm mit zittrigen und blutverschmierten Händen entsperren konnte.
Sofort drehte ich das Gerät um und suchte aus den gespeicherten Kontakten den mit dem Titel *Mum* heraus.
Ich tippte auf das Symbol des grünen Telefonhörers und sah quasi zu, wie sich die Verbindung aufbaute.
Nach zweimaligem Klingeln wurde am anderen Ende abgehoben.
„Na endlich“, hörte ich unverkennbar die Stimme von Heidrun Schwarz. „Sag mal, wo steckst du denn die ganze Zeit? Ich habe mit dem Abendessen auf …“
„Frau Schwarz, hier spricht Hendrik Torn“, unterbrach ich sie. „Sie erinnern sich an mich?“
„J-ja, natürlich“, gab sie stammelnd zurück. „Aber was ist mit Gunnar? Ist etwas mit meinem Sohn passiert?“
Ich sah dem Verletzten direkt ins Gesicht, während ich telefonierte. Er hatte nach wie vor die Zähne zusammengebissen und ließ seinen Kopf in diesem Moment auf das Rückenpolster sinken.
„Es hat einen Zwischenfall gegeben“, sagte ich. „Ihr Sohn ist verletzt, er wurde angeschossen.“
„Mein Gott“, hörte ich Heidrun Schwarz in den Hörer hauchen.

„Wir befinden uns im Haus von Sarah Maynes. Können Sie herkommen?“
„Natürlich. Ich kann in zwanzig Minuten da sein.“
„In Ordnung“, sagte ich und legte kurzerhand auf. Danach drehte ich mich zu Sarah um. „Gibt es in diesem Haus so etwas wie ein Telefonbuch?“
Sie überlegte kurz und schüttelte anschließend den Kopf.
„Dann eben anders“, sagte ich und schnappte mir erneut das Handy des Verletzten. Quälend langsam ließ ich das Gerät eine Internetverbindung aufbauen und suchte im öffentlichen Telefonverzeichnis nach der Nummer von Hanne Brückner.
„Was haben Sie vor?“, fragte Schwarz, als er mitbekam, dass ich mit seinem Telefon herumhantierte.
„Ich werde eine Freundin anrufen“, sagte ich knapp und hob gleich beschwichtigend die Hände, als Schwarz auffahren und nach seinem Smartphone schnappen wollte.
„Keine Angst“, versuchte ich ihn zu beruhigen, „sie ist keine Ärztin, aber ich hoffe, dass sie uns trotzdem helfen kann.“
Ich stieß im Netz auf eine Nummer und ließ das Gerät sofort anwählen.
Dieses Mal dauerte es länger, bis ich ein Lebenszeichen erhielt. Ich wollte gerade wieder auflegen, als ich ein Knirschen und Knacken in der Leitung hörte.
„Ja, bitte?“
„Hier ist Hendrik“, platzte es aus mir heraus. „Hendrik Torn.“
„Ach sieh da“, antwortete sie mit leicht schnippischem Unterton. „Der Herr ist also doch da. Ich war gerade draußen bei Ihnen. Aber Sie hielten es wohl nicht für nötig, aufzumachen.“
„Das tut mir leid“, gab ich zurück und nannte ihr meinen jetzigen Aufenthaltsort.

„Sie sind bei einer … Bekannten?“, fragte sie zurück. Ich hatte ihr leichtes Zögern sofort bemerkt, ging aber nicht darauf ein.
„Hören Sie, ich bin da in eine ziemlich komplizierte Geschichte hineingeraten. Es hat hier einen Unfall gegeben. Jemand hat eine Schussverletzung davongetragen, und ich vermute, dass die Kugel noch in der Wunde steckt.“
„Wie bitte?“ Ihre Stimme war schlagartig ernst geworden.
„Wie ich schon sagte“, fuhr ich fort, „die Geschichte ist leicht kompliziert. Wir benötigen jemanden, der in der Lage ist, die Wunde zu versorgen und eventuell sogar die Kugel herauszuholen.“
„Einen Arzt“, sagte sie sofort. „Was Sie brauchen, ist ein Arzt, Torn.“
„Ich hatte da eher an Sie gedacht“, unternahm ich einen weiteren Versuch.
„Sagen Sie, Sie wollen mich nicht zufällig auf den Arm nehmen, nur weil ich vielleicht ein paar unschöne Dinge über Ihre Bücher gesagt habe?“
„Nein“, gestand ich wahrheitsgemäß. „Hören Sie, Hanne, es ist wirklich wichtig. Wir haben einen Verletzten hier und … aus bestimmten Gründen können wir keinen Arzt rufen. Ich kann Ihnen alles genau erklären, wenn Sie hier sind. Können Sie kommen? Mir zuliebe?“
Ich hörte sie am anderen Ende der Leitung auflachen. „Also, das ist wirklich die ausgefallenste Einladung zu einem Date, die ich je bekommen habe.“
„Ich werde Sie auch irgendwie dafür entschädigen“, versprach ich.
„Besser nicht. Nachher enden wir alle noch mit einer Kugel im Bauch.“ Sie wurde sofort wieder ernst. „Hören Sie gut zu, Torn. Ich werde mich jetzt in meinen Wagen setzen. Aber ich werde nicht vor zwei Stunden da sein können, da ich gerade wieder zu Hause bin und von hier aus erst den Schlüssel für die Apotheke organisieren muss. Dann muss

ich da raus fahren und die notwendigen Dinge organisieren, ok?“
„In Ordnung“, sagte ich. „Zwei Stunden?“
„Ich probiere es in anderthalb“, antwortete Hanne. „Ach, und Torn?“
„Ja?“
„Versuchen Sie bis dahin wenigstens, nicht noch mehr Unheil anzurichten.“

- 16 -

ICH HATTE KAUM den Hörer aufgelegt, als draußen vor dem Haus Scheinwerfer auftauchten. Ein Wagen kam holpernd die Auffahrt zum Haus herauf.

Sarah stand am Fenster, den Vorhang in der Hand, und blickte nach draußen.

Ich gesellte mich zu ihr und beobachtete, wie sich das Auto näherte. Das leise Brummen eines Motors war zu hören, der kurz darauf abgestellt wurde. Es handelte sich um einen weinroten Kleinwagen, dem eine Frau entstieg. Ihr offenes Haar wurde vom Wind erfasst, kaum dass sie ihren Kopf zur Tür herausgestreckt hatte.

Es handelte sich um Heidrun Schwarz, die mit besorgter Miene näher kam, den Mantel unverschlossen.

Ich nickte Sarah zu und ging durch die Diele zur Haustür. Noch bevor Heidrun Schwarz klingelte, hatte ich sie geöffnet. Die Frau kam mit schnellen Schritten näher.

„Wie geht es Gunnar?“, platzte es aus ihr heraus. „Was ist denn überhaupt passiert?“

„Er ist im Wohnzimmer“, gab ich zurück, während ich die Tür sorgfältig hinter ihr schloss. Ich wies der Frau den Weg und ließ sie an mir vorbei hasten. Sie stürzte sich geradezu auf ihren Sohn, sank vor der Couch auf die Knie und faltete ihre Hände wie zu einem Gebet.

„Was, um alles in der Welt, hast du schon wieder angestellt? Ich hatte dich so gebeten …“

„Mama, bitte“, stieß der Verletzte hervor und verzog dabei das Gesicht.

„Man kann dich wirklich keine Sekunde lang aus den Augen lassen“, wetterte seine Mutter im gleichen Ton weiter. Dann blickte sie in meine Richtung, kam auf die Beine und trat einen Schritt auf mich zu.

„Ich verlange auf der Stelle zu erfahren, was hier vorgefallen ist.“

Ich erzählte es ihr in kurzen, knappen Worten und beobachtete, wie Heidrun Schwarz währenddessen die Kinnlade heruntersackte. Ihre Augen waren weit geöffnet, und der Ausdruck in ihrem Blick wechselte beinahe mit jeder Sekunde.
Als ich fertig war, herrschte für einen Moment Stille. Heidrun Schwarz blickte zwischen ihrem Sohn und mir hin und her, wusste offenbar nicht, wem sie an erster Stelle Vorhaltungen machen sollte. Die Entscheidung war auf mich gefallen.
„Das ist alles ganz allein Ihre Schuld! Hätten Sie Gunnar nicht Geld dafür geboten, dass er hier herumschnüffelt, wäre er gar nicht erst in Versuchung geraten."
So sehr mir dieser Schluss missfiel, ich konnte ihn nicht einmal ganz von der Hand weisen.
„Ist das wahr?", hörte ich eine sanfte Stimme hinter mir sagen. Ich drehte mich um und blickte in Sarahs Gesicht. Sie hatte ihre schmalen Augenbrauen zusammengezogen und sah mich fragend an.
„Bitte, Sarah, Sie dürfen das nicht falsch verstehen", sagte ich und hob beschwichtigend die Hände. Mitten im Satz brach ich ab und ließ sie wieder sinken. „Es ist wahr. Ich habe den Jungen da benutzt, um mehr über Sie zu erfahren." Mein Blick wanderte zur Mutter des Verletzten. „Allerdings habe ich ihm nicht den Auftrag gegeben, hier einzubrechen."
„Was sich noch herausstellen wird", giftete Heidrun Schwarz zurück.
Ich sah Noosha an, die ihre Stola mit beiden Händen vor dem Brustkorb zusammenzog, als würde sie frieren. Ihr Blick glich dem eines gejagten Tiers.
„Es tut mir furchtbar leid", sagte ich leise.
Sie schüttelte den Kopf, drehte sich um und setzte sich auf einen Stuhl, den sie sich mit einer kraftlos wirkenden Bewegung heranzog.

Ich wandte mich an Heidrun Schwarz. „Ich habe eine Freundin verständigt. Sie ist Apothekerin. Mit etwas Glück könnte sie in einer Stunde hier sein und die Wunde versorgen. Möglich, dass es ihr sogar gelingt, die Kugel rauszuholen."
Die Schwarz nickte mir mit einem verkniffenen Gesichtsausdruck zu und griff sich ein frisches Handtuch vom Stapel. Kurz darauf war ein qualvoller Schmerzensschrei ihres Sohns zu hören.
Ich hörte die beiden hinter mir tuscheln. Sie versuchten, leise zu reden, doch ein paar Wortfetzen drangen dennoch an mein Ohr: „Keinen Arzt!"
Keinen Arzt.
Was hatte das zu bedeuten? Wollte sich der junge Schwarz einfach nur Scherereien mit der Polizei sparen, die zweifellos würde eingeschaltet werden müssen, wenn ein Arzt hinzugerufen wurde? Oder steckte am Ende mehr dahinter?
Ich setzte mich zu Sarah Maynes ans Fenster.
„Ich kann gut nachvollziehen, dass Sie enttäuscht sind", begann ich, „und wütend. Wenn Sie erlauben, werden wir nur noch Hannes Ankunft und die Behandlung abwarten, dann werden wir Sie allein lassen. Und mit ein bisschen Glück wird Ihr Sohn bald hier sein. Dann können Sie beginnen, diesen Alptraum hier zu vergessen."
Ob sie mich verstand, weiß ich nicht. Sie saß auf ihrem Stuhl und starrte gegen den Streifen Fensterscheibe, den die halb geöffneten Vorhänge freigelassen hatten.
Draußen hatte der Wind zugenommen und strich geräuschvoll um die Hausecken.
Wir warteten.
Mehr als einmal glaubte ich, draußen ein Motorengeräusch gehört zu haben. Ich sah aus dem Fenster und blickte in die tiefschwarze Nacht.
So strichen die Minuten in nahezu vollkommener Stille dahin, nur gelegentlich durchbrochen von den bisweilen ächzenden oder leise stöhnenden Lauten des Verletzten.

Dann plötzlich, ohne eine Vorwarnung oder ein vorheriges Anzeichen, klingelte es erneut an der Tür.
Wir blickten uns gegenseitig an. Niemand sagte etwas.
War da etwa jemand über den Strand gekommen? Ein Name schoss mir durch den Sinn: Olaf Stössner, der geflohene Sträfling, dessen nebulöse Gestalt über dem ganzen Geschehen zu schweben schien.
Ärgerlich verwarf ich diesen Gedanken, jagte ihn beiseite wie ein lästiges Insekt.
Es klingelte erneut. Zweimal kurz hintereinander.
Noosha wollte sich erheben, doch ich bedeutete ihr mit einer Geste, sitzenzubleiben.
Stattdessen bewegte ich mich selbst durch die Diele bis zur Tür. „Wer ist da?“, fragte ich.
Niemand antwortete. Stattdessen erhielt die Tür einen gewaltigen Schlag, die sie in ihrem Rahmen erzittern ließ. Etwas knirschte verdächtig.
Beim zweiten Anprall gab sie nach. Das Schloss brach mit einem harten, trockenen Knacken, während mir die Tür entgegenflog und rechts neben mir gegen die Innenwand knallte.
Erschrocken machte ich einen Satz zurück, während ich auf das dunkle Viereck starrte, durch das kalte Luft einströmte.
Ein Schatten schälte sich aus der Dunkelheit heraus.
Langsam und mit leisem Quietschen näherte sich ein Rollstuhl.
„Guten Abend, Herr Torn“, sagte Erich Fasold.
„Wie ich sehe, haben Sie meinen Rat nicht befolgt. Das ist überaus schade.“

NATÜRLICH WAR DER alte Mann nicht allein gekommen. Direkt hinter ihm tauchte die massige Gestalt von Malte Beck auf.
Als er mich erkannte, machte er einen gewaltigen Satz nach vorne und packte mich am Kragen. An seiner Stirn klebte verkrustetes Blut, mit dem auch seine Jacke besudelt war.
„Du verfluchter Scheißkerl“, presste er zwischen seinen Zähnen hindurch.
„Bitte, Beck“, tönte Fasolds sonore Stimme durch die Diele, „klären Sie das, wenn Sie beide unter sich sind, ja?“
Der Pfleger hatte mich an meinem Hemd halb in die Höhe gerissen und starrte mich funkelnd an.
„Worauf du dich verlassen kannst, Arschloch“, flüsterte er mir zu und stieß mich grob von sich, dass ich das Gleichgewicht verlor und gegen die Garderobe prallte, die meinen Sturz mehr schlecht als recht abfing. Meine Gehstütze fiel mir aus der Hand und landete mit einem klappernden Geräusch am Boden.
Ich konnte nicht verhindern, dass sie in das Haus eindrangen. Zuerst Fasold, mit den neugierigen Augen eines Kleinkinds, dann Beck, angespannt und geladen, und zuletzt Stefanie Sillner, die mich mit einem spöttischen Blick betrachtete, während sie über die Schwelle trat.
Ich wollte die anderen warnen, während ich in einer hilflosen Geste nach meiner Krücke hangelte, doch es war zu spät. Die Delegation hatte das Wohnzimmer bereits erreicht, wie ich den Stimmen entnehmen konnte.
Ich krallte mir meine Krücke und stemmte mich damit in die Höhe. Mit einigen beherzten Schritten betrat ich hinter der blonden Assistentin den Raum.
„Na, da wären wir ja alle beisammen“, nahm Fasold in gut gelauntem Ton die Unterhaltung auf.

Ich fing Sarahs Blick auf, der fragend und als ein Ausdruck ihrer Unsicherheit auf mir ruhte.
Noch immer lag die kleine schwarze Pistole auf dem Couchtisch. Ich sah Sarah in die Augen und schüttelte unmerklich den Kopf.
Dann drängte ich mich an der Sillner vorbei, die mir den Rücken zudrehte. Ich wollte die Waffe an mich nehmen, möglichst unbemerkt, aber ich kam den entscheidenden Sekundenbruchteil zu spät.
Fasold hatte seinen dürren Oberkörper bereits nach vorne gebeugt und packte die Pistole mit seiner Rechten, die in einem schwarzen Lederhandschuh steckte.
„Das nehmen Sie besser an sich, Beck“, sagte er mit einem ironischen Lächeln. „Aber passen Sie gut auf, wegen der Fingerabdrücke.“
Beck stellte ein süffisantes Grinsen zur Schau, nahm die Waffe entgegen und musterte sie neugierig, bevor er sie in seiner Jackentasche verschwinden ließ.
Fasold drehte sich zu seiner Assistentin um und gab ihr ein kurzes Zeichen, welches niemand von uns zu deuten wusste.
Stefanie Sillner hingegen drehte sich wie selbstverständlich um und schloss die Zimmertür ab. Den Schüssel überbrachte sie dem Alten im Rollstuhl mit einem feierlich anmutenden Gesichtsausdruck.
Fasold ließ den Schlüssel in seiner Westentasche verschwinden. Demonstrativ blickte er sich um.
„Eine feine Gesellschaft haben wir hier. Und eine ziemlich unerfreuliche Bescherung, was?“ Er deutete zu Gunnar Schwarz hinüber, der sich auf der Couch halb aufgerichtet hatte und von seiner Mutter gestützt wurde.
„Ich kann mir nicht helfen“, fuhr Fasold fort, „aber Sie alle erzählen mir gerade eine nette, kleine Geschichte, obwohl noch niemand von Ihnen gesprochen hat. Wie es aussieht, kam es offenbar zu einer kleinen Meinungsver-

schiedenheit. Oder halt, nein, wie wäre es damit? Unser junger Graf Dracula hat sich Zutritt zu diesem Haus verschafft. Wir haben uns nämlich schon gewundert, warum das Tor vorne kaputt ist. Und dann wurde er sozusagen auf frischer Tat ertappt und zwar von der Dame des Hauses. Der einzigartigen und unvergleichlichen Noosha. Oder bestehen Sie darauf, dass ich Sie Sarah nenne, meine Teure?“

„Sie besteht auf überhaupt nichts“, fuhr ich dazwischen. „Und wissen Sie auch warum, Fasold? Weil sie Sie und Ihre Handlanger nicht eingeladen hat. Daher gebe ich Ihnen den guten Rat, auf der Stelle von hier zu verschwinden, bevor die Polizei hier eintrifft.“

Fasold drehte den Kopf in meine Richtung und stellte einen gelangweilten Gesichtsausdruck zur Schau. „Sie spielen Ihre Rolle nicht sehr überzeugend, Herr Torn. Ich weiß sozusagen aus erster Hand, dass der Festnetzanschluss in diesem Haus seit ein paar Stunden nicht mehr funktioniert. Und mit dem Handyempfang ist es hier draußen auch so eine Sache. Aber viel wichtiger ist für mich etwas ganz anderes: Wer von Ihnen sollte überhaupt einen Grund haben, die Polizei zu rufen?“

„Keiner“, platzte Beck dazwischen. „Weil die hier alle unter einer Decke stecken.“

Fasold nickte dem Blonden zu, teils zustimmend, teils um ihn zum Schweigen zu bringen.

Der Alte breitete die Hände aus. „Ich höre keine Gegenstimmen? Nun, dann kann ich mit meiner Vermutung wohl nicht gänzlich danebengelegen haben. Wen haben wir also hier? Eine Sängerin mit zwielichtiger Vergangenheit, einen abgehalfterten Schriftsteller, der sich gegenüber meinem Mitarbeitern nachweislich strafbar gemacht hat, indem er ihm mutwillig …“, Fasold lachte an dieser Stelle kurz in sich hinein, als hätte er einen großartigen Scherz gemacht, „einen Stein an den Kopf warf. Ferner haben wir hier noch einen jungen Mann, der sich als Einbrecher versucht hat und dabei angeschossen wurde. Und seine Mutter, die vermutlich alles tun würde, um diese Tat zu vertuschen. Tja, liebe Freunde, es scheint mir fast, dass ich es bin, der die Polizei verständigen müsste."

„Warum sagen Sie nicht einfach, was Sie wollen und verschonen uns mit Ihrem dummen Geschwätz, Fasold?", warf ich ein.

Für einen kurzen Moment blitzte etwas in den Augen des Alten auf. Hätte er in dieser Sekunde noch die Pistole in Händen gehalten, wäre er möglicherweise der Versuchung erlegen, abzudrücken. Stattdessen entspannten sich seine Züge gleich darauf. Fasold hatte sich wieder voll unter Kontrolle. Mehr noch, er genoss seinen Auftritt sichtlich.

Unterdessen nahm ich wahr, wie Beck und Stefanie Sillner damit begannen, durch das Zimmer zu streifen, die Schiebetür zum Musikzimmer öffneten und die Räume mehr oder weniger unauffällig durchsuchten.

Fasold legte zufrieden die Hände in seinen Schoß, nachdem er seine Handschuhe genüsslich abgestreift hatte.

„Ich bin gekommen, um meinen Worten Taten folgen zu lassen. Sarah, ich dachte, ich hätte mich Ihnen gegenüber klar ausgedrückt. Aber Sie haben all meine Angebote strikt abgelehnt, was bedauerlich ist. Äußerst bedauerlich, denn Sie zwingen mich geradezu, andere Wege zu beschreiten, die ich liebend gerne vermieden hätte."

„Was wollen Sie von mir?", flüsterte Sarah, die am Fenster stand und die Enden ihrer Stola umklammerten.

Fasold schenkte ihr ein dünnes Lächeln. „Aber meine Liebe, das wissen Sie doch längst. Ich habe es Ihnen geschrieben. Wieder und wieder."

„Sie geben es also zu", entfuhr es mir. „Sie geben zu, dass Sie sie erpresst haben."

„Ich gebe überhaupt nichts zu, Torn", sagte Fasold gelassen, ohne seinen Blick von der Gastgeberin abzuwenden.

„Aber wenn Sie es so auslegen wollen, bitte sehr. Das ist Ihre Sache."
Stefanie Sillner zog die Schiebetür weiter auf und trat über die Schwelle. In Ihrer Hand hielt sie einen Brief, der mir sehr bekannt vorkam. „Ist er das?"
Anstatt zu antworten, streckte Fasold lediglich die rechte Hand aus. Er nahm das Blatt entgegen, warf einen kurzen Blick darauf und faltete es sorgsam zusammen, bevor er es in einer beiläufigen Bewegung in die Innentasche seines Sakkos steckte.
Ich wusste, was das bedeutete. Sarah Maynes hatte nichts mehr gegen diesen Mann in der Hand, was im Zweifelsfall vor Gericht Bestand gehabt hätte. Alles, was noch im Raum schwebte war das, was sie mir erzählt hatte.
Die ganze Situation war grotesk. Mehr noch, sie hätte geradewegs aus einem abstrusen Fiebertraum entsprungen sein können. Und doch lag eine unaussprechliche Bedrohung in der Luft, die mit jeder weiteren Sekunde eskalieren konnte.
Ich war mir sehr sicher, dass jeder von uns die Gefahr spürte, in der wir uns befanden.
„Ich brauche Ihr Geld nicht", sagte Sarah in die aufkommende Stille hinein. „Ich brauche es nicht, und ich will es nicht. Ich will, dass Sie auf der Stelle dieses Haus verlassen."
„Aber meine Liebe", tat Fasold entrüstet, „jetzt, wo wir es so nett miteinander haben? Ich habe da einen ganz anderen Vorschlag für Sie. Und ich bitte Sie, gut zuzuhören, denn ich werde ihn nur ein einziges Mal vorbringen."
Sarahs schlanke Gestalt wurde kerzengerade. Ihr Gesicht, ihre Hände hatten dabei die Farbe ihres Kleides angenommen.
Erich Fasold stützte seine Ellenbogen auf die Lehnen des Rollstuhls. Er wand seine knochigen Finger ineinander, als würde er sie über einem knisternden Kaminfeuer wärmen.

„Ich glaube, liebe Noosha, dass Sie immer schon Ihre Bedeutung und die wahre Wirkung auf Ihre glühenden Anhänger verkannt haben. Was Sie auf der Bühne geschaffen haben, war zu keiner Zeit eine billige Kunstfigur. Sie waren in jeder Hinsicht echt. Sie waren nach Marlene Dietrich und Zarah Leander die Einzige, die man als eine Art Göttin der Bühne bezeichnen konnte. Leider zogen Sie es vor, Ihr großartiges Talent an billige Produktionen zu verschwenden, an schlagerartige Titel, wie sie belangloser nicht sein konnten. Aber bitte, wer will Ihnen daraus einen Vorwurf machen? Sie unterlagen ebenso wie alle anderen, vorzugsweise die verantwortlichen Musikproduzenten, dem Geist der Zeit. Dem Geist der bunten, billigen, unerträglichen Siebzigerjahre."

Sarah Maynes stand immer noch aufgebäumt da. Doch sie hatte zu zittern begonnen. Ihre Arme waren schlaff und kraftlos herabgesunken, während ihr Mund leicht geöffnet war. Sie starrte Fasold an, der in diesem Augenblick fortfuhr.

„Ich habe schon damals Ihre Einzigartigkeit und Ihr Talent erkannt. Ich begann schon früh, jeden Ihrer Schritte zu verfolgen. Aber dann … waren Sie mit einem Mal von der Bildfläche verschwunden. Niemand schien etwas zu wissen. Alle Kontakte, die ich damals anzapfte, blieben ratlos."

Fasold beugte sich in seinem Rollstuhl nach vorne und senkte seine Stimme, so dass sie einen gefährlichen Flüsterton annahm.

„Wissen Sie eigentlich, was Sie mir damals angetan haben? Sie haben Ihr Talent mit Füßen getreten. Sie dummes Ding haben Ihre besten Jahre verschenkt, anstatt weiterzumachen und der Musikwelt zu beweisen, dass Sie die Größte Ihrer Zeit waren. Sie haben es zugelassen, dass all die anderen kamen, die man nicht einmal als gute Kopie bezeichnen konnte. Sie haben es zugelassen, dass Sie in

Vergessenheit gerieten. Und das ist eine schlimme Sünde, die ich Ihnen heute vorwerfe."
„Sie sind verrückt, Fasold", presste ich hervor und ertappte mich dabei, laut gedacht zu haben. Ich warf einen kurzen Blick zu Heidrun Schwarz, die mich aus großen, verängstigten Augen ansah.
Auch ihr Sohn hatte Fasolds Monolog mitverfolgt. In seinem Blick lagen Irritation, Verwirrung. Er atmete durch den offenen Mund, während ihm der Schweiß in Strömen am Gesicht herunterlief und dort nassglänzende Spuren hinterließ.
Der Mann im Rollstuhl tat so, als hätte es keine Antwort, keinen Einwand gegeben.
„Noch ist es nicht zu spät für ein Comeback", erklärte Fasold und blickte dabei einen nach dem anderen von uns an, als erwarte er von irgendeiner Seite Zustimmung oder Beifall. „Sie kann es noch immer, darauf möchte ich wetten. Selbst ihr Kleid von damals passt ihr noch. Seht sie euch an. Stellt sie euch vor, mit ein wenig Make-up und ein bisschen guten Willens. Ich wette, dass ihre Stimme noch nicht eingerostet ist. Und ich möchte es hören. Jetzt!"
„Sie machen sich lächerlich", antwortete ich.
„Halten Sie sich da raus, Torn", gab Fasold zurück, ohne mich anzusehen. „Wir werden jetzt alle nach nebenan gehen, wo der Flügel bereits auf uns wartet. Dort wird sie sich hinsetzen und singen."
Ich schüttelte fassungslos den Kopf. „Sie sind krank, Fasold. Sie sind ein kranker Mann."
Dieses Mal drehte er den Kopf in meine Richtung und bedachte mich mit einem leicht spöttischen Blick. Sein rechter Mundwinkel zuckte unentwegt, als hätte er sich nicht mehr voll unter Kontrolle.
„Was ist, wenn sie sich weigert?", fragte ich.
Fasolds dünne Lippen weiteten sich zu einem Lächeln.

„Dann werde ich nicht zögern, einen von Ihnen umbringen zu lassen. Ich würde vorschlagen, mit dem Bengel da auf der Couch zu beginnen. Eine weitere Kugel könnte für ihn glatt so etwas wie eine Erlösung sein."
„Herr Torn hat recht", platzte es aus Heidrun Schwarz heraus. „Sie müssen vollkommen verrückt sein."
„Ich fordere nur ein, worauf ich gewissermaßen ein Recht habe", gab Fasold zurück und wandte sich gleich darauf an Malte Beck. „Nehmen Sie die Waffe. Die Fingerabdrücke sind jetzt auch egal."
Beck tauschte mit Stefanie Sillner einen kurzen Blick, der mir nicht entging. Er fuhr sich mit dem Handrücken unter der Nase entlang und schniefte für alle hörbar, bevor dieselbe Hand in die Jackentasche glitt.
Die kleine Pistole war zischen seinen klobigen Fingern kaum zu sehen.
„Hören Sie auf damit!", meldete sich Sarah zurück. „Ich werde tun, was Sie verlangen."
Ich wollte an dieser Stelle etwas erwidern. Zum Beispiel, dass dies nur der Anfang sein würde. Fasold war derart geistesgestört, dass er es nicht bei einem Lied oder zweien belassen würde. Er würde mehr wollen, und wir alle wussten es. Auch Noosha, die mit gesenktem Haupt durch die Schiebetür trat, auf den Flügel zu.
„Na los, worauf warten Sie alle?", rief Fasold begeistert. „Die Vorstellung beginnt. Rüber mit Ihnen in das Musikzimmer."
„Lassen Sie den Jungen, wo er ist", mahnte ich den Alten und deutete zu Gunnar Schwarz hinüber.
Fasold schüttelte den Kopf. „Damit der Simulant da drüben eine Biege macht? Kommt gar nicht in Frage."
„Es ist ok", presste der junge Schwarz hervor und erhob sich quälend langsam, wobei er ärgerlich die helfende Hand seiner Mutter abstreifte. „Lass' mich, ich kann … aufstehen."

Der junge Gothic-Anhänger erinnerte mich daran, wie ich nach meinem Unfall meine ersten Gehversuche unternommen hatte. Benommen, von unsäglichen Schmerzen geprägt und in sich einen Widerwillen, der in manchen Momenten so dominant war, dass einem alles egal wurde.
Im Musikzimmer nahmen wir Aufstellung. Es war groß genug, um vor dem Flügel eine Reihe von Stühlen zu platzieren. Natürlich mit einer entsprechend großen Lücke für Fasolds Rollstuhl.
Stefanie Sillner hatte direkt neben ihm Platz genommen. Sie hatte ihr Smartphone gezückt, das in einer pinkfarbenen Lackhülle steckte. Auf der Rückseite war ein großes, blutrotes Herz zu sehen. Offenbar bereitete sich die junge Frau darauf vor, das kommende Ereignis per Videoaufnahme festzuhalten.
An der Schiebetür und damit jeglichen möglichen Fluchtweg abschneidend, stand Malte Beck mit ausdruckslosem Gesicht. Er hielt nach wie vor die Pistole in seiner Hand.
Und schließlich: Erich Fasold. Der Alte wirkte plötzlich um glatte zwanzig Jahre jünger. Seine faltigen Wangen zeigten eine rosige Farbe, während sein glänzender Blick auf Noosha ruhte, die in diesem Moment auf dem kleinen schwarzen Hocker vor dem Flügel Platz nahm.
Sie warf mir, der ich neben der Sillner saß, einen kurzen Blick zu, bevor sie ihn auf die weißen und schwarzen Tasten senkte.
Wir warteten ab, bis sich auch Gunnar Schwarz auf einem der Stühle niedergelassen hatte. Er presste noch immer eines der Handtücher gegen seine Schulter, unter ständiger Aufsicht seiner Mutter, die hinter seinem Stuhl Aufstellung genommen hatte.
„Es kann losgehen!“, rief Fasold vor Begeisterung. Sein fiebriger Blick klebte an der Frau im weißen Seidenkleid. Sarah Maynes, die vermutlich nie weniger Noosha hatte sein wollen, wie in diesen Sekunden.

Eine erwartungsvolle Stille hatte eingesetzt. Wir hörten den schneidenden Wind über das Dach und an den Hausecken pfeifen.
Nooshas Hände legten sich nebeneinander auf die Tastatur. Sie schlug einen ersten Akkord an.
„Who can fly my heart like a bamboo kite, make it …"
„Nicht das!", brüllte Fasold mitten in die erste Strophe von *Only You Can* hinein.
Ich sah, wie Noosha zusammenzuckte. Ihr Blick geisterte orientierungslos durch den Raum.
„Ich will, dass Sie etwas Neues spielen", forderte Fasold und sah sie durchdringend an. „Etwas, das noch nie zuvor jemand gehört hat. Ich weiß, dass es neue Songs gibt. Es muss sie geben, Sie selbst haben irgendwann in den Neunzigern durchsickern lassen, dass neues Material existiert!"
Fasold hatte sich so weit ereifert, dass ihm tatsächlich schaumiger Speichel zwischen seine Lippen quoll. In einer beiläufigen Bewegung wischte er ihn weg. Dann hob er beide Hände und fuchtelte auffordernd mit ihnen herum. Wie ein Dirigent, der gerade dabei war, sich im großen Finale der Sinfonie in eine Ekstase hineinzusteigern.
Erich Fasold schloss genussvoll die Augen, in Erwartung dessen, was uns jetzt präsentiert werden würde.
In diese Stille fiel ein Schuss, der die Hälfte seines Kopfes wegriss.

- 18 -

NEBEN MIR STIESS Stefanie Sillner einen gellenden Schrei aus. Sie ließ ihr blutbesudeltes Handy fallen, als sie die Hände hochriss, um sich damit hektisch durch das Gesicht zu fahren. Darin und in ihrem Haar klebten Blut, Knochensplitter und eine Substanz, die wie Teile von Fasolds Gehirnmasse aussah.
Ich war aufgesprungen und starrte zum Durchgang hinüber, wo Malte Beck noch immer mit der Waffe auf den Rollstuhl zielte.
Fasolds Oberkörper war leicht zur Seite gekippt. Von seinem Gesicht war nicht mehr viel übrig geblieben.
Sarah Maynes saß noch immer am Flügel, die Hände wenige Zentimeter über den Tasten und den Kopf halb verborgen zwischen ihren hochgezogenen Schultern. Sie atmete flach durch den leicht geöffneten Mund und traute sich nicht, auch nur die kleinste Bewegung auszuführen.
Zu hören waren nur Stefanie Sillners Schnaufen und die kurz darauffolgenden Würgelaute, als sie sich in der Ecke des Zimmers neben der Anrichte übergab.
„Jetzt ist Schluss mit diesem Scheißtheater“, presste Beck hervor. Seine rechte Hand schwenkte die Pistole hin und her, zielte mal auf den einen, mal auf den anderen von uns. Sein Blick wanderte zur Anrichte hinüber.
„Steffi, bist du ok?“
Die blonde Frau erhob sich aus ihrer vornübergebeugten Haltung und drehte sich zu uns um. Ein Faden Rotz hing von ihrem Kinn herab und baumelte hin und her.
„J-ja, ich glaube schon“, sagte sie leise, wobei ihr fahriger Blick eine andere Geschichte erzählte.
„Jetzt hört mir mal alle gut zu“, begann Beck mit fester Stimme. „Wer sich hier ruhig verhält, dem passiert nichts. Sollte sich aber auch nur einer von euch meinen Befehlen widersetzen, wird es ihm wie diesem alten Spinner gehen.“

Beck deutete mit einem kurzen Schwenk auf den Rollstuhl, auf das, was von Fasold noch übrig geblieben war. Dann wandte er sich an Sarah Maynes. „Sie. Stehen Sie auf. Na los, worauf warten Sie?“

Die Sängerin stand auf, stand kerzengerade vor ihrem Instrument und schob den Klavierhocker ein Stück zurück, so dass er mit einem quietschenden Geräusch über den Boden schrappte.

Beck trat auf sie zu und deutete mit dem Lauf der Pistole zu der Wand mit der Anrichte. Erst jetzt erkannte ich, dass sich dort, unter einer schlichten weißen Decke, ein stehender Tresor befand. Und allmählich begann ich zu begreifen, worin Becks eigentlicher Plan bestand.

„Machen Sie das Ding auf“, wies Beck die Dame des Hauses an.

Noosha sah ihm entgegen, hatte den Blick leicht gesenkt.

„Dazu brauche ich den Schlüssel.“

„Wo ist der?“

„In der Küche, unter einer Vorratsdose“, gab sie leise zurück.

Beck nickte mehrfach. „Steffi, geh’ mit ihr und pass’ auf, dass sie keine Dummheiten macht.“

Die Sillner hatte inzwischen ihr Haar gerichtet. „Ok. Aber danach muss ich mich unbedingt … Verflucht, ich muss mir endlich dieses Zeug abwaschen!“

„Geh’ mit ihr und bring mir diesen verdammten Schlüssel“, zischte er durch seine geschlossenen Zähne hindurch. „Danach kannst du dich waschen. Meinetwegen kannst du dir sogar ein Bad einlassen, wenn dir danach ist. Na los, jetzt geh’ schon endlich.“

Ich sah, wie die beiden Frauen sich in Bewegung setzten, den Raum verließen.

„Und ihr alle werdet euch hübsch ruhig verhalten, klar?“

Beck fuchtelte mit der Waffe herum. Sein Blick blieb auf mir ruhen. „Das gilt ganz besonders für dich, Penner.“

„Keine Sorge“, antwortete ich. „Im Augenblick haben Sie ohnehin die besseren Karten in der Hand.“
Der Gedanke schien dem Kerl zu gefallen. Er setzte ein leicht dümmlich wirkendes Grinsen auf. Wobei ich mich nicht davon täuschen lassen wollte. Malte Beck war kein Idiot. Er hatte offenbar die ganze Zeit über einen bestimmten Plan verfolgt, den er jetzt, zusammen mit der Sillner, in die Tat umsetzte.
Es dauerte nicht lange, bis die beiden Frauen wieder zurückkamen.
Sarah Maynes hielt einen Schlüssel in der Hand, den sie Malte Beck hinhielt.
Der schüttelte den Kopf und deutete abermals mir der Waffe zum Tresor rüber. „Aufmachen!“
Sarahs zarte Finger umschlossen den kleinen silbernen Gegenstand. Sie trat damit nach rechts rüber und entfernte die Decke, die sie achtlos zu Boden gleiten ließ. Darunter kam ein viereckiger, blauer Stahltresor zum Vorschein, der sein Dasein bisher unbemerkt in der Ecke des Raumes gefristet hatte.
Sarah ging davor in die Hocke und schob den Schlüssel in das Schloss. Sie hantierte damit herum, bis ein metallisches Klicken zu hören war und die Tür aufschwang.
„Holen Sie raus, was drin ist“, wies Beck sie mit herrischem Ton an. „Legen Sie es auf Ihr verdammtes Klavier.“
Flügel, dachte ich. *Das ist ein Flügel, du Drecksack.*
Ich schob sachte den Hocker mit meinem Fuß beiseite, damit Sarah nicht darüber stürzte. Mit meinem Rücken lehnte ich mich gegen die Schiebetür und befand mich jetzt direkt neben Heidrun Schwarz und ihrem Sohn, die das Geschehen beide mit geweiteten Augen beobachteten.
Auch Stefanie Sillner hatte sich wieder zu uns gesellt. Sie starrte auf das, was Sarah in diesem Augenblick aus dem Tresor holte und auf dem Flügel ablegte.

Die blonde Ex-Sekretärin schien für einen Augenblick den Ekel vor dem Blut und Gehirnresten ihres toten Chefs in ihrem Gesicht abgelegt zu haben.
Viel war es nicht, was der Tresor zu bieten hatte. Aber immerhin erkannte ich einige wenige Bündel Banknoten, einen Stoß Dokumente und eine mit Perlen besetzte Schatulle, in der sich aller Wahrscheinlichkeit nach Schmuck befand.
„Das ist alles?", wollte Beck wissen.
Sarah nickte.
„Gehen Sie da rüber, wo ich Sie sehen kann", antwortete er und deutete mit der Pistole in meine Richtung.
Sie tat, wie ihr befohlen wurde und stellte sich direkt neben mich. Unsere Blicke trafen sich kurz. Es gelang mir jedoch nicht, aus ihrem Gesicht eine Form von Emotionen abzulesen. Es hatte wieder die porzellanhafte Gestalt angenommen, jenen Ausdruck, den ich an ihr schon einmal wahrgenommen hatte.
„Dann wollen wir doch mal sehen, was wir hier haben", entfuhr es Beck, der die Hände nach den Geldbündeln ausstreckte, einen kurzen Blick darauf warf und sie dann mit einem Grinsen in seiner Jacke verschwinden ließ.
„Los Steffi, sieh nach, was das andere für ein Zeug ist."
Die Sillner trat an den Flügel heran, packte die Schatulle, die etwa die Größe eines halben Schuhkartons besaß, und klappte sie auf. Mit interessiertem Blick kramte sie darin herum und zog eine lange, weiße Perlenkette heraus.
Ich glaubte, den Schmuck sogar zu erkennen. Noosha hatte die Kette Mitte der Siebziger bei einem ihrer Fernsehauftritte getragen. Ich erinnerte mich sogar an den passenden Videoclip dazu, aus der Sendung *Top of the Pops*.
„Von dem Kaliber sind noch andere Sachen drin", sagte Stefanie und ließ die Kette mit leisem Klickern wieder in dem Behältnis verschwinden.

„Scheint was wert zu sein, hm?“, fragte Beck, erwartete allerdings keine Antwort. „Na ja, muss ja wohl, wenn sie das Zeug im Tresor aufbewahrt. Was ist das andere, die Papiere da?“
Die Sillner blätterte in den Unterlagen herum. „Kontoauszüge. Der letzte ist gerade mal zwei Wochen alt.“ Sie stieß einen leisen Pfiff aus.
„Was ist?“, entfuhr es Beck.
„Ein deutsches Konto mit fast vierzigtausend Euro drauf. Und hier gibt es noch ein paar englische Bankunterlagen. Und eine Vollmacht. Ausgestellt auf … Martin Maynes.“
„Das ist ihr Sohn, jede Wette“, platzte es aus Beck heraus. „Der Alte hat uns lange genug davon vorgefaselt. Na, da tun sich doch ungeahnte Perspektiven auf, was?“
Beck schob seine Komplizin beiseite, damit er auf Sarah Maynes zutreten konnte.
„Wo befindet sich Ihr Sohn jetzt?“
„Er befindet sich in diesem Moment auf dem Weg hierher“, gab Sarah zurück. Sie sprach zögernd, ein wenig stockend, aber dennoch mit unverkennbarer Zuversicht in der Stimme.
In Becks Blick flackerte etwas. Für kurze Zeit schien er alle Möglichkeiten abzuwiegen, die sich aus ihrer Aussage ergeben konnten.
„Unter anderen Umständen hätte ich gesagt, Sie bluffen“, fuhr er fort. „Aber vermutlich haben Sie ihn tatsächlich verständigt, dass er Sie hier abholen soll. Dafür sprechen jedenfalls die gepackten Koffer nebenan. Sieht so aus, als wären wir gerade noch rechtzeitig gekommen.“
„Was wollen Sie denn noch von ihr?“, fragte ich gerade heraus. „Nehmen Sie das Zeug da mit und verschwinden Sie, solange Sie noch können.“
Beck hob seine freie linke Hand und fuchtelte mit dem ausgestreckten Zeigefinger hin und her. „Nicht so hastig, Torn. Wenn der Bengel tatsächlich auf dem Weg hierher

ist, dann kann er uns noch ungemein nützlich sein. Warum soll ich mit ein paar lausigen Euro abspeisen lassen, wenn wir den großen Jackpot knacken können, hm?“
Er tippte mehrfach mit der Mündung der Waffe auf die Bankvollmacht.
Vielleicht war es ein Fehler von Sarah gewesen, ihren Sohn zu erwähnen, überlegte ich. Möglicherweise hatte sie damit aber auch das einzig Richtige getan, denn wer konnte zu diesem Zeitpunkt schon sagen, wie Beck reagiert hätte, wenn Martin Maynes plötzlich hier auf der Schwelle gestanden hätte? So aber brauchte er den Mann lebend. Zumindest vorerst.
Was die beiden Schwarz’ betraf, war ich mir da nicht ganz so sicher. Und am wenigsten, was mich anging.
„Bitte lassen Sie meinen Sohn aus dieser Sache heraus“, unternahm Sarah einen verzweifelten Versuch, an Becks Vernunft zu appellieren.
Der Pfleger schüttelte entschieden den Kopf. „Tut mir leid, aber so wie die Dinge nun mal liegen, wäre ich ein ziemlicher Idiot, wenn ich das täte. Ich schätze, es kann nicht mehr lange dauern, bis der Knabe hier eintrifft. Wohl oder übel werden wir hier alle zusammen die Nacht verbringen müssen. Aber morgen wird sich Ihr Sohn dann nochmal auf eine kleine Reise begeben. Er wird das Geld aller Konten abheben und hierher bringen. Dann, und erst dann, sind Sie alle uns los.“
„Das geht nicht“, meldete sich Heidrun Schwarz zu Wort. „So lange wird mein Sohn nicht durchhalten. Er braucht einen Arzt.“
Siedend heiß fiel mir Hanne Brückner ein, die ich hierher bestellt hatte. Was hatte sie gesagt, zwei Stunden? Anderthalb? Ich überlegte fieberhaft, wie viel Zeit seit unserem Telefonat vergangen sein mochte.
„Sie werden genauso abwarten wie alle anderen hier“, entschied Beck in diesem Moment und riss mich damit aus

meinen Gedanken. „Und wenn er abkratzt, dann hat er sich das selbst zuzuschreiben. So läuft das halt, wenn man sich erwischen lässt." Er lachte trocken und humorlos.
In diesem Augenblick spürte ich eine Berührung an meiner rechten Hand. Sarah, die schräg vor mir stand, hatte mich leicht angetippt.
Ich musste mich beherrschen, um mich nicht zu verraten. Ich öffnete meine Finger und spürte, wie sie mir einen kleinen Gegenstand in die Handfläche drückte.
Ein Schlüssel!
Vermutlich hatte sie ihn unauffällig an sich genommen, während sie mit der Sillner zusammen den Schlüssel für den Tresor geholt hatte.
Ich schloss meine Finger darum, ballte meine rechte Hand zur Faust. Jetzt musste es nur noch gelingen, Blickkontakt mit Noosha aufzunehmen, da ich keine Ahnung hatte, in welche Tür oder welches Schloss dieser Schlüssel passte. Im Moment konnte ich es nicht einmal wagen, ihn in Augenschein zu nehmen.
Ich löste mich von ihr und öffnete die Schiebetür zum Wohnzimmer etwas weiter.
„Dann haben Sie sicher nichts dagegen, wenn wir zurück ins Wohnzimmer gehen", schlug ich vor. „Oder verlangen Sie von uns, dass wir die Zeit hier auf den Stühlen im Musikzimmer absitzen?" Ich blickte Beck herausfordernd an.
„Das halten Ihre Beinchen wohl nicht aus, was Torn?"
Er kam näher, trat ganz dicht an mich heran. „Mit Ihnen bin ich sowieso noch nicht fertig. Also passen Sie ja auf, was Sie tun oder sagen, wenn Sie die kommende Nacht überleben wollen."
Ich hob entschuldigend die Hände und drehte mich dabei so, dass ich Sarah Maynes in die Augen sehen konnte.
Unauffällig, und, wie ich hoffte, von allen unbemerkt, reckte sie ihr blasses Kinn leicht nach vorn und deutete damit auf die Tür, die vom Musikzimmer abzweigte. Sie war

leicht geöffnet und gab den Blick frei auf ein Bettende, vor dem zwei gepackte Koffer standen. Damit hatte Noosha also zumindest die Richtung vorgegeben. Ich ahnte somit, dass der Schlüssel in meiner Hand, der sich mehr und mehr erwärmte, zu einer Hintertür gehörte, die sie aus irgendeinem Grund immer verschlossen hielt.
Ich befand mich in einem Zwiespalt. Natürlich, dachte ich, hätten wir alle hier zusammen abwarten können. Wir würden auf die Ankunft von Martin Maynes warten, den niemand von uns anderen kannte und somit auch seine Reaktionen nicht einschätzen konnte. Selbst wenn Becks Plan aufging und Nooshas Sohn das Geld besorgte, was würde dann in der Zwischenzeit mit uns geschehen, die wir in diesem Haus eingesperrt waren? Würde Beck so lange die Nerven behalten? Was war mit dem verletzten Gunnar Schwarz und seiner Mutter?. Und dann war da noch immer Hanne Brückner, die auf dem Weg hierher war und von alledem nichts ahnte.
Und schließlich gab es noch meinen schlimmsten Gedanken, den ich kaum wagte, zu einem Ende zu bringen: Wenn Beck schon keine Skrupel gezeigt hatte, einen wehrlosen alten Mann im Rollstuhl zu erschießen, wie würde er dann erst mit uns verfahren, insbesondere mit mir, mit dem er ohnehin noch eine Rechnung offen hatte, wie er selbst sagte?
Und so bizarr mir die Überlegung auch vorkam, aber ich war der Einzige von uns, der eine Flucht wagen konnte. Vielleicht sogar musste, wenn er am Leben bleiben wollte.
„Wer will, kann rüber ins Wohnzimmer“, sagte Beck in diesem Moment. „Alle anderen Räume sind tabu, klar? Steffi, du achtest drauf, dass sich hier jeder an meine Ansagen hält.“ Sofort hob er abwehrend die Hände. „Ja, ich weiß, nachdem du dir das Zeug abgewischt hast. Du hast fünf Minuten dafür, klar?“
„Aber du hast doch vorhin gesagt …“
„Fünf Minuten“, unterbrach Beck die Blondine.

„Ganz wie du willst“, gab die Sillner zurück und tippte Sarah am Arm. „Zeigen Sie mir bitte, wo ich mich waschen kann.“
Sarah nickte, und für einen Augenblick konzentrierte sich alle Aufmerksamkeit auf die beiden Frauen, die die verschlossene Tür zur Diele ansteuerten. Ich wusste, dass der Schlüssel dafür noch in Fasolds Westentasche steckte, aber darum konnte ich mich jetzt nicht kümmern.
Ich hielt meine Chance für gekommen und stieß mich aus dem Stand ab. Den Flügel hinter mir lassend, machte ich einen gewaltigen Satz nach vorne und war im nächsten Augenblick bei der Durchgangstür.
„Hiergeblieben, du Mistkerl!“, brüllte Beck hinter mir her.
Ich katapultierte mich in den Durchgang hinein. Ein Schuss peitschte auf. Eine Kugel pfiff haarscharf an mir vorbei. Ich knallte die Tür hinter mir zu, fand keinen Schlüssel und stemmte kurzerhand meine Krücke unter die Türklinke.
Natürlich war ich mir darüber im Klaren, dass ich Beck mit diesem improvisierten Hindernis nicht lange würde aufhalten können. Aber vielleicht immerhin lange genug, um die Tür zu finden, zu der ich den Schlüssel noch immer in meiner rechten Hand hielt.
Hinter mir hämmerte jemand mit voller Wucht gegen die Tür, doch ich war bereits weiter gehastet. Dieses Mal ohne Krücke und mit einem abrupt aufgeweckten Schmerz in beiden Beinen, den ich weitestgehend ignorierte. Ich wusste, dass Beck mich umbringen würde, wenn er mich in diesem Moment in die Finger bekam.
Vom Schlafzimmer aus gelangte ich in einen kleinen Hausflur, der zu einer weiteren Tür führte. Und da wusste ich, wohin ich zu gehen hatte.
Irgendwo hinter mir polterte etwas. Ich brauchte nicht viel Fantasie, um mir auszumalen, dass Beck die erste Hürde überwunden hatte. Gleich würde er hinter mir sein.

Ich musste mich beeilen.
Mit langen Sätzen hastete ich auf die Tür zu und rammte den Schlüssel ins Schloss. Er passte. Ich drehte ihn herum und riss die Tür auf. Tiefschwarze Nacht umfing mich.
Ich stolperte hinaus, fing mich und jagte weiter.
Im Haus brüllte Beck hinter mir her. Was er sagte, verstand ich nicht, es ging in dem Geräusch meines eigenen Blutes unter, das hinter meinen Schläfen rauschte.
Ich lief einfach drauflos, wohlwissend, dass ich nur diese einzige Chance hatte, Beck zu entkommen.
Ich befand mich auf der Rückseite des Hauses, tastete mich an der Wand entlang, bis ich über die hohe Mauer hinweg die Kronen der Buchen erkannte, die sich wie dürre Finger gegen den Nachthimmel abhoben.
Kurze Zeit später hatte ich die Pforte erreicht, die ich mit einer hastigen Bewegung zur Seite fegte.
Ich war auf der Auffahrt, hetzte weiter. Ich spürte, wie mein linker Fuß mir den Dienst versagen wollte, zwang ihn, zwang mich, weiterzulaufen.
Beck war an der Pforte. Ein Schuss heulte auf.
Instinktiv zog ich den Kopf ein, rannte weiter. Weiter in die Dunkelheit, einen unebenen Pfad entlang, bis ich mich irgendwann auf der Straße wiederfand.
Wie ich dorthin gelangt war, wusste ich kaum zu sagen. Ich wusste nur, dass ich noch lange nicht in Sicherheit war. Beck würde alles daransetzen, mich einzuholen. Er konnte es nicht riskieren, mich laufen zu lassen, weil damit sein ganzer Plan zum Scheitern verurteilt war.
In jeder Sekunde, die ich mich weiter von der Villa entfernte, glaubte ich, Beck irgendwo hinter mir seitlich aus den Knicks brechen zu hören, die Waffe im Anschlag.
Ich traute mich nicht, mich umzudrehen. Ich musste weiter.
War da ein Wagen hinter mir? Versuchte Beck, mich mit dem Geländewagen einzuholen, mit dem er, die Sillner

und Fasold vor einer Stunde noch unauffällig und mit ausgeschalteten Scheinwerfern an das Haus herangerollt waren?
Eben noch war ich mir sicher, mir das Motorengeräusch nur eingebildet zu haben, jetzt allerdings schien das Geräusch so real und zudem bedrohlich nah zu sein.
Ich riskierte es und warf einen Blick über meine linke Schulter.
Nichts. Die Straße lag dunkel und verlassen hinter mir.
Als ich meinen Blick wieder nach vorne wandte, starrte ich in zwei Scheinwerfer, die direkt auf mich zugerast kamen.
Ich taumelte, stürzte auf meine Knie und riss abwehrend meine Arme nach oben, in Erwartung des Aufpralls.

- 19 -

DIE SCHEINWERFER. DIESES Mal sind es zwei, dachte ich.
Ich blinzelte, dann riss ich die Augen auf, so weit ich konnte. Heller Lichtschein blendete mich. Ich hob meinen rechten Unterarm, setzte ihn an meine Augenbrauen.
Nichts geschah.
Ich war nicht mehr auf der Straße. Ich befand mich an einem anderen Ort, gänzlich unvermutet zwar, aber mit unendlicher Erleichterung über diese Erkenntnis. Aus irgendeinem Grund hatte mich das Krähennest wieder in sich aufgenommen.
Ich lag in meinem Bett, während die Sonnenstrahlen durch die halb geöffneten Jalousien eindrangen und ein Muster auf Teile des Fußbodens und mein Kissen zeichneten.
Was war geschehen? Ich versuchte, mich zu erinnern.
Plötzlich schoss ein Name aus meinem Unterbewusstsein hervor und brach sich Bahn.
Noosha.
Mit einem Mal war alles zurück. Die grässlichen Erlebnisse in ihrer Villa.
Hastig schlug ich die Bettdecke zurück und erkannte als Erstes, dass ich frische Kompressionsverbände um meine Beine trug. Es roch nach Salbe. Den Grund dafür fand ich auf dem Nachtschrank neben mir, wo eine besonders dicke, frisch angebrochene Tube des inzwischen wohlbekannten Präparats mit der blauen Schrift lag.
Ich spürte Schmerzen, die sich wie das Pieken hauchdünner Nadeln anfühlten, begleitet von einem Kribbeln, das sich bis zu meinen Oberschenkeln hinaufzog. Vielleicht waren es diese Empfindungen gewesen, die mich aus meinem Schlaf gerissen hatten.
Oder die Geräusche aus dem Wohnzimmer.
Ich hörte das leise Klirren von Geschirr und Besteck, und als ich gedankenverloren in meinen Bademantel schlüpfte,

der passenderweise am Fußende meines Betts bereitlag, nahm ich auch den Geruch von frisch aufgebrühtem Kaffee wahr.
Ich tastete mich durch den langen Wohnungsflur, noch immer etwas unsicher und froh darüber, dass sich die beiden Wände in unmittelbarer Nähe befanden.
„Melina?", fragte ich, als ich in das helle und aufgeräumte Wohnzimmer eintauchte. Der kleine Tisch am Fenster war mit zwei Gedecken versehen. Daneben befanden sich ein Brötchenkorb und eine Vase mit frischen Schnittblumen.
„Melina?", fragte ich erneut und dieses Mal erhielt ich eine Antwort.
Die Frau hinter dem Tresen, der die Küche von dem Wohnzimmer trennte, drehte sich zu mir um und sah mich mit einem Gemisch aus Skepsis und Neugier an.
„Sie sind es", platzte es aus mir heraus. Ich hoffte, dass meine Worte nicht enttäuscht geklungen hatten, denn so waren sie nicht gemeint gewesen. Ich wusste im Prinzip ja nicht einmal, wen ich wirklich erwartet hatte. Der Name meiner Tochter war nur der erste gewesen, der mir in den Sinn gekommen war. Nun gut, gleich nach dem von Noosha.
Hanne Brückner schraubte den Verschluss einer Thermoskanne zu, die sie mir im Vorbeigehen in die Hand drückte.
„Hier. Ich habe etwas mehr aufgebrüht. Wir haben einiges zu besprechen."
Ich drehte mich um, trottete ihr zum gedeckten Tisch hinterher und kam mir dabei vor wie ein Idiot.
„Ich fürchte, das wird warten müssen", sagte ich mit wieder aufgekeimter Aufregung. Energisch setzte ich die Kanne auf den Tisch auf. „Ich muss sofort …"
Hanne Brückner trat einen Schritt auf mich zu, zog einen Stuhl vom Tisch und bugsierte mich mit ihren ausgestreckten Armen einigermaßen unsanft darauf.

„Du musst dich vor allen Dingen jetzt erst mal setzen und mir zuhören, bevor hier überhaupt irgendetwas anderes passiert.“
Ich verzog mein Gesicht, als sich meine Beine wieder bemerkbar machten. „Hör’ zu, Hanne. Es ist gestern Nacht etwas Schlimmes passiert, und ich …“
Mit einem Mal kam mir ein furchtbarer Gedanke. Wer sagte mir eigentlich, dass ich nur ein paar Stunden versäumt hatte? Möglicherweise war seit meinen letzten Erinnerungen eine viel größere Zeitspanne verstrichen. Ich zwang mich, ruhig auszuatmen. Ich hob den Kopf und sah die Apothekenangestellte an, die sich mir gegenüber gesetzt hatte. Ich konzentrierte mich ganz auf meine nächste Frage: „Was ist letzte Nacht geschehen?“
Sie schraubte die Kanne auf und goss uns dampfenden Kaffee ein. Ich musste gestehen, dass ich nicht unempfänglich für derartige Reize war.
„Ich habe dich von der Straße aufgesammelt, nachdem du mir um ein Haar in meinen Wagen gerannt wärst“, antwortete sie, als sie die Kanne wieder auf dem Tisch abstellte. „Milch? Zucker?“
Ich hob abwehrend die Hände. „Was ist dann passiert? Du hast mich direkt hierher gebracht?“ Ohne es zu bemerken, war auch ich inzwischen auf das vertrauliche Du gewechselt.
„Eigentlich habe ich dich direkt in die Klinik fahren wollen, so wie du ausgesehen hast“, erklärte sie, während sie einen Schluck Kaffee nahm und anschließend nach dem Brotmesser griff, um sich ein Brötchen aufzuschneiden.
„Aber du hast dich mit Händen und Füßen gewehrt und hast etwas von dieser Noosha gestammelt und dass wir alle in schrecklicher Gefahr sind.“
„Aber so ist es verdammt nochmal auch“, protestierte ich und machte Anstalten, von meinem Stuhl aufzuspringen.

Doch da war etwas in ihrem Blick, das mich davon abhielt. Sie sah mich an, und ich erkannte auf ihrem Gesicht einen melancholischen, ja beinahe traurigen Ausdruck, den ich noch nie zuvor an ihr wahrgenommen hatte.
„Bitte erzähl' mir alles“, sagte ich leise. „Ich werde versuchen, zuzuhören.“
Sie nickte dankbar, legte Messer und Brötchen beiseite und sah mich über den Tisch hinweg an.
„Es ist eine schwierige Geschichte, bei der ich gar nicht so recht weiß, wo ich anfangen soll“, sagte sie. „Zuerst einmal solltest du wissen, dass du hier in Sicherheit bist. Ich war die ganze Nacht hier und bin nur vorhin einmal für zehn Minuten weg, um die Brötchen zu holen. Ich habe zwischendurch deine Wunden versorgt und dir frische Verbände angelegt. In der Nacht noch habe ich mit Doktor Degner telefoniert. Ich glaube, wir haben fast zwei Stunden miteinander gesprochen. Über dich natürlich. Aber auch über andere Dinge.“
„Okay“, sagte ich gedehnt. Ich trank einen Schluck Kaffee und spürte kaum, dass ich mir fast daran die Lippen verbrühte.
„Willst du gar nicht wissen, warum ich ihn angerufen habe?“, fragte sie.
„Doch. Bitte sag's mir.“
„Es war nicht das erste Mal, dass ich mit ihm Kontakt hatte. Er ist übrigens ein ziemlich netter Bursche, für einen Arzt meine ich. Du kannst dich glücklich schätzen, dass du an ihn geraten bist.“
„Was habt ihr besprochen?“, wollte ich wissen.
Sie lehnte sich über den Tisch, stützte ihre Ellenbogen auf.
„Degner hat immer befürchtet, dass du unter Wachträumen und Halluzinationen leiden könntest. Er sagt, du bist aufgrund deiner lebhaften Fantasie als Schriftsteller für solche posttraumatischen Phänomene sehr empfänglich und daher besonders gefährdet. Zudem hast du starke Schmerz-

mittel erhalten, die das Auftreten solcher Bewusstseinsstörungen als Nebenwirkung fördern oder forcieren."
Ich sah kurz aus dem Fenster. Der Himmel war klar, nur von ein paar weißen Schlieren durchzogen. Währenddessen spürte ich, dass sich die wahre Gewitterwolke direkt über mir zusammenzog.
„Degner hat mir gegenüber kein Geheimnis daraus gemacht", versuchte ich einzulenken. „Er hat mich über mögliche Folgen meines Unfalls, insbesondere die psychischen, aufgeklärt."
„Was als Arzt auch seine verdammte Pflicht ist", stimmte Hanne zu. „Der entscheidende Punkt dabei ist allerdings, dass du im schlimmsten Fall niemals bemerken würdest, dass du gerade einer Halluzination erliegst. Du weißt zwar in der Theorie über diese Dinge Bescheid, aber wenn sie in der Praxis auftreten, bist du vermutlich der Letzte, der davon Wind bekommt."
„Das ist mir schon klar", sagte ich. „Aber ich habe noch nicht recht begriffen, worauf du eigentlich hinaus willst. Theoretisch könnte ich auch jetzt einen Wachtraum erleben, richtig? Ich könnte hier am Tisch sitzen und mich mit dir unterhalten, den Kaffeeduft inhalieren, und in Wirklichkeit wäre nichts davon wahr. Alles wäre nichts weiter als eine Ausgeburt meiner – wie sagtest du eben? – lebhaften Fantasie."
Sie deutete mit dem Zeigefinger auf mich. *Jetzt hast du es begriffen.*
„Korrekt soweit", sagte sie. „Wobei ich dir versichern kann, dass ich mich im Moment ziemlich echt fühle. Echt müde zum Beispiel. Aber das steht auf einem anderen Blatt."
„Worauf willst du dann hinaus?", fragte ich direkt. „Dass ich mir die Sache mit Noosha nur eingebildet habe? Dass ich sie in Wirklichkeit nie getroffen habe, sondern dass es sich nur um eine Art Wunschtraum handelt, weil ich im Internet zufällig über ihre Musikvideos gestolpert bin?"

Ihr Gesicht zeigte einen anerkennenden Ausdruck. „He, das ist gut. Das ist sogar noch eine viel bessere Erklärung. Auf die Idee, deinen Browserverlauf zu checken bin ich noch gar nicht gekommen. Wahrscheinlich würden wir da eine ganze Menge ihrer Videos finden, oder?“

„Alle“, antwortete ich trocken.

„Ok“, sagte sie. „Wir kommen voran, machen echt Fortschritte. Respekt. Als nächstes solltest du wissen, dass du heute Nacht viel wirres Zeug geredet hast. Ich hatte wirklich Mühe, alle die Brocken, die du mir hingeworfen hast, zu einer halbwegs plausiblen Geschichte zusammenzusetzen. Aber ich glaube, es ist mir gelungen. Da waren diese Leute. Deine Nachbarn. Fasold, Beck und diese …“

„Sillner“, platzte es aus mir heraus. „Stefanie Sillner“. Ich wollte erneut aufspringen. Dieses Mal nahm sie ihre rechte Hand zu Hilfe, um mich sanft auf meinen Platz zurück zu drücken.

„Du musst nicht ans Fenster gehen“, sagte sie. „Der Bungalow da drüben ist nicht bewohnt.“

„Aber …“

Sie hob die Hände. „Zumindest jetzt nicht mehr. Möglich, dass bis gestern noch Leute dort gewesen sind.“

„Aber du hast sie doch selbst gesehen“, brachte ich hervor. „Vor ein paar Tagen, als du das erste Mal hier raus gekommen bist, um mir die Medikamente zu bringen.“

„Da habe ich dich am Strand getroffen“, stellte sie richtig. „Du hast etwas von deinen Nachbarn erzählt und ich habe drei Personen am Strand gesehen, nichts weiter. Ich weiß nicht, wer diese Leute waren oder ob sie zu dem Haus nebenan gehörten.“

„Aber ich weiß es, und das genügt mir vollauf“, gab ich barsch zurück.

„Wie auch immer“, fuhr sie scheinbar unbeeindruckt fort, „ich habe mir, wie gesagt, diese Geschichte zusammengereimt. Und ich dachte mir, da sie so fantastisch klingt, dass es sich vielleicht um deinen neuen Roman handelt, den du gerade schreibst. Ich fand die Datei ziemlich schnell auf deinem eingeschalteten Laptop. Du solltest dir übrigens angewöhnen, einen Passwortschutz einzurichten."

„Du hast in meinen Dateien herum geschnüffelt?", fragte ich wie in Trance.

Sie schüttelte den Kopf. „Ich musste gar nicht suchen. Der Roman war geöffnet. Oder sagen wir besser das, was ich anfangs für einen Roman hielt."

„Natürlich ist es einer", protestierte ich. „Noch besteht er natürlich nur aus Fragmenten, aber …"

Ich brach ab, weil ich bemerkte, dass sie mir nicht mehr zuhörte. Hanne Brückner war aufgestanden und trat an das Fenster herüber, wo sich der Sessel und der kleine Tisch befanden, die zusammen meinen neuen Arbeitsplatz ausmachten. Vorsichtig löste sie meinen Laptop vom dem Stromkabel und brachte das Gerät mit aufgeklapptem Bildschirm an den Tisch. Sie schob meinen Teller beiseite und stellte den Computer dort ab.

Mein Blick irrte über die aktuell aufgerufene Seite meines Schreibprogramms. Ich las mehr oder weniger nur einen Namen.

Noosha.

Immer wieder. In allen möglichen Schriftarten und –größen. Mal verschnörkelt und fett gedruckt, dann wiederum klein, zierlich oder auf kursive Schriftart geändert.

Dazwischen befanden sich in der Tat die von mir erwähnten Fragmente, nur handelte es sich dabei um Bruchstücke von Songtexten, teils falsch zitiert und teils mit Tippfehlern behaftet, so als hätte ich während des Schreibens gedankenverloren aus dem Fenster geblickt.

Ich betätigte den Cursor, wischte und blätterte zwischen den inzwischen fast fünfzig Seiten herum, auf der Suche nach einem Romananfang, den es nicht gab.

Den es nie gegeben hatte.

Die Erkenntnis traf mich wie ein Schlag. Meine hektischen Suchbewegungen wurden langsamer, bevor ich sie schließlich ganz einstellte und mit einer unwirschen Bewegung den Deckel meines Laptops zuklappte, so dass das Gerät einen knirschenden Laut von sich gab.

„Nimm das weg“, sagte ich leise.

Hanne tat mir den Gefallen und entfernte das Gerät, indem sie es kurzerhand auf den Tresen stellte.

„Ich fürchte, ich habe ein Problem“, sagte ich leise.

Hanne trat von hinten an mich heran. „Ich würde es dir sehr gerne ersparen, aber ich fürchte, es kommt noch schlimmer.“

Ich saß da, verloren und zerrissen und blickte schräg zu ihr auf. Was konnte jetzt noch kommen? Hatte Degner vielleicht angeordnet, mich irgendwo einweisen zu lassen, wo ich so schnell nicht wieder rauskam und unter ständiger Beobachtung stand?

Als hätte sie meine Gedanken erraten, fuhr sie fort: „Ich habe Rolf gefragt, Doktor Degner meine ich, ob ich dir wirklich reinen Wein einschenken soll. Und er sagte: Ja.“

„Also bitte“, sagte ich, „Feuer frei.“

Als ich meine Hand nach der Tasse Kaffee ausstreckte, zitterte sie leicht. Ich führte meine Bewegung nicht zu Ende.

„Es geht um Melina“, sagte Hanne leise. Sie hatte eine Hand auf meine Schulter gelegt.

„Was ist mit ihr?“

Unsere Blicke trafen sich.

„Hendrik, sie ist vor über einem Jahr ums Leben gekommen. Sie saß auf deinem Beifahrersitz.“

- 20 -

„NEIN!“
Dieses eine Wort kam mir immer wieder über die Lippen. Es hatte sich längst verselbständigt, und Hanne Brückner ließ es geschehen.
„Nein, nein, nein!“
Ich schlug mir mit den Handballen gegen meine Schläfen, wie um mir Erleuchtung einzuhämmern. Meine eigenen Worte drangen wie durch einen dicken Wattebausch an mein Gehör.
Noch immer ruhte Hannes Hand auf meiner Schulter. Ich spürte sie kaum. Ich blickte durch einen Tränenschleier auf den Strand hinaus, wo gerade eine Frau mit ihrem Hund an der Wasserlinie entlanglief. Irgendetwas in mir erkannte sie als die Joggerin, die ich bereits an meinem ersten Tag hier in Holnis gesehen hatte. Damals, als ich auf Ingo Lausen getroffen war, der mir dieses Haus gezeigt hatte.
Diese Erinnerungen waren so klar, so greifbar nah. Aber die anderen waren es ebenfalls. Die Erinnerungen an Melina, die sich in mein Wunschdenken gemischt hatten, bis sie ein Eigenleben entwickelt hatten.
Was geschah mit mir? Das erste Mal nach meinem Unfall kam ich tatsächlich auf die Idee, dass ich möglicherweise noch andere Schäden davongetragen hatte. Solche, die weder Doktor Degner (Hanne Brückner nannte ihn beim Vornamen) noch sonst ein Arzt auf der Welt diagnostizieren konnte, weil dieser Defekt tief in meinem Innern verborgen war.
„Es tut mir so leid“, flüsterte Hannes Stimme hinter mir.
Ich löste ihre Hand von mir. Dieses Mal hinderte sie mich nicht daran, aufzustehen.
Ich fühlte mich alt, leer und verbraucht. Ein Kurzschluss in meinen Akkus, dachte ich. Vermutlich, weil ich sie über-

laden hatte. Weil ich insgeheim nicht hatte genug bekommen können. Nicht genug von dem Abenteuer, in das ich geraten war. *In das ich mich hineingeträumt hatte*, korrigierte ich mich selbst in Gedanken.
Ich stand mitten im Wohnzimmer und starrte stumpf zu Boden.
„Doktor Degner hat angeboten, herzukommen", hörte ich Hanne wie aus einer fernen Galaxie sagen. „Ich habe ihm gesagt, er soll es machen. Er hat versprochen, sich gleich heute Früh ins Auto zu setzen."
„Gut", gab ich zurück, obwohl ich nicht sicher war, ob ich überhaupt verstanden hatte.
Ein Gedankensplitter, von irgendeinem größeren Gebilde in meinem Kopf abgesprengt, streifte mich wie aus dem Nichts. Es war eine plötzliche Eingebung. Etwas, das mit einem Mal da war, genau wie die Idee zu einer guten Geschichte, die sich ebenfalls oftmals nicht ankündigte, sondern die Angewohnheit hatte, abrupt und von einer kurzen, aber donnernden Fanfare begleitet in mein Leben zu treten und dabei alles andere links liegen zu lassen.
Ich setzte mich in Bewegung. Langsame Schritte, einen Fuß vor den anderen. Gleichmäßig und mit Bedacht ausgeführte Bewegungen, um mir selbst die Möglichkeit zu geben, die Kontrolle wiederzuerlangen.
Ich trat hinter den Tresen und schlurfte, noch immer barfuß, die Küchenzeile entlang, bis es nicht mehr weiter ging.
Der Wasserkocher war noch halbvoll. In einer mechanischen Bewegung stellte ich ihn an und drehte ihn ein gutes Stück weit nach links.
Ich stützte meine Hände auf den Tresen und ließ meinen Kopf zwischen meine Schultern sinken. So verharrte ich, während niemand von uns sprach. Was Hanne in dieser Zeit tat, wusste ich nicht. Ich hatte die Augen geschlossen und hörte auf das anfängliche, leise Knistern und Knacken

des Elektrogeräts, das nach und nach dazu überging, immer lautere, fauchende Geräusche von sich zu geben.
Nacht nicht einmal einer Minute ertönte das erlösende Piepgeräusch. Die einhundert Grad waren erreicht.
Mehr geht nicht, dachte ich.
Ich hob meinen Kopf an, die Augen noch immer geschlossen.
Ich öffnete sie, nachdem ich in Gedanken bis drei gezählt hatte.
An der Fensterscheibe neben dem Küchentresen waren zwei Worte sichtbar geworden. Nicht mehr so klar erkennbar wie beim ersten Mal, aber dennoch lesbar.
Letzte Warnung.
Ich musste Hanne nicht bitten, näherzukommen, um es sich anzusehen. Ich hörte ihre Schritte bereits hinter mir.
Sie blieb stehen und starrte genau wie ich das Fenster an, wo der Wasserdampf bereits abkühlte, sich verflüssigte und in winzigen Rinnsalen an der Scheibe herunterlief.
„Was hat das zu bedeuten?“, fragte Hanne.
„Das hat Beck geschrieben“, sagte ich tonlos. „An dem Tag, als wir beim Wasserschloss waren und er vor mir wieder hier gewesen ist. Er hat es an die Scheibe gemalt. Mein Gott, das ist noch nicht mal vierundzwanzig Stunden her.“
„Hendrik …“, begann Hanne zaghaft.
„Inzwischen glaube ich, dass der Kerl viel häufiger hier in der Wohnung war, als ich angenommen habe. Aber vielleicht ist das nebensächlich.“
„Es sind lediglich zwei Worte, die jemand ans Fenster gemalt hat“, unternahm Hanne einen zweiten Versuch.
Und dieser Jemand warst du, waren die Worte, die zwar unausgesprochen blieben, die aber dennoch unüberhörbar im Raum standen.
Und konnte sie damit nicht auch recht haben? Was besagten diese beiden Worte denn? Natürlich, sie passten zu der Geschichte, die ich Hanne offenbar halb wach, halb im

Delirium in der vergangenen Nacht erzählt hatte. Aber hatte sie mir nicht eben unmissverständlich vor Augen geführt, dass diese ganze Story aus nichts anderem als meinem verdammten Schädel stammte?
Noosha, Melina. Sie waren nichts als Gespenster, die ich nicht fassen konnte, die vor mir in der Luft zerfaserten wie kalter Zigarettenrauch.
„Hast du deinen Wagen draußen?“, fragte ich.
Hanne blickte mich irritiert an. „Ja, aber … wollen wir nicht erst …?“
„Würdest du mir einen Gefallen tun?“
„Natürlich“, kam es sofort von ihr zurück.
Ich löste meinen Blick von der Fensterscheibe, wo die letzte Warnung gerade in kleinen Tröpfchen herunterrann.
„Würdest du mit mir zur Villa fahren?“
„Da, wo ich dich letzte Nacht aufgegabelt habe?“
Ich nickte.
Sie kam näher, fasste mich am Arm. „Hör’ mal, Hendrik. Du verstehst jetzt hoffentlich, warum ich nicht gleich dorthin gefahren bin, sondern nach deinem Anruf wegen der Schussverletzung erst mal mit Degner gesprochen habe?“
„Schon gut“, sagte ich und rieb mir die Stirn.
Die Schussverletzung. Heidrun und Gunnar Schwarz.
Um die musste ich mich ebenfalls kümmern, wenn ich Gewissheit haben wollte und um mich davor zu bewahren, vollkommen den Verstand zu verlieren.
Aber erst einmal war es wichtig zu wissen, was mit dem Haus an der Steilküste von Holnis war. Und auf wen ich dort möglicherweise treffen würde …
„Ich werde dich fahren“, sagte Hanne, trat kurz an den Tisch heran und trank ihren Kaffee aus.
„Nur damit wir uns richtig verstehen“, gab ich zu bedenken, „Degner und du, ihr beide behauptet, ich hätte mir das alles nur eingebildet. Ok, das habe ich kapiert, auch wenn es mir … verdammt schwerfällt. Wenn wir da jetzt hinfah-

ren, dann will ich überzeugt werden, ok? Ich will wirklich wissen, dass alles nur eine Illusion war. Verstehst du?"
Sie nickte.
„Wenn es das nämlich nicht war", folgerte ich, „wenn auch nur ein kleines Detail dafür spricht, dass meine Geschichte stimmt, dann würde es bedeuten, dass da ein paar Leute in ziemlichen Schwierigkeiten stecken. Wenn sie nicht schon tot sind."
„Wie gesagt", sagte Hanne, „ich werde dich begleiten. Degner hat auch gesagt, dass genau das wichtig ist. Du musst selbst verstehen, dass du dir alles nur eingebildet hast. Umso eher kommst du wieder aufs richtige Gleis."
„Schlauer Fuchs, dieser Doktor", sagte ich, während ich mich aus der Küchenzeile herausbugsierte. „Ich finde, jeder sollte so einen haben."
Hanne, die die spitze Bemerkung überhört hatte, reichte mir bereits meine Jacke, die sie offenbar ebenfalls über Nacht zumindest notdürftig gereinigt hatte.
Wir ließen das Krähennest hinter uns, mit seinem noch dampfendem Kaffee, den halb aufgeschnittenen Brötchen und möglichen sonstigen Geheimnissen.
Da ich meine Krücken offenbar inzwischen beide eingebüßt hatte (zumindest waren sie nicht auffindbar), stützte mich Hanne, als wir das kurze Stück über den Sand bis zu ihrem Wagen gingen. Ich erwartete das kleine weiße Auto mit dem roten Kreuz auf der Fahrertür, ohne daran zu denken, dass sie auch privat hergekommen sein könnte, was der Fall war.
Wir stiegen in den VW Polo, wo ich den Beifahrersitz vorsichtig zurückschob und auf der letzten Stufe einrasten ließ. Am Rückspiegel baumelte ein Duftbäumchen mit der Aufschrift *Heul doch!*
Normalerweise hätte ich bei solcher Gelegenheit zumindest ein Schmunzeln zustande gebracht, aber nicht heute.

Heute war alles anders. Mein Leben, das ich bereits wieder in sicheren Bahnen vermutet hatte, war aus dem Tritt gekommen. Aus dem Gleis geraten, wie Hanne oder Degner es vielleicht formuliert hätten.
Ich beobachtete die Frau neben mir, die ein paar Jahre jünger als ich zu sein schien und dabei sogar noch jünger aussah, als sie vermutlich tatsächlich war. Sie blickte scheinbar konzentriert durch die blitzsaubere Windschutzscheibe nach draußen. Ich wusste allerdings, dass sie mich heimlich aus den Augenwinkeln beobachtete, wann immer sie das Gefühl hatte, dass ich es nicht bemerken würde.
„Warum tun Sie das eigentlich alles für mich?“, wollte ich wissen.
„Waren wir nicht längst beim Du?“
Ich wiederholte meine Frage und setzte die andere Anrede ein.
Ein Lächeln huschte über ihre Lippen. Kurz nur, dann war es sofort wieder verflogen.
„Ich schätze, Doktor Degner ist schuld daran“, antwortete sie.
„Rolf“, warf ich ein.
Sie zuckte kurz mit den Schultern. „Rolf, ja. Was nicht bedeutet, dass ich ihn länger kenne. Aber er hat mich darum gebeten, ein Auge auf dich zu haben. So, jetzt ist es raus.“
Ich nickte, weil ich etwas Ähnliches ohnehin bereits vermutet hatte. „Dann war er es vermutlich auch, der auf die Idee mit dem Buch und der Signatur gekommen ist.“
Wieder ein kurzes Lächeln. „An dir ist ein guter Detektiv verloren gegangen.“
Ich schüttelte den Kopf, während ich aus dem Seitenfenster blickte. „Ich glaube kaum. Lucas P. Fulton ist der bessere Schnüffler. Ein cooler Typ.“
Und immerhin hatten mit ihm meine Halluzinationen angefangen, oder etwa nicht?
„Fulton?“, fragte sie irritiert. „Nie gehört. Wer ist das?“

„Nicht weiter wichtig“, gab ich zurück, während die Knicklandschaft Angelns an uns vorbei zog.
Wir mussten nicht weit fahren, waren mit dem Wagen kaum mehr als fünf Minuten unterwegs. Zwischen einem Friesenwall und einer halbhohen Hecke lag die Zufahrt zur Villa verborgen, die sich über etwa zweihundert Meter hinzog, bis wir das Haus erreichten.
Bei Tag hatte ich es noch nie gesehen, wie mir erst jetzt auffiel.
Hanne ließ den Polo ausrollen und stellte den Motor ab.
Für die Dauer von mehreren Sekunden sprach niemand von uns ein Wort.
„Bist du bereit, der Wahrheit auf den Grund zu gehen?“, fragte sie.
„Dieselbe Frage könnte ich dir stellen“, erwiderte ich, während ich meinen Gurt löste und die Tür öffnete. „Also dann, finden wir heraus, wie groß der Sprung in meiner Schüssel wirklich ist.“
Ich quälte mich aus dem Wagen und schlug die Tür hinter mir zu. Es nieselte leicht, während wir die letzten Meter bis zum Haus zurücklegten.
Ich warf einen Blick auf die hohe Mauer.
„Wir werden eine schwarze Eisentür vorfinden, bei der das Schloss defekt ist“, sagte ich.
„Ich habe nie bestritten, dass du schon mal hier gewesen bist“, erklärte Hanne. „Das ist ja gerade das Gefährliche bei diesen Bewusstseinsstörungen. Sie treten häufig nur temporär auf, was zur Folge hat, dass sie sich gerne mit dem tatsächlich Erlebten vermischen und du es am Ende gar nicht mehr unterscheiden kannst. Klingt ziemlich fies, oder?“
„Woher hast du das, aus Doktor Mabuses heiterer Fibel für angehende Psychologen?“
Ich bemerkte, wie Hanne kurz stockte und sich ihr Blick verfinsterte.

„Sorry“, schickte ich hinterher. „Aber ich bin momentan ein wenig durcheinander, wie du ja auch schon bemerkt hast.“
„Schon gut“, sagte sie und überspielte diesen kleinen Dämpfer mit einem erzwungen wirkenden Lächeln.
Sie drückte die Eisentür auf, die spielerisch vor ihr zurückwich. „Eins zu null für dich.“
„Möglich, dass es noch besser kommt“, gab ich zurück, wobei mir nicht unbedingt nach Scherzen zumute war.
Ich wollte herausfinden, was sich gestern abgespielt hatte. Obwohl … Nein, dachte ich. Ich wusste immerhin, WAS passiert war. Nur das WO war in diesem Fall entscheidend. Entweder war ich tatsächlich gestern in diesem Haus gewesen oder die Ereignisse hatten sich ausnahmslos in meinem Kopf abgespielt. Beides hatte seine eindeutig beunruhigenden Aspekte, und in dem Augenblick, als ich durch die Tür trat, hätte ich nicht gewusst, welcher Variante ich den Vorzug gegeben hätte.
Wir traten auf die Haustür zu und fanden diese verschlossen vor. Nicht etwa mit einem Schlüssel, was auch schlecht möglich gewesen wäre, da das Schloss mit ziemlicher Sicherheit hinüber war.
„Sieh dir das an“, sagte ich und deutete auf ein einfaches Brett, durch das man einige Nägel getrieben hatte, um es mit dem Türrahmen zu fixieren.
„Scheint so, als wollte sich da jemand die Kohle für ein neues Schloss sparen“, sagte Hanne, die mir schräg von hinten über die Schuler spähte. „Oder gleich für eine neue Tür.“
Ohne zu zögern packte ich das Brett und riss es mit einer einzigen Bewegung heraus. Achtlos warf ich es auf den mit Unkraut überwucherten Garten.
Die Haustür schwang ohne weiteres Zutun bereits nach innen auf. „Lass’ mich vorangehen“, sagte ich und bedeutete Hanne gleichzeitig, hinter mir zu bleiben.

Sie zuckte mit den Schultern und schien sich in ihr Schicksal zu fügen.
Als ich über die Schwelle trat, wurde ich von zahlreichen unterschiedlichen Gefühlen übermannt. Ich kannte dieses Haus, hätte Hanne die Raumaufteilung und die Einrichtungsgegenstände herunterbeten können, aber was half das letztlich, wenn nicht der geringste Beweis für die Geschehnisse existierte, die sich meiner bescheidenen Meinung nach vor nicht allzu langer Zeit hier abgespielt hatten?
Was mir als Erstes auffiel, war die Kälte. Bei meinen letzten Besuchen war das Haus wohltemperiert gewesen, jetzt schien es komplett ausgekühlt, so als ob den ganzen Tag über alle Fenster offen gestanden hätten.
Ich hastete direkt durch die Diele in das Wohnzimmer … und blieb abrupt stehen.
„Das kann doch nicht wahr sein", stammelte ich.
Hinter mir drängte sich Hanne durch die Tür, schob mich leicht beiseite, da ich ihr den Weg halb versperrte.
„Was ist los?", fragte sie. „Stimmt was nicht?"
Ich schüttelte den Kopf und stieß dann ein prustendes Lachen aus. Nahezu alle Möbel im Wohnzimmer waren mit weißen Laken verhängt worden.
Ich ging weiter, zog und zerrte an der Schiebetür, bis sie mir endlich gehorchte. Im Musikzimmer bot sich dasselbe Bild. Weiße Laken. Überall.
„Es hätte nur noch gefehlt, dass sie den Flügel weggeschafft hätten", machte ich meinem Spott Luft.
„Wen meinst du damit?", fragte Hanne, die sich mit einer Mischung aus schlechtem Gewissen und unverhohlener Neugier im Innern der Villa umsah.
„Na, dieser Malte Beck und sein kleines Fl… seine Komplizin, diese Sillner."
„Ach ja", antwortete sie, „die hatte ich schon fast vergessen."
„Du kannst dich gerne lustig darüber machen", fuhr ich fort. „Aber ich weiß, was ich gestern Abend hier gesehen

habe. Hier vor dem Flügel hat sie gesessen und hier …“, ich machte zwei Schritte nach rechts, „hat Fasolds Rollstuhl gestanden.“
Ich untersuchte die Anrichte und den Fußboden.
Kein Blut, keine Knochensplitter, kein kaltgewordenes Erbrochenes. Nichts.
„Auch kein Staub“, murmelte ich.
„Wie bitte?“, fragte Hanne, die vorsichtig unter das Laken lugte, um einen Blick auf den weißen Flügel zu werfen.
„Sie haben hier gründlich sauber gemacht, bevor sie das Haus verlassen haben“, stellte ich fest. „Das hat wahrscheinlich die ganze Nacht gedauert. Aber immerhin, mit Frau Schwarz hatten sie ja jemanden hier, der sich mit der Endreinigung von Häusern bestens auskennt.“
„Du wirst sarkastisch“, stellte Hanne fest, während sie das Laken fallenließ. „Das ist gar nicht mal so schlecht, denke ich.“
„Das Ganze ist eine Farce“, presste ich hervor. „Und obendrein noch so schlecht gemacht.“
Ich hastete zurück ins Wohnzimmer. „Da hat er gelegen. Gunnar Schwarz. Er war angeschossen.“
„Die Schusswunde, von der du erzählt hast“, sagte Hanne gedehnt. „Ich weiß.“
„Nein, du weißt gar nichts!“, brüllte ich. Ich war kurz davor, mit dem Fuß aufzustampfen und konnte mich im letzten Moment beherrschen. „Der Teppich, auf dem er gelegen hat, ist verschwunden. Natürlich, weil er voller Blut war. Begreifst du denn nicht, dass das alles wirklich passiert ist?“
Hanne Brückner trat auf mich zu und fasste mich an beiden Armen. Ich ließ es geschehen.
Sie schmiegte sich an mich und küsste mich.
Meine beabsichtigte Gegenwehr schmolz innerhalb von Sekundenbruchteilen in sich zusammen wie ein Stückchen Butter auf einem viel zu heißen Toast.

Erst nach vielen ungezählten Sekunden lösten sich unsere Lippen voneinander.
„Ich behaupte doch gar nicht, dass ich dir nicht glaube“, sagte sie sanft, während sie mir direkt in die Augen sah. In ihrem Blick lag etwas Beruhigendes. Etwas, das mir in diesem Augenblick hochwillkommen war. „Aber du musst doch zugeben, dass sich Vieles davon vollkommen absurd anhört. Ich meine … ein ehemaliger britischer Popstar verschwindet von der Bildfläche und taucht Jahrzehnte später ausgerechnet hier in Holnis wieder auf. Und kaum ist das passiert, ist ihr jemand auf den Fersen, der sich als … ja was eigentlich entpuppt?“
„Fasold war ein Stalker“, erklärte ich matt.
„Ein Stalker, richtig“, fuhr sie fort. „Aber damit nicht genug, nein, denn da haben wir ja auch noch diesen Beck und seine Freundin, die plötzlich auf die Idee kommen, durchzudrehen und diese Noosha um ihr gesamtes Vermögen zu erleichtern.“
„Es gibt für alles eine plausible Erklärung“, sagte ich leise und um meine Beherrschung ringend. „Noosha hat damals in England einen Mann erschossen. Sie konnte dieses Ereignis nicht verwinden und ist aus dem Showgeschäft ausgestiegen. Jahrelang hat sie sich bedeckt gehalten, bis sie ihren inzwischen erwachsenen und erfolgreichen Sohn auf einen Ärztekongress nach Hamburg begleitet hat. Dort muss Fasold auf sie aufmerksam geworden sein. Er hat …“
„Jaja, das weiß ich ja alles“, unterbrach mich Hanne. „Beziehungsweise hast du mir alles schon erzählt. Aber …“, sie stieß einen verzweifelten Laut aus, „wo sind deine Beweise, Hendrik? Wenn es stimmt, was du sagst, die Sache mit Nooshas Sohn, der auf dem Weg hierher war, wo sind dann all diese Leute hin? Was ist mit Heidrun und Gunnar Schwarz? Und nicht zuletzt: Wo steckt Noosha, von der du behauptest, dass dies ihr Haus wäre?“

„Sie mussten alle verschwinden“, sagte ich nach einigen Sekunden des Nachdenkens. „Natürlich mussten sie das. Überleg’ doch mal: Ich war Beck entkommen. Er musste damit rechnen, dass ich mit meinem Wissen sofort zur Polizei renne. Also musste er seinen Plan ändern.“

„Du denkst wirklich, dass er einen hatte?“, fragte sie. „Ein einfacher Pfleger, der …“

„Oh, mein Gott“, platzte es plötzlich aus mir heraus.

Hanne sah mich aus großen Augen an.

„Was hast du?“

Ich fasste mir an die Schläfen, um sie zu massieren.

„Beck ist kein einfacher Pfleger“, sagte ich nach einer Weile. „Vermutlich war er früher einer, wer weiß. Aber ich könnte wetten, dass sein richtiger Name gar nicht Malte Beck lautet, sondern … Olaf Stössner.“

„Moment“, sagte Hanne und hob die rechte Hand. „Der Name klingt so, als müsste er mir etwas sagen. Wo habe ich den schon mal gehört? Halt! Nicht sagen, ich komme selbst drauf. Das ist der Typ, der aus der JVA in Flensburg getürmt ist, richtig?“

„Du hast es erfasst“, antwortete ich. „Und ja, ich weiß, dass auch das vollkommen verrückt klingt, aber selbst du wirst nicht abstreiten können, dass die Medien darüber berichtet haben. Ich habe sogar noch die Ausgabe vom Flensburger Tageblatt im Krähennest liegen.“

„Stimmt“, sagte sie, „ich habe es auch gelesen.“

„Und hieß es nicht, die Polizei würde vermuten, Stössner sei irgendwo untergetaucht? Dazu war doch Fasolds Bungalow bestens geeignet. Noch dazu in der Nebensaison, in der der Strand menschenleer ist und schließlich noch mit der Tarnung als Pfleger.“

„Schon“, räumte Hanne ein, „aber machst du es dir da nicht ein bisschen zu leicht? Du hast Fasold vergessen und nicht zuletzt die Sillner. Warum sollten die sich mit einem geflohenen Sträfling einlassen?“

„Vielleicht haben Sie es nicht gewusst“, gab ich zu bedenken. „Oder sie … ach, was weiß denn ich?“ Frustriert riss ich ein Laken von der Couch und untersuchte die Polster auf Blutflecken. Auch hier war nichts, und alles andere, wie die blutbefleckten Handtücher beispielsweise, waren natürlich längst nicht mehr da.

Ich ging erneut hinüber ins Musikzimmer, gefolgt von Hanne.

„An den Wänden haben ihre Goldenen Schallplatten gehangen“, erklärte ich. „Vermutlich haben sie sie mitgenommen.“

Hanne untersuchte die Wände. „Hier sind aber keine Ränder auf der Tapete zu sehen.“

„Dafür hingen die Dinger noch nicht lange genug da“, erklärte ich. „Noosha besaß dieses Haus ja erst seit einigen Monaten.“

Ich trat durch die Tür ins Schlafzimmer hinüber. Die Koffer waren verschwunden und über dem Bett war eine breite Decke ausgelegt. Die Schränke und Kommoden waren allesamt leer.

Wir setzten den Weg fort, den ich bei meiner vermeintlichen Flucht aus diesem Haus genommen hatte und kehrten am Ende ernüchtert und resignierend in das Wohnzimmer zurück.

„Nichts“, fasste ich zusammen. „Sie haben alle Spuren verwischt. Und Noosha werden sie mitgenommen haben.“ Ich stieß ein kurzes, humorloses Lachen aus. „Weißt du eigentlich, was das bedeutet, Hanne? Sie haben sie entführt. Und die beiden Schwarz’ vermutlich auch.“

„Und was ist mit Sarahs Sohn?“, hakte Hanne nach.

„Wenn ich das wüsste“, gab ich zurück. „Vielleicht kann man ihn irgendwo ausfindig machen. Seine Adresse, seine Handynummer, was weiß ich? Wir müssen versuchen, ihn so schnell wie möglich zu erreichen.“

„Sagtest du nicht mal, dass er aus Australien rüber kommt?“, fragte sie. „Und was, wenn er schon hier in

Deutschland ist? Vielleicht hat er es sogar letzte Nacht noch bis nach Holnis geschafft?“
„Fragen über Fragen“, seufzte ich. Ich hatte noch mehr erwidern wollen, als mein rechter Fuß auf etwas trat, das am Boden lag.
Hanne und ich hörten das leise Knirschen. Ich nahm meinen Fuß beiseite und bückte mich.
Auf dem Fußboden befanden sich nur noch winzige weiße Buchstückchen und Krümel. Einige davon hielt ich in der Hand, nachdem ich mich wieder erhoben hatte.
„Was, zum Teufel, ist das?“, wollte Hanne wissen.
Ich hielt ihr die Hand hin und ließ sie an den Krümeln schnuppern. „Wofür hältst du es?“
Sie schnupperte und zuckte dann mit den Schultern.
„Ich würde sagen, das war mal ein Pfefferminzbonbon.“

- 21 -

DOKTOR ROLF DEGNER ohne seinen obligatorischen weißen Kittel zu sehen, hatte im ersten Augenblick eine befremdliche Wirkung auf mich. Wir saßen in Hannes Küche um den rustikalen Eichentisch, wo es ihren eigenen Aussagen nach am gemütlichsten war.

Ich beobachtete Degner dabei, wie er mit spitzen Fingen das dünne Band fasste, das über den Rand seiner dampfenden Tasse mit den blauen Kornblumen ragte, und er den Teebeutel für einen Moment hin und herschwingen ließ wie ein Pendel.

„Das ist ja ein tolles Stück“, sagte er, während sich seine Lippen zu einem Lächeln ausbreiteten und die blütenweißen, perfekt überkronten Zähne dahinter aufblitzten.

„Wir sind gerade dabei herauszufinden, wieviel davon tatsächlich passiert ist und welcher Teil auf das Konto Ihrer Medikamente geht, Doktor“, sagte ich und erschrak ein wenig vor meiner eigenen Stimme, die ernster und düsterer geklungen hatte als beabsichtigt.

Degner legte den triefenden Teebeutel in ein leeres Glas und nahm sich zwei Stückchen Kandis.

„Gutes Stichwort“, entgegnete er. „Sie sollten die Schmerztabletten absetzen. Wir wechseln auf ein sehr ähnliches Präparat, das aber mit einem anderen Wirkstoff arbeitet. Ich habe das schon mit Hanne besprochen.“

Degner lächelte Hanne zu, die zwischen uns an der breiten Tischseite saß und ihren Kaffeebecher mit beiden Händen umklammerte. Ich fragte mich insgeheim, wie vertraut die beiden tatsächlich miteinander waren.

„Wie ich hörte, waren Sie heute Mittag bei der Polizei, Torn.“

Ich nickte.

Nach unserem Besuch der Küstenvilla war dies unser nächster Halt gewesen. Hanne hatte zwar versucht, zu protestieren, hatte aber schließlich doch eingelenkt.

Um es kurz zu machen: Ich versprach mir nicht viel von dieser Aktion, aber ich hatte das Gefühl, es Sarah Maynes schuldig zu sein.
Der Beamte in Flensburg hatte meine Aussagen bezüglich Sarahs Verschwinden zu Protokoll genommen. Ich war nicht umhin gekommen, einen großen Teil meiner Krankheitsgeschichte zu schildern. Dabei hatte ich mehrfach registriert, wie der Beamte seine Brauen gehoben und mich fragend angeblickt hatte.
„Ich nehme an, dass sich die Polizei mit Ihnen in Verbindung gesetzt hat?", fragte ich und blickte Degner über den Tisch hinweg an.
Er lächelte entschuldigend. „Ich wurde kurz zu Ihrer Krankengeschichte befragt und zu den Medikamenten, die Sie einnehmen. Natürlich habe ich mich auf die ärztliche Schweigepflicht berufen, aber ich denke, wir alle wissen vermutlich, was der Anruf bei mir bedeutet?"
„Sie ziehen seine Aussagen in Zweifel", brachte Hanne es auf den Punkt.
Degner breitete die Hände aus. „Das steht zu befürchten. Aber wir sollten jetzt nicht den Kopf in den Sand stecken. Zunächst einmal ist es begrüßenswert, dass Sie hier untergekommen sind, Torn. Was Sie brauchen, ist echte Gesellschaft. Und ich könnte mir keine charmantere vorstellen."
Der Arzt lächelte der Apothekenangestellten über den Tisch hinweg zu, bevor er einen genießerischen Schluck aus seiner Teetasse nahm.
„Übertreiben Sie es nicht, *Doktor* Degner", gab Hanne mit einem leisen Lächeln zurück. Ihr Blick wanderte zu mir herüber. „Außerdem weiß ich noch gar nicht, ob Hendrik mein Angebot, für ein paar Tage hier unterzukommen, überhaupt annehmen will."
„Meine Erfahrungen und Erlebnisse während der Zeit im Krähennest waren nicht besonders ruhmreich, fürchte ich", lenkte ich ein, während ich meinen schwarzen

Tee mit einem Spritzer Milch und reichlich Zucker verrührte.
„Ich halte es für das Beste, wenn Sie nach diesen verstörenden Erfahrungen für ein paar Tage … nicht allein sind.“
Ich war mir ziemlich sicher, dass Degners Satz ursprünglich mit der Formulierung *unter Beobachtung stehen* enden sollte, sagte aber nichts dazu.
„Wie auch immer“, schloss er, nachdem er einen großen Schluck Tee zu sich genommen hatte, „ich werde alles in meiner Macht stehende tun, um Ihnen zu helfen. Wie sehen denn nun Ihre nächsten Schritte aus, Torn?“
„Ich habe mir gedacht, dass wir gleich noch zum Hausverwalter Lausen rausfahren. Ich würde gerne hören, was er mir über Fasold erzählen kann. Im Anschluss fahren wir zu Heidrun Schwarz. Ich habe zwar ihre Festnetznummer, aber es geht niemand dran.“
Degner schürzte abwiegend die Lippen. „Wie auch immer, ich wünsche Ihnen beiden viel Glück dabei. Sie sollten nur darauf achten, dass Sie sich nicht in irgendwas verrennen, Torn. Wenn Sie feststellen, dass Sie irgendwo auf Granit beißen, dann lassen Sie am besten von der Sache ab. Vielleicht ist es eh das Gescheiteste, wenn Sie jetzt erst mal ein wenig zur Ruhe kommen.“
„Das kann ich erst, wenn ich weiß, was passiert ist, Doktor“, erwiderte ich.
Degner nickte mir entschlossen zu. „Das verstehe ich nur zu gut. Ich würde an Ihrer Stelle vermutlich auch nicht anders handeln.“
Wir brachen auf, kurz nachdem Degner gegangen war.
Hanne Brückner bewohnte eine kleine Dreizimmerwohnung in Glücksburg, von deren Balkon aus man einen Blick auf die Ostsee werfen konnte, die an diesem Tag grau und aufgewühlt war.
Draußen auf der Straße empfing uns ein schneidender Wind, der an unseren Jacken und Kapuzen zerrte.

Hannes Wagen parkte in der Straße vor dem Haus. Bis zu Lausens Büro mussten wir nicht weit fahren. Es befand sich mitten in einem hauptsächlich gewerblich genutzten Gebäudekomplex in der Nähe des Marktplatzes.
Eine Vorzimmerdame mittleren Alters sah uns über den Rand ihrer Gleitsichtbrille hinweg an.
„Zu Herrn Lausen wollen Sie? Da werden Sie wenig Glück haben, er ist gerade auf dem Sprung zu einem Termin, und ich weiß nicht, ob …"
Hinter ihr öffnete sich eine Tür. Auf der Schwelle stand Ingo Lausen, eine Aktenmappe unter dem Arm.
Als sein Blick auf mich fiel, weiteten sich seine Augen ein Stück weit.
„Na sowas. Herr Torn. Sind Sie wegen des Krähennests hier?"
Ich schüttelte den Kopf. „Mit dem Haus ist alles in Ordnung. Ich hätte Sie nur gerne kurz gesprochen, wenn es möglich ist."
Lausen warf einen kurzen Blick auf seine Armbanduhr. „Eigentlich wollte ich gerade … ach, wissen Sie was? Kommen Sie kurz in mein Büro, auf die paar Minuten kommt es jetzt auch nicht mehr an." Er lachte nervös und deutete mit der Aktenmappe in sein Büro, das mit seinen vollgestopften Regalen und einem kniehohen Tisch mit einer Flut von Flyern und Prospekten hoffnungslos überladen wirkte.
„Bitte setzen Sie sich doch", sagte Lausen und wies Hanne und mir die beiden Besucherstühle an. Er legte seine Mappe beiseite, setzte sich, faltete seine Hände und sah mich erwartungsvoll an. „Was kann ich für Sie tun, Herr Torn?"
„Zunächst einmal möchte ich Sie darüber informieren, dass das Krähennest ab sofort wieder leer steht. Ich hole nachher meine letzten Sachen dort ab."
„Waren Sie nicht zufrieden?", fragte der Mann von der Gebäudeverwaltung.

„Doch, doch“, wiegelte ich ab, „es war alles in bester Ordnung. Vermutlich ist die Sache mit der Treppe nur einfach noch zu beschwerlich für mich.“ Ich deutete scherzhaft auf meine Beine.
„Ah“, machte er und nickte mit einem unsicheren Lächeln. „Das tut mir leid. Ich fürchte nur, dass ich Ihnen die Vorauszahlung nur zu einem kleinen Teil zurückerstatten kann.“
„Machen Sie sich darum keine Sorgen“, sagte ich.
Er wirkte erleichtert. „Das trifft sich gut. Ich habe nämlich schon eine neue Anfrage erhalten. Aber, hm, wenn es Ihnen nicht darum geht, frage ich mich, was ich ansonsten für Sie tun kann. Möchten Sie vielleicht ein anderes Objekt mieten?“
„Ich hätte gerne eine Auskunft von Ihnen“, rückte ich mit der Sprache heraus. „Sie betrifft den Bungalow neben dem Krähennest. Der wird doch ebenfalls von Ihrer Gesellschaft verwaltet?“
„Ja, sicher“, kam es schnell zurück. „Die Nummer Siebzehn. Was ist damit?“
„Das Haus war bis vor kurzem noch vermietet. An einen Erich Fasold, wenn ich richtig informiert bin.“
Lausen blinzelte. Dann zog er eine Schublade auf und fischte aus dem Hängeregister eine braune Akte.
„Fasold, ja. Ich erinnere mich an den Namen. Stimmt etwas nicht mit dem Mann?“
„Warum fragen Sie?“, wollte ich wissen.
Lausen kratzte sich an der Nase. „Nun, wir haben alles telefonisch abgewickelt. Ich habe ihn quasi gar nicht zu Gesicht bekommen.“
„Wie funktioniert das?“, schaltete sich Hanne an meiner Seite ein.
Lausen schlug die Akte auf und blätterte scheinbar ziellos darin herum. „Die Anfrage zur Reservierung kam telefonisch. Der Rest wurde per Email abgewickelt, und die Miete inklusive aller zusätzlich anfallenden Kosten hat

Herr Fasold bereits im Voraus beglichen. Da er recht spät angereist ist, habe ich den Schlüssel für das Haus an einem telefonisch vereinbarten Platz hinterlegt."
„Verstehe", antwortete ich. „Hat Herr Fasold zufällig irgendwann erwähnt, was er vorhatte oder für wie lange er bleiben wollte?"
Lausen kaute auf seiner Unterlippe herum. „Sie wissen schon, dass es sich dabei um vertrauliche Informationen handelt, oder?"
„Ich würde auch komplett auf die Rückerstattung meiner Vorauszahlung verzichten", erinnerte ich.
Lausen lachte und hob abwehrend die Hände. „Nun, ich fürchte, ich kann Ihnen über diesen Fasold gar nicht mehr erzählen. Als Wohnanschrift hat er in seinen Unterlagen Oldenburg angegeben. Er ist pensioniert und wollte sich unten am Strand lediglich ein paar Tage erholen. Nun ja, er hat den Bungalow für einen Monat gemietet."
„Haben Sie da unten mal nach dem Rechten gesehen?", fragte ich.
„Nein", gab er unsicher zurück. „Sollte ich das denn? Ich meine, stimmt da etwas nicht?"
„Keine Ahnung", antwortete ich. „Aber Sie werden sicher feststellen, dass der Bungalow geräumt ist. Fasold und die beiden anderen sind weg."
„Welche beiden anderen?", fragte Lausen. „Er ist in Begleitung gekommen? Wenn ich mich recht erinnere, erwähnte er nur einmal etwas von seiner Sekretärin. Naja, ich nahm an, dass er … sich mit der jungen Dame ein paar schöne Tage am Strand machen wollte."
„Das hat er ganz sicher", antwortete ich und tauschte einen kurzen Blick mit Hanne.
„Nun, jedenfalls hat er sich bei mir nicht abgemeldet", schloss Lausen. „Aber Moment mal, es könnte höchstens sein, dass …" Er vollendete seinen Satz nicht, sondern war mit wenigen Schritten bei der Tür zum Vorzimmer.

„Frau Meincke, sind heute im Laufe des Tages noch Schlüssel abgegeben worden?“
Hanne und ich hörten die beiden im Vorzimmer ein paar Worte miteinander wechseln. Dann war Lausen zurück. In seiner Hand hielt er einen blauen Plastikanhänger, an dem zwei Hausschlüssel befestigt waren.
„Das sind die Schlüssel zum Bungalow“, erklärte er. „Wurden heute Morgen in den Briefkasten der Firma geworfen.“
„Sie wissen nicht zufällig, von wem?“, fragte ich.
„Nein.“ Lausen ließ die Schlüssel durch seine Finger gleiten, während er mich ansah. „Ich hoffe, ich konnte Ihre Fragen zu Ihrer Zufriedenheit beantworten, Herr Torn?“
„Sie haben sich redlich Mühe gegeben“, antwortete ich.
„Stimmt denn etwas nicht mit diesem Mann?“, hakte er erneut nach. „Gab es Streit oder so?“
Hanne und ich standen gleichzeitig auf. „Sagen wir, ich hatte eine kleine Meinungsverschiedenheit mit ihm und dem Mann, der sich als sein Pfleger ausgegeben hat.“
Lausen blickte mich irritiert an.
Ich langte in meine Tasche und holte meine Brieftasche heraus. Ich zog einen Zwanziger hervor, den ich kleinfaltete und zusammen mit meiner Visitenkarte an Lausen übergab. „Sollten Sie noch etwas von Fasold hören, geben Sie mir bitte sofort Bescheid. Gleiches gilt für seine Begleiter Frau Stefanie Sillner und Herrn Malte Beck. Bitte merken Sie sich die Namen gut.“
Lausen nickte beflissen, während er Schein und Karte in seiner Hosentasche verschwinden ließ. „Beck und Sillner, alles klar.“
Ich wollte mich schon zum Gehen wenden, als mir noch etwas anderes einfiel. „Ach, und die Adresse von Frau Schwarz benötige ich. Heidrun Schwarz. Wenn Sie mir die gerade noch aufschreiben könnten?“

Wenig später traten wir auf den Marktplatz hinaus, der um diese Zeit wie leergefegt war. Wir überquerten ihn, um zu Hannes Wagen zu gelangen.
Als ich mich noch einmal kurz umdrehte, glaubte ich, hinter den Fensterjalousien der Gebäudefirma einen Schatten zu erkennen, der uns beobachtete.
Wir hatten gerade Hannes Wagen erreicht, als mein Handy klingelte.
„Hallo Torn. Degner hier."
„Mein Freund und Helfer", sagte ich mit leicht spöttischem Unterton, während ich mich auf den Beifahrersitz fallen ließ und die Tür hinter mir schloss. „Was gibt es?"
„Ich habe ein bisschen herumtelefoniert", drang es an mein Ohr. „Sie wissen schon, bezüglich dieses Erich Fasold."
Sofort waren meine Sinne hellwach. „Erzählen Sie, was Sie herausgefunden haben."
Degner ließ sich nicht lange bitten.
„Ich habe herausbekommen, wo er in Behandlung ist. Es war gar nicht so einfach, aber wenn man weiß, wen man fragen kann, findet man meist Mittel und Wege."
„Spannen Sie mich nicht lange auf die Folter", sagte ich ungeduldig. „Was ist mit Fasold?"
Ich tauschte einen kurzen Blick mit Hanne, die den Zündschlüssel bereits ins Schloss geschoben hatte, sich aber noch Zeit damit ließ, ihn herumzudrehen.
Ich stellte geistesgegenwärtig den Lautsprecher meines Handys an, so dass auch sie dem Gespräch folgen konnte. Ich tat es auch deswegen, um Zeugen zu haben. Egal, was ich im Augenblick unternahm, die Gegenwart eines Zeugen konnte nicht schaden.
„Der Name seines Arztes tut nichts zur Sache", sagte Degner gerade. „Auch wenn er ein alter Freund von mir ist. Für Sie ist es vielleicht wichtig zu wissen, dass Fasold schwer krank ist. Vor drei Monaten wurde bei ihm Bauch-

speicheldrüsenkrebs diagnostiziert. Bisher hat er einer Behandlung widersprochen. Stattdessen ist er weggefahren. Seine Familie weiß allerdings nicht, wo er sich aufhält."
„Das sind interessante Neuigkeiten", stellte ich fest.
„Ich habe mit einem seiner beiden Söhne telefoniert", kam es aus dem kleinen Lautsprecher des Handys. „Der Mann schien mir auf Draht zu sein. Aber er wusste nichts von einem Malte Beck oder einer Stefanie Sillner. Diese Namen sagten ihm überhaupt nichts. Und er behauptete, Fasolds sämtliche Angestellte zu kennen, nicht nur die aus der Firma, sondern auch die aus dem Privathaushalt."
„Danke, Doktor", antwortete ich.
„Ich weiß nicht, ob Ihnen das etwas weiter hilft. Aber es belegt zumindest, dass Sie Fasold tatsächlich getroffen haben. Was auch immer er tatsächlich am Strand getrieben hat."
Ich hätte ihm dazu meine Ansichten mitteilen können, beließ es aber dabei, mich noch einmal für seine Mühe zu bedanken.
Ich legte auf, und Hanne startete den Motor. Ich machte mich darauf gefasst, alte Bekannte wiederzutreffen.

- 22 -

„Da vorne ist es“, sagte ich und deutete auf einen Häuserblock auf der rechten Straßenseite. Wir befanden uns in der Nähe des Kurparks, von dem aus man direkt an den Glücksburger Strand gelangte.
Hanne Brückner suchte nach einer geeigneten Parklücke und fand schließlich eine auf der rechten Straßenseite.
Wir verharrten einen Moment auf unseren Sitzen, bevor wir ausstiegen.
„Hältst du mich für verrückt?“, fragte ich sie gerade heraus.
„Am Anfang schon ein wenig“, räumte sie ein. „Du musst immerhin zugeben, dass deine Story ziemlich abgefahren klingt. Aber auf der anderen Seite …“ Sie blickte nach vorne durch die Windschutzscheibe. Dann drehte sie sich zu mir, nahm meine Hand.
„Hör’ zu, ich werde dir helfen, den Dingen auf den Grund zu gehen, ok? Allein schon deinetwegen. Ich finde die Vorstellung ziemlich gruselig, wenn man nicht genau weiß, was von dem Erlebten wahr ist und was nicht. Aber wir kriegen es raus, ok?“
Ich zwang mich zu einem Lächeln, beugte mich zu ihr herüber und küsste sie. „Ok.“
Wir stiegen aus und gingen die wenigen Meter bis zum Haus zurück, das ein wenig abseits der Straße lag. Man gelangte dorthin über einen Weg aus überwiegend gebrochenen Waschbetonplatten.
Der Eingang befand sich auf der straßenabgewandten Seite. Hannes Blick wanderte über die Tafel mit den Klingelknöpfen, fand den richtigen und drückte ihn.
Nichts geschah. Niemand betätigte den Türsummer.
Ich trat an Hannes Seite und drückte wahllos mehrere andere Knöpfe. Als wir ein schnarrendes Geräusch vernahmen, drückte ich mich gegen die Tür.

„Und wenn sie nun tatsächlich nicht zu Hause ist?“, fragte Hanne, während wir in den düsteren Hausflur eintauchten.
„Das wird sich zeigen“, antwortete ich. „Vielleicht haben wir die Möglichkeit, mit jemandem hier im Haus zu sprechen.“
Wir mussten bis in den zweiten Stock hinauf, wo sich die Wohnung von Heidrun Schwarz befand.
Doch auch hier öffnete niemand auf unser Klingeln hin.
Also versuchte ich es bei der Wohnung gegenüber, hinter der ich das Geräusch eines eingeschalteten Fernsehers vermutete. Es dauerte eine Weile, bis uns geöffnet wurde.
Ein älterer Mann mit dünner, randloser Brille sah uns über die Türkette, die knapp unterhalb seiner Nasenspitze verlief, hinweg an.
„Was wünschen Sie?“
„Ich möchte zu Heidrun Schwarz von gegenüber“, sagte ich. „Aber sie scheint nicht da zu sein. Können Sie uns da vielleicht weiterhelfen?“
Der Alte räusperte sich lautstark. „Aber sie muss da sein. Ich habe sie erst vor einer Stunde etwa vom Einkaufen zurückkommen sehen. Es sei denn, sie ist danach nochmal weggefahren.“
„Besten Dank, und Entschuldigung für die Störung“, sagte ich und hob meine Hand zum Gruß.
„Vielleicht hat sie die Klingel nur nicht gehört“, rief uns der Alte durch den Spalt hinterher, bevor er dir Tür langsam ins Schloss drückte.
„Oder sie wollte sie nicht hören“, sagte ich zu Hanne, während wir uns wieder hinüber auf die andere Seite begaben.
Ich klingelte erneut und war wenig überrascht, auch dieses Mal keine Reaktion zu erhalten.
Also verfiel ich auf eine andere Taktik und klopfte an.
„Frau Schwarz? Ich weiß, dass Sie da sind. Bitte machen Sie auf, ich muss dringend mit Ihnen sprechen.“

Hanne und ich sahen uns an, unsere Oberkörper leicht zur Tür gebeugt. Und tatsächlich glaubten wir kurz darauf aus der Wohnung Schritte zu hören.
„Was wollen Sie?“, fragte eine gedämpfte Stimme, die ich jedoch eindeutig unserer gesuchten Person zuordnen konnte.
„Wie ich schon sagte: Mit Ihnen reden.“
Stille.
Wir wussten, dass die Schwarz direkt hinter dem Türblatt stand. Was tat sie? War sie aufgeregt, blickte sie durch den Türspion? Hoffte sie, dass wir wieder gingen?
Den Gefallen wollte ich ihr nicht tun.
„Frau Schwarz, jetzt machen Sie schon auf. Sie wissen, warum ich gekommen bin. Öffnen Sie oder ich rufe die Polizei.“
Der letzte Satz war nichts weiter als ein Bluff gewesen, denn was hätte ich den Beamten immerhin erzählen können, was halbwegs glaubhaft gewesen wäre?
Dennoch hörten wir, wie die Kette gelöst wurde. Dann öffnete sich die Tür ungefähr um dieselbe Spaltbreite wie kurz zuvor direkt gegenüber.
„Ich wüsste nicht, worüber wir zu reden hätten“, sagte Heidrun Schwarz beinahe tonlos.
Ihr Gesicht wurde durch Tür und Zarge eingerahmt. Heidrun Schwarz schien über Nacht um Jahre gealtert. Unter ihren Augen lagen dunkle Ringe, die davon zeugten, dass sie in den letzten vierundzwanzig Stunden nicht geschlafen hatte.
„Wo ist Ihr Sohn?“, fragte ich. „Wie geht es ihm?“
„Es geht ihm gut“, antwortete sie hastig, als hätte sie diese Antwort einstudiert.
„Wo ist er? Ich möchte gerne mit ihm sprechen.“
Sie presste ihre Lippen aufeinander. „Er ist nicht hier. Er … ist noch mal weggegangen. Mit Freunden.“
„Das glauben Sie doch selbst nicht“, entfuhr es mir. „Bitte lassen Sie uns rein, wir müssen …“

„Nein“, kam sie mir zuvor. Sie hatte ihr Kinn dabei energisch vorgestreckt. „Bitte gehen Sie.“
Hanne und ich sahen uns kurz an. Irgendetwas stimmte hier nicht. Das war so deutlich, dass auch meine Begleiterin es spüren musste.
„Was ist los, Frau Schwarz?“, hakte ich nach. „Warum wollen Sie uns nicht reinlassen? Ist es wegen Gunnar?“
Und plötzlich kam mir ein Gedanke, der in meinem Innern wie ein Lauffeuer um sich griff.
„Er befindet sich noch immer in der Gewalt von Beck, habe ich recht?“
Sie antwortete nicht. Heidrun Schwarz stand hinter ihrer Tür und starrte mich an. Ihre Augen verrieten, dass sie seit gestern fast ununterbrochen geweint haben musste.
„Frau Schwarz“, fuhr ich flehend fort, „ich sehe doch, was hier los ist. Sagen Sie mir, was passiert ist, nachdem ich letzte Nacht das Haus verlassen habe. Was ist mit Beck und den anderen? Wo sind sie hingefahren?“
Sie verschränkte ihre Arme vor der Brust. „Ich weiß nicht, wovon Sie reden. Bitte lassen Sie mich in Ruhe. Gehen Sie.“
Für einen Augenblick stand ich stumm da.
„Sie wissen Bescheid, habe ich recht?“, unternahm ich einen erneuten Versuch. Dieses Mal jedoch ließ ich meiner Verbitterung freien Lauf.
„Man hat Sie gehen lassen und dafür Gunnar mitgenommen. Beck hat Ihnen gedroht, Ihren Sohn umzubringen, wenn Sie auch nur ein Wort zu irgendjemandem sagen. Und vor mir wird er Sie besonders gewarnt haben. Was ist? Glauben Sie wirklich, Beck beobachtet Sie? Glauben Sie ernsthaft, dass er Ihren Sohn am Leben lassen wird, wenn Sie schweigen?“
Ich spürte, wie Hanne mich sanft am Arm fasste und versuchte, mich von der Tür wegzuziehen.
Ich musste mich beherrschen, ihre Hand nicht abzuschütteln.

„Sagen Sie mir endlich, was passiert ist, verdammt!“, rief ich. „Was ist mit Sarah passiert? Reden Sie!“
„Hendrik, bitte“, sagte Hanne leise und verstärkte ihren Druck auf meinen Arm.
„Ich habe Ihnen nichts zu sagen“, antwortete Heidrun Schwarz. Die Worte kamen als ein Flüstern über ihre Lippen. Dann zog sie ihren Kopf weg und beeilte sich, die Tür zu schließen.
Ich hob meine Faust, um sofort wieder zu klopfen, erkannte jedoch, dass es keinen Sinn machte.
Langsam ließ ich meine Hand sinken.
„Da hast du's gesehen“, sagte ich zu Hanne. „Die Frau lügt.“
„Ja“, gab sie nachdenklich zu. „Das war ziemlich offensichtlich. Genauso klar war aber auch, dass sie Angst hat, Hendrik.“
„Natürlich“, erwiderte ich. „Vor Beck. Er hat ihren Sohn in seiner Gewalt. Der Junge ist inzwischen mehr tot als lebendig. Aber sie will es nicht wahrhaben und schweigt lieber.“
Die letzten Worte hatte ich deutlich lauter gesprochen, da ich wusste, dass Heidrun Schwarz noch immer auf der anderen Seite der Tür war und lauschte.
Ich spürte in mir ein Gefühl der Verzweiflung aufkeimen. Es ballte seine Fäuste in meinem Magen und schoss mir in einem heißen Strahl die Speiseröhre hinauf.
Ich wandte mich von der Tür ab. Gemeinsam mit Hanne bewegte ich mich die Treppenstufen hinunter.
Wir waren noch nicht weit gekommen, als wir aus der Wohnung über uns ein verzweifeltes Schluchzen hörten.

- 23 -

Einige Tage vorher …

Nicht oft im Leben geschieht es, dass sich die Dinge so fügen, wie man sie gerade braucht. Und dies vor allem zu einem Zeitpunkt, an dem man es am dringendsten benötigt. Erich Fasold verspürte dieses Gefühl in exakt diesem Augenblick. Er fühlte sich so gut wie schon lange nicht mehr. Die Schmerzen, die seit ein paar Tagen seinen Alltag bestimmten und davon kündeten, dass er sich nicht nur auf der Zielgeraden seiner persönlichen Lebensautobahn befand, sondern er bereits den Kerl mit der schwarzweiß karierten Fahne erkennen konnte, ließen schlagartig nach.
Er kannte den Mann auf dem Rücksitz. Oh ja, selbstverständlich hatte er sich Mühe gegeben, sein Aussehen zu verändern. Aber welche Möglichkeiten dazu besaß man schon, wenn man sich auf der Flucht befand?

Vierzehneinhalb Minuten vorher …

„Es ist eine Art Mission, wenn Sie so wollen“, erklärte Fasold, auch wenn er nicht sicher war, wieviel davon die blonde Nuss am Steuer verstand. Um ganz sicherzugehen fügte er hinzu: „Ich will mir einen letzten, großen Lebenstraum erfüllen, bevor es mich dahinrafft, Sie verstehen? Und Sie sollen mir dabei helfen. Sie brauchen nichts weiter tun, als mich von A nach B zu fahren, entweder in dem verdammten Rollstuhl oder in diesem schnieken Wagen. Er gefällt Ihnen doch, Mädchen?“
Das Mädchen nickte.
„Ich frage nur, weil Sie ziemlich unsicher am Steuer wirken“, fügte Fasold hinzu.
„Ich bin noch nie einen so großen Wagen gefahren“, antwortete Stefanie Sillner ein wenig kleinlaut.

„Aber den Führerschein besitzen Sie schon?“, hakte Fasold vom Beifahrersitz argwöhnisch nach.
Sie nickte.
Fasold schien beruhigt. Einigermaßen beruhigt. Einen höheren Zustand würde er vermutlich nicht mehr erreichen.
„Sie hatten mir was versprochen“, erinnerte Stefanie den alten Mann.
Fasold zog seine Stirn kraus und überlegte für zwei Sekunden ernsthaft, was die kleine Nutte meinen könnte.
„Oh, natürlich“, sagte er und beugte seinen mageren Oberkörper nach vorne. Er zog an dem Hebel des geräumigen Handschuhfachs und wühlte für einen Moment darin herum. Als er seine knorrigen Finger herauszog, befanden sich dazwischen zwei kleine Plastikbeutel, die mit einem weißen Pulver gefüllt waren.
Stefanie Sillner drehte ihren Kopf. Ihre Augen wurden groß. „Woher haben …“
„Augen auf die Fahrbahn, Menschenskind!“, rief Fasold, der das entgegenkommende Fahrzeug als Erster registrierte.
„Shit“, stieß die Sillner aus und riss an dem großen, schwarzen Lenkrad herum.
Der Wagen schlingerte und gelangte wie durch ein Wunder wieder zurück in die Spur, während sich der andere Verkehrsteilnehmer mit einem quäkenden Hupen aus ihrem Leben verabschiedete.
Fasold waren die beiden Beutel in den fast vollständig gelähmten Schoß gefallen. Als er sie aufsammelte, gab er einen ärgerlichen Laut von sich.
„Ganz so eilig habe ich es dann doch nicht. Und Sie hoffentlich auch nicht. Ich hatte angenommen, dass Sie dieses Zeug noch konsumieren wollen.“
„Sorry“, gab Stefanie Sillner zurück und widerstand dem Drang, dem alten Knacker noch einmal auf die Finger zu starren.

„Ist mir sowieso ein Rätsel, wie man sein Leben so wegwerfen kann“, krächzte Fasold, der sich mit einem weißen Leinentuch die beinahe ebenfarbige Stirn abtupfte. „Ich meine, früher haben wir auch einiges konsumiert, aber irgendwann war uns doch klar, dass wir unser Leben selbst bestimmen und etwas aus uns machen wollten.“ Er war der jungen Frau auf dem Fahrersitz einen verächtlichen Blick zu.

„Wie lange machen Sie das eigentlich schon?“

Sie fuhr sich mit der Zunge über die Lippen. „Was genau meinen Sie? Den Straßenstrich oder das Kokain?“

„Pfffft“, machte Fasold, während er das Tuch wegsteckte. „Je nachdem, was zuerst da war.“

„Koksen tu ich schon seit der achten Klasse“, erklärte sie ohne zu zögern.

„Die vermutlich auch die letzte Klasse für Sie war“, ergänzte er, während er durch die Seitenscheibe in die Nacht hinausblickte. Irgendwo vor ihnen lag Flensburg, da mussten sie von der Autobahn runter. Vorausgesetzt, die dumme Gans fand rechtzeitig Bremse und Blinker. Wobei er bei letzterem durchaus bereit war, nicht päpstlicher zu sein als …

„Irrtum“, platzte die Sillner dazwischen. „Ich bin bis zur Neunten gegangen und hab’ meinen Hauptschulabschluss gemacht.“

„Gratuliere“, knurrte Fasold.

„Aber ab dann ging’s bergab“, gestand sie. In ihren Blick trat ein seltsam verklärter Ausdruck. „Bin zu Hause rausgeflogen, nachdem ich keine Lehrstelle gekriegt hab’. Ich bin bei Freunden untergekommen, denen es genauso ging. Die haben mich dann mit dem Zeug da in Ihrem Handschuhfach in Kontakt gebracht. Und irgendwann kam ich davon nicht mehr weg. Und ich musste mir was einfallen lassen, um an die nötige Kohle heranzukommen.“

„Und da fingen Sie an, Ihren Körper zu verkaufen“, folgerte Fasold. Er sah sie schräg von der Seite an.

Sein Blick wanderte über die Rundungen unter ihrer offenen Jacke. Die Stelle, über der der Gurt sich wölbte.
„Und wie lange, denken Sie, können Sie das noch machen?"
Sie zuckte mit den Schultern. „Keine Ahnung. So lange wie nötig eben."
„So lange wie nötig?", fragte er. Fasold hatte die Stirn kraus gezogen. „Wozu ist das überhaupt nötig? Hätten Sie was Anständiges gelernt, müssten Sie das nicht machen. Himmel, was würde ich dafür geben, noch einmal so jung wie Sie zu sein."
„Ach ja?", machte sie. „Wenn Sie sich das mal nicht zu einfach vorstellen. Denken Sie vielleicht, ich hab' mir dieses Leben gewünscht? Ich wär' sofort dafür, mit Ihnen zu tauschen. Dann hätte ich es bald hinter mir."
Fasold schüttelte den Kopf. „Das haben Sie so oder so, wenn Sie so weitermachen. Da vorne ist unsere Ausfahrt."
Stefanie Sillner antwortete nicht. Sie legte den Blinker und bugsierte den Geländewagen auf die Abbiegespur.
„Fahren Sie jetzt immer geradeaus", wies sie Fasold an. „Dann gelangen Sie automatisch auf die Osttangente."
Fasold begegnete Steffis fragendem Blick und fügte hinzu: „Das ist eine Umgehungsstraße."
Er griff erneut in das Handschuhfach und zog einen Tabakbeutel heraus, in dem sich eine gute Handvoll Joints befand. Er steckte einen davon mit seinem Feuerzeug an und reichte ihn weiter.
„Hier", sagte er, „damit Sie etwas ruhiger werden."
Sie packte das glühende Papierröllchen, steckte es sich zwischen die Lippen und zog kräftig daran.
Dann streckte sie ihr Kinn leicht nach vorn und blies den Rauch gegen die Decke.
„Danke", sagte sie. „Sollten Sie auch mal probieren. Wegen Ihrer Schmerzen."
„Woher wollen Sie wissen, ob ich Schmerzen habe oder nicht?", fragte Fasold.

Sie tat einen weiteren Zug, hielt den Joint jetzt zwischen den Fingern ihrer rechten Hand, die locker auf dem Lenkrad lag.
„Sie sind nicht der erste Kr… Gelähmte, mit dem ich es zu tun habe. Außerdem stimmt noch was anderes mit Ihnen nicht. Ich hab' Sie beobachtet, wie Sie sich in die Seite greifen und dabei das Gesicht verziehen."
„Interessant", erwiderte Fasold und überlegte ernsthaft, ob er seine Meinung über die Frau am Steuer nicht vielleicht zu leichtfertig gefasst hatte.
Vielleicht, dachte er, werde ich ihren Rat sogar irgendwann demnächst befolgen.
Über die Osttangente gelangten sie aus dem Raum Flensburg heraus und näherten sich Glücksburg auf merkwürdig verschlungenen Pfaden, die in der Dunkelheit alle gleich aussahen.
Auf einem dieser Wege passierte es, dass ihr Scheinwerfer eine Gestalt erfasste, die es nicht schnell genug schaffte, sich im Schutz des Knicks zu verbergen.
Stefanie Sillner nahm automatisch den Fuß vom Gas, wurde zusehend langsamer.
„Gut, dass wir den rechtzeitig gesehen haben", sagte sie mit einem leichten Grinsen.
„Geben Sie das her", entgegnete Fasold barsch und riss ihr den halb gerauchten Joint von den Lippen.
„Hey, was soll denn das?", protestierte sie.
Fasold ließ das Fenster der Beifahrertür herunterfahren und warf die Kippe hinaus. Im Seitenspiegel erkannte er, wie sie aufglühend vom Fahrtwind erfasst und davongetragen wurde.
„Halten Sie an", sagte Fasold, einer plötzlichen Eingebung folgend.
„Ich soll was?"
„Halten Sie an. Fragen Sie, ob wir ihn mitnehmen können."

„Sie haben schon echt krasse Ideen“, gab die Sillner zurück. „Muss man Ihnen echt lassen.“
Sie verlangsamte das Tempo weiter, bis sie im Schritttempo neben dem einsamen Wanderer her fuhr. Auch sie hatte inzwischen die Scheibe heruntergelassen.
„Na? So spät noch ganz allein unterwegs?“, fragte Steffi.
Der Mann ging stur weiter. Es war kaum mehr von ihm zu sehen als die hellblaue Jeans, die über braune Lederstiefel gestülpt war. Im Hosenbund steckte ein breiter, schwarzer Gürtel. Darüber befand sich der Ansatz einer Jeansjacke, unter der sich ein ziemlich breites Kreuz verbarg.
„Sagen Sie ihm, er soll anhalten“, drängte Fasold vom Beifahrersitz.
„Fragen Sie ihn doch selber“, gab Steffi zurück, der die Sache nicht ganz geheuer zu sein schien.
„He Sie“, rief Fasold etwas lauter, „können wir Sie vielleicht ein Stück mitnehmen?“
Der Fremde blieb stehen. Jetzt drehte er sich sogar zu ihnen um, beugte sich leicht herunter und kam Stefanie Sillner das erste Mal sehr, sehr nah.
„Kommt drauf an, wohin Sie fahren“, sagte der Mann.
Blicke trafen sich. Fasold genügte genau einer, um zu wissen, warum der Kerl sich ihren Scheinwerfern hatte entziehen wollen. Dazu brauchte er nicht erst die Ausgabe der Flensburger Nachrichten von heute Morgen aus dem Handschuhfach zu ziehen.
„Ich schätze, wir können Sie dahin bringen, wo es sicher ist und wo niemand dumme Fragen stellt“, antwortete Fasold.
Neben ihm blinzelte Steffi Sillner irritiert und fragte sich insgeheim, warum der Alte plötzlich in Rätseln sprach.
Aber die beiden Männer schienen sich immerhin zu verstehen, denn der Fremde gab sich einen Ruck und riss die hintere Tür auf.
Eiskalte Luft strömte herein.

Hastig ließ die Sillner die Fahrerscheibe wieder hochschnellen.
„Sehr freundlich von Ihnen", sagte der Mann auf dem Rücksitz. „Würden Sie mir verraten, wer Sie sind?"
„Fasold", gab der Alte gut gelaunt zurück. „Erich Fasold. Aber der Name tut im Grunde nichts zur Sache. Wir sind auf dem Weg nach Holnis, wo wir für ein paar Wochen einen Strandbungalow gemietet haben. Und wie ich die Dinge einschätze, könnten wir da draußen etwas Hilfe gebrauchen."
Stefanie Sillner fuhr langsam wieder an, während der Mann hinter ihr sich auf seinem Sitz nach vorne beugte. Sie hörte es am Knirschen des Kunstleders und nahm eine schattenhafte Bewegung im Rückspiegel wahr.
„Und was ist, wenn ich dafür nicht der richtige Mann bin?", kam die Stimme von hinten.
Um Fasolds Lippen spielte ein dünnes Lächeln, als er sich leicht zu dem anderen nach hinten drehte.
„Um ehrlich zu sein, könnte ich mir niemand Geeigneteren für den Job vorstellen. Ich zahle auch gut, da können Sie gerne unsere Prinzessin hier fragen. Es sei denn natürlich, Sie haben schon etwas anderes vor. Dann wollen wir Sie natürlich nicht aufhalten und setzen Sie gerne an Ihrem Ziel ab."
Der Fremde schien zu überlegen. Jedenfalls hüllte er sich für einen Moment in Schweigen.
„Vorausgesetzt, Sie haben überhaupt ein Ziel", fügte Fasold leise hinzu.
Der unfreiwillige Anhalter legte seine Hand um die Stangen der Kopfstütze in Stefanies Nacken.
„Und was genau tun Sie um diese Jahreszeit da draußen am Strand?"
Fasolds Lächeln wurde breiter. „Ich möchte einer Dame einen Besuch abstatten. Sie ist … eine alte Liebe von mir. Sie sollen mir nur helfen, den Kontakt herzustellen,

nichts weiter. Wenn sich Widrigkeiten ergeben sollten …"
„Widrigkeiten?", fragte der Fremde.
Fasold gestikulierte mit seinen Händen herum. „Schwierigkeiten der leichteren Art. Sie könnten uns helfen, sie zu beseitigen. Denken Sie daran, dass ich gut bezahle. Geld spielt keine Rolle."
„Stimmt das, Süße?"
Stefanie spürte, wie der Anhalter seinen Zeigefinger ausstreckte und mit dem weichen Flaum in ihrem Nacken spielte. Ein Schauer lief ihr über den Rücken, und sie spürte, wie sich die kleinen Härchen (solche, die sie nicht epiliert hatte) überall an ihrem Körper aufstellten.
„Das ist wahr", presste sie hervor. „Mir gegenüber war er jedenfalls schon ziemlich … großzügig."
Sie konnte förmlich spüren, wie der Mann in ihrem Rücken lächelte. Er lächelte lange.
„Nun, ich denke, dann bin ich vielleicht tatsächlich genau Ihr Mann", sagte er und lehnte sich zurück.
„Sehen Sie, das habe ich mir gleich gedacht, nachdem ich Sie gesehen habe", antwortete Fasold und bewegte genüsslich seinen Rücken in dem Schalensitz hin und her, bis er eine bequeme Position gefunden hatte.
Eine sehr bequeme.

- 24 -

„NA ALSO", MACHTE Malte Beck zufrieden. „Es geht doch."
Grinsend hielt er den Hörer des Festnetztelefons in die Höhe. „Jemand hier, der mit seinem Baby Boy sprechen möchte?"
Die Frau im beigefarbenen Hosenanzug hob den Kopf. Sie saß auf dem Ende des Doppelbetts, das sich im Nachbarzimmer befand. Die zweiflügelige Verbindungstür stand weit offen.
„Dann komm' her, Mummy", sagte Beck grinsend und hielt Sarah Maynes den Hörer hin. Bevor sie danach greifen konnte, hob er ihn ein Stück höher. Sein Blick verdüsterte sich. „Du wirst ihm nur ganz kurz sagen, dass du in Ordnung bist. Und dass es auch so bleiben wird, wenn er hübsch das tut, was ich ihm gerade gesagt habe, klar?"
Sie nickte und wollte nach dem Hörer greifen.
„Ob das klar ist, habe ich gefragt."
„Ich habe Sie verstanden", presste Sarah hervor und riss Beck das Telefon aus der Hand.
„Martin? Are you ok?"
„Auf Deutsch", sagte Beck und stieß der Frau den Ellenbogen in die Rippen.
Sarah hielt den Hörer an ihr rechtes Ohr gepresst und hörte angestrengt zu. Ein aufmerksamer Beobachter hätte erkannt, dass die Frau mit den Tränen kämpfte, als sie die Stimme ihres Sohnes hörte. Lange genug war sie stark gewesen, doch jetzt schien etwas in ihr zu brechen.
„Es geht mir gut", sagte sie nach einer Weile leise. „Ich bin ok." Ihr Blick wanderte den Weg zurück, den sie eben gekommen war. Auf dem Bett im Nebenzimmer lag Gunnar Schwarz, komplett angezogen, mit verschwitzten Haaren und Gesicht. Er hatte die Augen geschlossen und atmete leise durch den Mund.

„Bitte sei vorsichtig“, antwortete Sarah nach einer Weile, während die Finger ihrer rechten Hand damit begannen, die Telefonschnur aufzuwickeln.
„Das reicht jetzt“, entschied Beck und riss der ehemaligen Sängerin den Hörer grob aus der Hand.
„Sie haben es gehört“, sagte er in die Sprechmuschel. „Seien Sie immer hübsch vorsichtig und schaffen Sie das Geld her, dann wird niemandem etwas passieren.“
Beck legte auf und sah sich zufrieden um.
Sarah Maynes stand neben ihm und deutete durch die offene Verbindungstür. „Er braucht einen Arzt. Sonst wird er an einer Blutvergiftung sterben. Und Sie allein hätten ihn dann auf dem Gewissen.“
Becks Augen funkelten. „Machen Sie es sich da nicht ein bisschen zu leicht, meine Liebe? Denn immerhin waren Sie es, die auf ihn geschossen hat. Oder habe ich da etwas verwechselt?“
Stefanie Sillner, die mit wenig Begeisterung und Ausdauer gelesen hatte, warf die Zeitschrift beiseite und erhob sich aus dem Sessel. Sie wirkte längst nicht so gelassen wie Beck, nicht einmal nachdem sie vor zwanzig Minuten im Bad verschwunden war, um sich eine Line zu ziehen.
So vieles hatte sich plötzlich geändert, seitdem Fasold nicht mehr da war (sie wusste nicht, wo er war und sie traute sich auch nicht, Beck danach zu fragen). Sie hatten an dem Abend seines Todes eine Grenze übertreten, das wusste sie. Aber genauso war ihr klar, dass sie hier eine reale Chance auf das große Geld hatte, wenn sie nur mitzog.
Beck würde sie beteiligen, das hatten sie bereits unter sich ausgemacht. Wobei sie nicht so naiv war zu glauben, dass es sich dabei um eine gerechte Verteilung handeln würde. Nein, das nicht gerade. Aber er würde sie berücksichtigen, und sie würde sich damit zufrieden geben und ihren eige-

nen Weg weitergehen, sobald sich die Chance dazu ergeben würde.
Wenn dies hier endlich vorbei war.
Aber sie hatte das Gefühl, dass der verletzte Bursche ihnen allen einen Strich durch die Rechnung machen konnte. Und außerdem tat er ihr leid. Er war vermutlich durch einen saudummen Zufall in diese Sache geraten. Wie sie alle.
Wenn Fasold nicht sie, sondern eine andere aus dem Wagen heraus angequatscht hätte, wäre sie jetzt immer noch irgendwo da draußen auf den Straßen der Großstadt und würde die Kälte spüren, wie sie an ihren schwarzen Nylons entlang bis unter ihr kurzes Röckchen kroch.
Aber Fasold war Geschichte, und sie tat gut daran, sich gut mit Beck zu stellen. Er war jetzt am Drücker, und die Kohle, die ihr der alte Knacker bisher gegeben hatte, reichte noch nicht aus, um ihrem alten Leben den Rücken zu kehren.
Sie blieb an der Tür stehen, blickte den jungen Mann auf dem Bett an, wie er von Zeit zu Zeit den Kopf hin und her warf und leise stöhnte.
Seine Wunde war inzwischen mit richtigem Verbandszeug versorgt worden (sie selbst hatte die Idee gehabt, dafür den orangefarbenen Kasten aus dem Kofferraum von Fasolds Wagen zu verwenden), aber sie hatte so ihre Zweifel, ob das auf Dauer gut gehen würde. Zudem mochte sie sich nicht vorstellen, wie die Entzündung inzwischen unter den Mullbinden aussah.
„Wie lange noch, bis wir aufbrechen können?“, fragte Stefanie leise, als Beck neben sie getreten war und ihre Hüften umfasste.
„Ich habe eine gute Nachricht für dich, mein Schatz“, raunte ihr Beck von hinten ins Ohr. Sie spürte seinen Atem in ihrem Nacken und musste sich zusammenreißen, um nicht aufzuschreien. Die kleinen Berührungen zwischen

ihnen hatten sie am Anfang angetörnt. Aber das hatte sich geändert. Seit sie gesehen hatte, wozu Beck fähig war. Seit der Zeit, als sie sich Fasolds sterbliche Überreste aus ihrem Haar gewaschen hatte.

Dennoch versuchte sie, sich nichts anmerken zu lassen. Das gehörte zu ihrem Spiel dazu, und sie wollte verdammt nochmal alles daran setzen, eine erstklassige Partie zu spielen.

„Was ist es?“, fragte sie zurück. „Sag mir bitte, dass er auf dem Weg ist und wir heute Nacht noch aufbrechen können.“

Er trat noch näher an sie heran, schob sein Becken gegen ihren Hintern. „Japp. Genauso ist es, Kleines.“

In ihr machte sich eine nahezu grenzenlose Erleichterung breit. Nicht nur um ihretwillen, sondern auch wegen des Verletzten. Je eher sie das hier überstanden hatten, desto größer wurden seine Überlebenschancen.

Sofern Beck überhaupt beabsichtigte, ihn gehen zu lassen. Dieser Gedanke spülte sich immer wieder in den Vordergrund, und jedes Mal fiel es ihr schwerer, ihn wieder zurück zu drängen.

„Wenn alles glatt läuft, sind wir beide morgen um diese Zeit schon auf dem Weg in ein neues Leben.“

Stefanie hörte die gehauchten Worte in ihrem rechten Ohr und fragte sich, wie sie wohl genau gemeint waren. Plante Beck für sie beide zusammen? Sie würde es tunlichst vermeiden, dumme Fragen in diese Richtung zu stellen.

Wenn die Zeit gekommen war, würde sie ihren eigenen Weg gehen. Vielleicht würde sie etwas nachhelfen müssen, ihm das begreiflich zu machen. Doch jetzt hieß es erst einmal, das Spiel mitzuspielen.

Beck küsste ihren Hals. Einmal, zweimal. Dann endlich war es vorbei. Er wandte sich von ihr ab.

„Alles mal herhören“, sagte er mit erhobener Stimme. „Wir werden das verdammte Hotel noch diese Nacht ver-

lassen. Steffi wird die nötigsten Sachen packen und sich um unseren Patienten kümmern.“ Beck trat näher an das Bett heran und wandte sich jetzt direkt an Schwarz.
„Haben Sie gehört, Sie Simulant? Sie haben es bald überstanden. Dann geht’s heim zu Mutti.“
Gunnar Schwarz versuchte, sich aufzusetzen. Sarah kam ihm zu Hilfe, was bereits ein Risiko für sie darstellte, denn Beck hatte zuvor unmissverständlich klargemacht, dass sich niemand ohne seine Erlaubnis dem Patienten nähern durfte.
„Lassen Sie mich hier“, bat Schwarz. Seine Augen waren glasig. Er blickte zwar in Becks Richtung, doch ob er ihn überhaupt erkannte, blieb zweifelhaft.
„Damit Sie gleich von hier aus die Bullen rufen?“, schnappte Beck zurück. „Einen Scheiß werde ich. Sie kommen mit, mein Junge.“
„Nein“, gab der Verletzte stöhnend zurück. „Bitte lassen Sie mich an einem Krankenhaus raus. Ich werde Sie nicht verpfeifen. Allein schon wegen meiner Mutter.“
Beck stieß einen abfälligen Laut aus. „Nichts als Ärger macht dieser Kerl. Ich hätte ihn gleich in Holnis erledigen und mit Fasold zusammen verscharren sollen.“
Stefanie Sillner wandte den Blick in Becks Richtung. Sie sah in seinem Blick etwas, das sie zutiefst beunruhigte.
Beck starrte den Verwundeten mit einer Mischung aus Hass und Abscheu an. Seine Hände ballten sich abwechselnd zu Fäusten und öffneten sich wieder.
„Bitte“, röchelte Gunnar Schwarz in diesem Moment.
Noch ehe Beck explodieren konnte, ergriff Stefanie Sillner die Initiative. Sie hastete in den Raum, auf das Bett zu und kniete sich neben Schwarz, der immer noch umständlich von Sarah gestützt wurde.
„Für Extrawünsche haben wir keine Zeit, ist das klar?“, sagte die Blondine laut und beugte sich dabei über den jungen Mann. Als ihr Gesicht direkt über dem seinen

war, blinzelte sie ihm zu. „Vertrauen Sie mir, sonst bringt er Sie um“, flüsterte sie ihm zu, während sie seinen unverletzten linken Arm packte und ihm dabei half, aufzustehen.
Gunnar Schwarz stöhnte vor Schmerzen auf, ließ es jedoch in der anderen Sache dabei bewenden.
Die Blicke der beiden Frauen trafen sich. Sarah war nahe genug gewesen, um die Worte der Jüngeren ebenfalls zu verstehen. Sie war klug genug, sich nichts anmerken zu lassen.
Gemeinsam gelang es ihnen, Gunnar Schwarz auf die Beine zu helfen. Sie platzierten ihn auf einen Stuhl in der Nähe der Durchgangstür.
„Du wirst dich um das Auschecken kümmern müssen, Schätzchen“, sagte Beck, der die Szene beobachtet hatte, zu seiner Komplizin.
„In Ordnung“, antwortete Stefanie. „Wo ist Geld?“
Beck grinste. „Hat Fasold dir nicht genug zugesteckt, als wir im Strandbungalow waren?“
Die Blondine bewegte ihren Kopf leicht hin und her. „Das war etwas vollkommen anderes. Die Kohle hat er mir dafür versprochen, dass ich ihn fahre, im Bungalow für ihn koche und andere …“
Malte Beck stieß ein hartes Lachen aus. Dann war er plötzlich bei ihr, mit nur einem gewaltigen Satz. Er packte sie im Gesicht und drückte ihre Wangen so fest zusammen, dass ihre Oberlippe einriss und zu bluten begann.
„Jetzt hör’ mir mal gut zu, Kleines. Wir sitzen hier alle im selben Boot, ok? Und wenn ich dir sage, dass du deinen fetten Hintern runterschwingst, um die Rechnung zu bezahlen, dann erwarte ich kein Rumgezicke von dir, sondern …?“
Beck beugte seinen Kopf zu ihr herunter und hielt sein rechtes Ohr demonstrativ an ihren Mund, aus dem jedoch nur unverständliche Laute kamen.

„Sondern?“, fragte Beck noch einmal, nachdem der ihr Gesicht losgelassen hatte.
„Dass ich tue, was du sagst“, antwortete Stefanie mit brüchiger Stimme. Sie fuhr sich mit dem Handrücken vorsichtig über den Mund und betrachtete entsetzt das frische Blut, das hellrot darauf glitzerte.
„Na also, geht doch“, erwiderte Beck mit gespielt guter Laune. „Und jetzt geh’ ins Bad und putz dir dein Gesicht, wenn du an der Rezeption nicht auffallen willst. Und sieh zu, dass du nichts von deinem Zeug hier rumliegen lässt. Du weißt schon.“
Beck zog seinen rechten Zeigefinger unter seiner Nase entlang und machte dabei ein einsaugendes Geräusch.
Etwa zu der Zeit, in der Martin Maynes sich von London aus (wo er gerade erfolgreich eine Summe von etwa einhundertfünfzigtausend englischen Pfund in einem schwarzen Aktenkoffer verstaut hatte) mit seinem Wagen in Bewegung setzte, um damit im späteren Verlauf der Nacht den Eurotunnel zu durchqueren, machten sich Beck und Sillner zusammen mit Sarah und Gunnar Schwarz auf den Weg in die Tiefgarage, wo der dunkelgrüne Hummer SUV geparkt war.
Die beiden Frauen waren mit Schwarz im Fahrstuhl direkt nach unten gefahren, während Beck den Wagen startklar gemacht hatte. Er saß ungeduldig hinter dem Steuer, als die anderen sich endlich näherten.
Schwarz fiel es sichtlich schwer, zu gehen. Er musste gestützt werden, was den beiden Frauen einiges abverlangte. Sarah öffnete die linke Hintertür, und zusammen ließen sie den jungen Mann auf den Sitz sinken.
Aus seiner Kehle drang ein tiefes Ächzen. Gunnar Schwarz legte den Kopf gegen die Stütze und schloss sofort die Augen.
Neben ihm nahm Stefanie Sillner Platz, während der Beifahrersitz für Sarah Maynes bestimmt war.

„Hast du das Parkticket?", fragte Beck, der bereits die Hand nach hinten ausstreckte.
Stefanie kramte in ihrer Jackentasche, bekam für einen Augenblick ein panikartiges Gefühl, bis ihre Finger schließlich doch das kleine Kärtchen mit dem schwarzen Streifen in der Mitte fanden und es Beck in die Hand drückten.
„Dann kann es ja losgehen", sagte Beck grinsend, während er sich das Ticket zwischen die Zähne steckte, den Motor anließ und sich kurz darauf anschnallte.
Die Scheinwerfer blendeten auf und tauchten die weiß getünchte Wand der Tiefgarage für einen Augenblick in gleißende Helligkeit.
Beck setzte den Wagen zurück und jagte ihn mit quietschenden Reifen der Ausfahrt entgegen.
Wenig später waren sie im Freien. Der Stadtverkehr schluckte sie und reihte sie ein in den trägen Strom aus Blech- und Stahlkarossen.
Sie verließen Kiel, wohin es sie aus keinem besonderen Grund verschlagen hatte, außer vielleicht, Holnis nach den letzten Geschehnissen so schnell und so weit wie möglich den Rücken zu kehren.
Beck hatte Martin Maynes die Richtung vorgegeben, in die er sich zu bewegen hatte. Den genauen Treffpunkt würde er ihm später durchgeben, kurz bevor es soweit war. Eine kleine Sicherheitsmaßnahme, die Beck eingebaut hatte. Er setzte auf die Liebe des Sohns zu seiner Mutter. Und dass die im Überfluss vorhanden war, hatte er bereits bei ihrem ersten Telefonat gespürt. Alles verlief wie am Schnürchen.
Sie ließen die Stadt mit ihren Lichtern hinter sich und begaben sich auf die Route nach Norden. Sie hatten Zeit. Zeit im Überfluss sogar, doch Beck wollte kein Risiko eingehen. Im Hotel hätten sie ohnehin nicht länger bleiben können, ohne aufzufallen. Zwar hatte er den kurzen Auf-

enthalt genutzt, sich die Haare abzurasieren und seinen Dreitagebart einzufärben, aber man konnte ja nie wissen. Morgen um diese Zeit würde er so viel Geld wie noch nie zuvor in seinem Leben besitzen. Dann würde er bereits auf dem Weg in seine eigene bessere Zukunft sein, die er sich in den letzten Tagen wieder und wieder ausgemalt hatte. Und diese Bilder glänzten inzwischen in schillernd bunten Farben.
Natürlich gab es zuvor noch einiges zu regeln.
Sein Blick wanderte nach rechts, wo Sarah Maynes saß. Er glaubte, dass er sich um sie am wenigsten Gedanken machen musste. Die alte Schachtel würde das Geld freiwillig rausrücken, wenn er ihr nur ihren jämmerlichen Rest an Leben ließ, an dem sie zu hängen schien. Und natürlich das ihres Sohnes, das ihr vielleicht sogar noch wichtiger war als ihr eigenes. Na, und ihr Sohn Martin? Er hatte am Telefon den Eindruck gemacht, gefügig zu sein. Er würde tun, was man ihm sagte, solange seine Mutter nicht auf freiem Fuß war. Und danach …
Meine Güte, dachte er. Die beiden würden sich vermutlich wieder ins Ausland zurückziehen, sich dort verkriechen und von dem Geld leben, das sich zweifellos noch in ausreichender Menge auf irgendwelchen zusätzlichen Konten befand. Denn Beck glaubte keine Sekunde daran, dass die Alte und ihr Sohn sämtliche Karten auf den Tisch gelegt hatten. Und wenn schon. Er betrachtete dies als einen Teil seiner eigenen Rückversicherung.
Mehr Sorgen machte er sich da um den Kerl auf dem Rücksitz, der offenbar gerade dazu überging, in eine Art Delirium zu verfallen. Jedenfalls, wenn man nach den Geräuschen urteilte, die der Gothic-Bengel von Zeit zu Zeit von sich gab.
Anfangs hatte Beck den Verdacht gehabt, der Kerl würde simulieren, weil er auf seine Chance wartete. Eine Gelegenheit, die sich nur einmal ergeben würde.

Inzwischen war sich der entflohene Sträfling in diesem Punkt jedoch nicht mehr so sicher.
Er blickte in den Rückspiegel und sah Gunnar Schwarz, der sich in den Rücksitz gekauert hatte, den Kopf gegen die Stütze gelehnt, die Augen geschlossen. Hin und wieder flatterten seine Lider, vermutlich immer dann, wenn ihm das steigende Fieber einen neuen Traum bescherte.
Beck nagte an seiner Unterlippe. Ja, er hätte den Kerl zusammen mit Fasold im Dickicht der Steilküste vergraben sollen. Nun ja, dachte er, vielleicht würde er dazu sogar noch Gelegenheit haben.
Sein Blick traf den von Stefanie Sillner. Die Frau war ein weiterer Risikofaktor. Er wusste, dass sie sich insgeheim vor ihm ekelte. Das war nicht immer so gewesen. Ihr hatten die Spielchen gefallen, die sie vor Fasolds Augen getrieben hatten. Zumindest bis zu dem Zeitpunkt, an dem Fasolds Schädel sich in seine Einzelteile aufgelöst hatte.
Beck beobachtete die Blondine, wie sie an dem Reißverschluss ihres Kulturbeutels herum nestelte. Er wusste sogar, warum. Sie bewahrte darin ihre Joints auf, die sie sich im Hotel gedreht hatte. Verdammt, sie hatte die ganze Zeit über praktisch nichts anderes gemacht. Und dafür wollte sie auch noch abkassieren. Unfassbar, dachte er, auf welche Ideen Frauen mitunter kamen. Sie konnte froh über die Kohle sein, die Fasold ihr bereits als Vorschuss gezahlt hatte. Das war immer noch ein besserer Schnitt für sie, als weiter auf der Straße oder in irgendwelchen Fixer-Ritzen herum zu vegetieren.
Jetzt öffnete sie den Reißverschluss und kramte einen ihrer verfluchten Glimmstängel heraus. Beck ließ sie gewähren, weil er wusste, dass es sie beruhigen würde. Mit einer hysterischen Abhängigen war ihm nicht geholfen. Er musste einen klaren Kopf bewahren, für die Dinge, die vor ihm lagen.

Beck grinste bei der Vorstellung. Und als der Hummer in die Nacht hinausjagte, stellte er das Radio an und trommelte mit seinen Fingern den Beat von *Another One Bites the Dust* auf das Lenkrad.

- 25 -

ER WOLLTE DAS hier überleben. Das war der einzige Gedanke, an den er sich klammerte.
Wieder und wieder.
Er hatte seine Augen geschlossen, aber er schlief nicht. Auch wenn er müde genug war und schwach noch dazu.
Seine rechte Schulter war angeschwollen. Er spürte, wie es unter den durchgeweichten Verbänden pochte und pulsierte. Mit jeder weiteren Viertelstunde stieg das Risiko, dass ihn eine Sepsis dahinraffen würde.
Aber was machte das schon, wenn er wusste, dass am Ende dieser Fahrt ohnehin bereits der Tod wartete. Vielleicht nicht auf sie alle, doch auf ihn selbst würde er nahezu jede Wette eingehen. Er hatte den Blick des Fahrers gesehen, konnte Becks Gedanken beinahe aus dessen Gesicht ablesen.
Gunnar Schwarz schlief nicht. Es ging ihm dreckig, aber nicht ganz so schlecht, wie er den anderen vorgaukelte.
Und vor ungefähr drei Minuten war etwas geschehen, das seine Hoffnung auf ein gutes Ende wieder neu entfacht hatte.
Stefanie Sillner hatte sich einen Joint angesteckt. Von Zeit zu Zeit zog sie genüsslich daran und tippte die Asche aus dem schmalen Fensterschlitz, der beim Fahren einen säuselnden Dauerton erzeugte.
Gunnar Schwarz sah den rotweiß gestreiften Kulturbeutel zwischen sich und der Sillner liegen. Er war halb auf die Seite gekippt und aus dem Reißverschluss ragte etwas hervor, das bereits im ersten Moment seine Aufmerksamkeit erregt hatte.
Ein brauner Plastikgriff, der in das dünne Blatt einer Nagelfeile überging.
Schnell schloss er wieder die Augen. Er musste nachdenken. Viel Zeit würde ihm nicht zum Handeln bleiben.

Schon die nächste Kurve konnte den verdammten Beutel in unerreichbare Ferne rücken. Oder der Sillner konnte es einfallen, sich einen neuen Joint raus zu kramen, um ihn mit dem fast aufgerauchten anzuzünden.
Langsam und vorsichtig verlagerte er seine Sitzposition. Er tat das mit einem leisen Stöhnen. Durch seine halb geschlossenen Augenlider erkannte er, wie Beck ihn kurz im Rückspiegel musterte.
Becks Augen. In ihnen ruhte ein düsteres Versprechen. Gunnar wusste, was das bedeutete. Wo auch immer diese Fahrt enden würde, es bedeutete für ihn in jedem Fall seine persönliche Endstation.
Er hatte sein Gewicht jetzt leicht auf die rechte Seite verlagert. In seiner Schulter schien etwas zu explodieren und er musste die Zähne zusammenbeißen, um nicht laut aufzuschreien.
Aber er musste da durch, wenn er aus dieser Sache doch noch lebend herauskommen wollte.
Seine rechte Hand rutschte scheinbar zufällig auf die Sitzbank herunter, während er sich schlafend stellte. In dieser Situation verharrte er mehr als zwei Minuten. In Gedanken zählte er die Sekunden ab. Dann schob er seine Finger langsam weiter vor. Immer nur ein winziges Stückchen, Millimeter für Millimeter.
Seine größte Angst bestand darin, dass die Sillner alles mit einer einzigen Bewegung kaputtmachen konnte. Einfach dadurch, weil es ihr vielleicht in ihrem Rausch einfiel, den billigen Lippenstift nachzuziehen.
Weiter. Seine Finger krochen wie dünne Spinnenbeine über das glatte, kalte Sitzpolster.
Als er den Reißverschluss des Kulturbeutels an seinen Fingerkuppen spürte, hielt er inne.
Wieder zählte er in Gedanken einige Sekunden ab. Er war seinem Ziel jetzt ganz nah. Er brauchte die Finger nur ausstrecken, um …

„Ah, verdammter Penner", rief Beck von vorne. Gleichzeitig wurde der Geländewagen abgebremst, und sie alle hingen für zwei Sekunden unsanft in ihren Gurten.
Schräg hinter ihnen ertönte ein lautstarkes Hupen. Offenbar hatte Beck jemandem die Vorfahrt genommen.
Dieses Mal konnte Gunnar einen Laut nicht unterdrücken. Es war eine Mischung aus Schmerz und dem unbändigen Schrecken darüber, dass er sein Ziel doch noch verfehlen könnte.
Durch die Fliehkraft wurde der Kulturbeutel nach vorne geschleudert, doch Gunnar gelang es, seine Hand darauf zu legen, um Schlimmeres zu verhindern. Für eine Sekunde öffnete er die Augen, um die Situation neu zu erfassen. Alles blickte aus dem Fenster, was gut war.
Niemand achtete auf ihn, am allerwenigsten Malte Beck.
Gunnar riskierte es und streckte seine Finger aus. Sie wühlten sich in das Innere des Beutels und bekamen nach sehr kurzer Zeit tatsächlich die Feile zu fassen.
Der Verletzte zog seine Hand heraus, in der der kleine Gegenstand vollkommen verschwunden war. Er drehte sich mühsam herum und versuchte, die pochenden Schmerzen weitestgehend zu ignorieren.
Seine rechte Hand schwitzte. Er atmete durch den leicht geöffneten Mund.
Er erschrak, weil er mit einem Mal eine Hand auf seinem Unterarm spürte.
„Alles in Ordnung?", hörte er Stefanie Sillners Stimme.
Er schlug die Augen auf und sah sie an. „Ja. Alles ok. Ich fühle mich … blendend."
Sie verzog das Gesicht zu einem halbgaren Grinsen und hielt ihm den Joint hin. „Willst du?"
Er nickte und schob seinen Kopf einige Zentimeter vor.
Sie steckte ihm das leicht feuchte Papier zwischen seine geöffneten Lippen, so dass er daran ziehen konnte.
Er nickte, als er fertig war und hustete leicht.

„Es ist bald überstanden“, sagte sie und fuhr damit fort, aus dem Seitenfenster in die Dunkelheit zu starren.
Ja, dachte er. Bald schon würde es vorbei sein.
Sie hatten die Autobahn längst hinter sich gelassen. Wo genau sie waren, wusste er nicht, aber es kamen ihnen inzwischen weit weniger Autos entgegen.
Eine einsame Landstraße irgendwo im nördlichen Schleswig-Holstein.
Vielleicht war dies jetzt seine Gelegenheit. Worauf wollte er auch warten?
Gunnar packte die Nagelfeile fester und begann damit, sie mit seinem rechten Daumen Stück für Stück an seiner Handfläche entlang zu schieben, bis die Spitze unterhalb seines gekrümmten kleinen Fingers herauslugte. Noch ein Stückchen. Und noch eines.
So fühlte es sich gut an, so war es perfekt.
Überleben.
An dieses Ziel gelangte er nur über den Kerl am Steuer. Einer von ihnen musste endlich den Mut aufbringen, diesen Bastard auszuschalten. Die Zeit war gekommen. Jetzt.
Gunnar Schwarz konzentrierte sich, sammelte seine Kräfte für den vielleicht wichtigsten Augenblick seines Lebens.
Er umfasste die Nagelfeile so fest, dass sie beinahe in seiner Hand zerbrach.
Er zählte in Gedanken bis drei. Dann beugte er seinen Körper nach vorne. Seine Faust schnellte vor und rammte Malte Beck die Feile in die rechte Seite seines Stiernackens.
Mit einem hellen Geräusch brach die Klinge, während Blut aus der Wunde spritzte, über den Fahrersitz und bis an die helle Innenverkleidung des Wagendachs hinauf.
Malte Beck, der auf die heimtückische Attacke nicht vorbereitet gewesen war, brüllte vor Überraschung und Schmerz auf. Er warf die Hände in die Höhe, die für Bruchteile von Sekunden ziellos hin und her irrten.

Seine in Agonie stampfenden Füße traten offenbar das Gas- und das Bremspedal gleichzeitig.
Der Hummer begann zu schlingern. Reifen quietschten.
Sie schossen über die Mittelmarkierung hinaus und gerieten auf die Gegenfahrbahn, auf der sich zum Glück seit mehr als zwei Minuten kein entgegenkommendes Fahrzeug genähert hatte.
Dann gab es einen dumpfen Schlag, als der schwere Wagen von der Straße katapultiert wurde. Die Scheinwerfer hüpften auf und ab, während der Motor noch einmal aufheulte.
Es gab niemanden im Wagen, der nicht schrie.
Sie rissen zwei oder mehrere frisch gepflanzte Obstbäume mit sich, bevor der Wagen sich auf die rechte Seite legte und auf einem halb gefrorenen Acker noch gute fünfzehn Meter weiter schlitterte, bevor er in einer Wolke aus Staub und aufgewirbelter Erde endlich zum Stillstand kam.
Gunnar Schwarz schwebte irgendwo am Rande der Bewusstlosigkeit. Der Aufprall hatte ihn in den Gurt katapultiert, was ihm eine schier unerträgliche Welle aus purem Schmerz, von der Schulter ausgehend, durch den gesamten Körper gejagt hatte. Wie eine Rakete, die schließlich in tausend schillernden Farben irgendwo in der Mitte seines Hirns explodierte.
Er wusste nicht, wer den Unfall überlebt hatte. Verdammt, im Augenblick konnte er diese Frage nicht einmal für sich selbst einigermaßen sicher beantworten.
Er hing in seinem Gurt fest. Und als er eine Bewegung vom Fahrersitz her wahrnahm, wusste er, dass er dieses Hindernis schleunigst überwinden musste, wenn er *wirklich* überleben wollte.

- 26 -

ICH TAUCHTE MEINE Gabel ein letztes Mal in die Spaghetti, die Hanne in einer selbstgemachten Sahnesoße mit frischen Kräutern und gebratenen Shrimps zubereitet hatte, und drehte sie auf dem Esslöffel zusammen.
Hanne, die schon vor einigen Minuten ihre Waffen gestreckt hatte, sah mir mit amüsiertem Gesichtsausdruck zu, wie ich mir das zu einem kleinen Kunstwerk zusammengedrehte Gebilde mit einem Mal in den Mund schob.
Ich legte mein Besteck beiseite und griff nach der Papierserviette, auf der noch weihnachtliche Motive abgebildet waren.
„Das war großartig“, erklärte ich, nachdem ich die Sprache wiedergefunden hatte. „Eindeutig das Beste, was ich seit Tagen gegessen habe.“
„Naja“, antwortete sie, „deinen Junggesellenfraß zu toppen, dürfte tatsächlich keine große Herausforderung darstellen. Nimmst du noch Wein?“
Ich hob abwehrend die Hände. „Lieber nicht. Der verträgt sich garantiert nicht mit Degners neuen Wunderpillen.“
„Hast du heute schon welche genommen?“, fragte sie, während sie sich selbst nachschenkte.
Ich hob zwei Finger meiner rechten Hand in die Höhe.
„Brav“, sagte Hanne und zwinkerte mir zu. Ich mochte die Art, wie sie mich über ihre zierliche Stupsnase hinweg ansah, auch wenn ich dabei immer ein klein wenig das Gefühl hatte, als ob sie mich studieren würde.
Ich konnte es ihr nicht einmal verübeln, denn in diesen Tagen gingen mir so viele Dinge durch den Kopf, dass sie vermutlich in meinem Gesicht lesen konnte wie in einem offenen Buch.
Der Besuch bei Heidrun Schwarz hatte mich aufgewühlt. Es gelang mir kaum, an etwas anderes zu denken als daran, was sie vor uns verheimlichen mochte.

Wieviel wusste sie? Das war die zentrale Frage, um die sich meine Gedanken kreisten.
Hanne nahm einen Schluck Wein und schüttelte leise lächelnd den Kopf.
Ich sah sie fragend an.
„Es hat keinen Sinn, sich das Hirn zu zermartern“, sagte sie über ihren Küchentisch hinweg, auf dem sie stilvoll zwei schlanke, brennende Kerzen drapiert hatte. „Wir beide wissen, dass die Frau nicht mit der Wahrheit herausrücken wollte, weil sie Angst hatte. Und das wiederum spricht tatsächlich für deine Geschichte von Fasold, Beck und Noosha.“
„Danke“, warf ich mit einem Lächeln ein, während ich mir aus einer Karaffe Wasser in mein Glas füllte.
„Nichts zu danken“, gab sie zurück. „Der Punkt ist nur, dass uns diese Überlegungen nicht weiter führen. Wenn du mich fragst, können wir nur den Weg über die Polizei gehen. Die müssen so schnell wie möglich eine Fahndung veranlassen.“
„Dann sollten wir vielleicht doch noch mal rüber nach Flensburg fahren, um mit den Beamten zu reden“, schlug ich vor. Mehr und mehr kam auch ich zu dem Schluss, dass wir keine anderen Lösungsansätze hatten. Noosha und die anderen waren verschwunden. Und alles was wir tun konnten war zu beten und zu hoffen, dass sie noch am Leben waren.
Mitten in unsere Überlegungen platzte mit einem Mal ein Geräusch an der Haustür. Es klingelte zweimal kurz hintereinander.
„Erwartest du noch jemanden?“, fragte ich und suche Hannes Blick.
Sie schüttelte den Kopf. „Schon gar nicht so spät.“
Es klingelte erneut.
„Warte hier“, sagte ich entschieden. „Ich werde gehen und aufmachen.“
Wir erhoben uns beide gleichzeitig, doch Hanne ließ es geschehen, dass ich mich als Erster durch den Wohnungsflur auf die Tür zubewegte.

Vorsichtig öffnete ich.
„Guten Abend, Torn. Ich hoffe, ich störe Sie nicht gerade bei etwas Wichtigem."
„Kommen Sie rein, Herr Doktor", sagte ich und vollführte eine einladende Handbewegung. „Sie stören übrigens überhaupt nicht."
„Besten Dank", sagte Degner und zog sich die bunte Strickmütze vom Kopf. „Eisiger Wind draußen. Da muss man wirklich aufpassen."
Ich schloss die Tür hinter ihm. „Gehen Sie ruhig durch. Hanne ist in der Küche. Den Weg kennen Sie ja."
Als ich den Ort erreichte, hatte Hanne bereits den Tisch abgeräumt und das schmutzige Geschirr in der Spülmaschine verstaut. Direkt darüber lief bereits die kleine Espressomaschine auf vollen Touren.
Als Hanne den Arzt erkannte, hellte sich ihr Blick auf. „Der unverwüstliche Doktor. Trinken Sie einen Kaffee mit uns?"
„Liebend gerne", antwortete Degner lachend. „Draußen ist es wieder kälter geworden. Würde mich nicht wundern, wenn wir noch mal Schnee kriegen."
Wir setzten uns, während Hanne die Tassen befüllte und uns nacheinander den Kaffee servierte.
„Was führt Sie zu uns, Doktor?", fragte ich. „Ich habe meine neuen Medikamente genommen und noch gibt es keine nennenswerten Ausfallerscheinungen."
„Schön, dass Sie es so gelassen nehmen", erwiderte Degner und tauchte seinen Löffel in die Tasse. Er rührte eine Weile darin herum, bevor er Hanne und mich nacheinander anblickte. „Ich glaube, um genau diese Phänomene geht es tatsächlich. Ihre Halluzinationen und Wachträume meine ich."
Ich sah ihn durch den Dampf meines Kaffees hinweg an. „Sie können ganz offen mit uns sprechen, das wissen Sie ja."

Degner unterbrach sein Rühren und nahm den Löffel heraus, den er eine Weile über der Tasse ruhen ließ.
„Ich fürchte, ich habe da vielleicht ein wenig vorschnell geurteilt“, fuhr er fort. „Oder mit anderen Worten: Ich bin mir inzwischen ebenfalls nicht mehr ganz so sicher, ob nicht an Ihrer Geschichte doch etwas dran sein könnte.“
Ich beugte meinen Oberkörper nach vorne. „Was ist passiert? Gibt es eine neue Spur?“
Degner räusperte sich. „Dieser Fasold hatte doch einen Wagen, richtig? Ein relativ auffälliges Modell?“
„Es war ein dunkelgrüner Geländewagen. Ein Hummer SUV. Dieser Beck hat ihn gefahren.“
„Hm“, machte Degner und kreuzte seine Unterarme auf der Tischplatte. „Kurz vor Eckernförde ist heute Abend so ein Wagen verunglückt.“
„Was?“, fragten Hanne und ich wie aus einem Mund.
Degner nickte. „Jaja, es kam vorhin in den Verkehrsnachrichten im Radio. Das Ganze hat sich auf der B76 in Richtung Norden ereignet. Das Fahrzeug ist aus noch ungeklärten Ursachen von der Fahrbahn abgekommen und auf der gegenüberliegenden Seite auf einen Acker gerast, wo es sich halb überschlagen und Feuer gefangen hat.“
„Oh Gott“, entfuhr es Hanne.
„Was wurde sonst noch darüber gesagt?“, wollte ich wissen. Meine nach dem Essen aufkommende Müdigkeit war mit einem Mal wie weggeblasen.
Degner machte ein ernstes Gesicht. „Der Wagen ist komplett ausgebrannt. Bisher gibt es noch keine Hinweise auf den möglichen Halter. Man geht davon aus, dass sich zum Zeitpunkt des Unglücks nur eine Person im Wagen befunden hat.“
„Wieso das?“, hakte ich nach.
„Weil sie auf dem Fahrersitz bis zur Unkenntlichkeit verbrannt ist“, antwortete Degner.

- 27 -

TATSÄCHLICH HATTE ES in den späten Abendstunden nochmal zu schneien angefangen. Die Flocken wirkten wie feiner, weißer Staub, der von dem allgegenwärtigen Wind durcheinander gewirbelt wurde.
Sie hatten das brennende Auto längst hinter sich gelassen. Lange war selbst aus der Ferne noch der helle Feuerschein zu sehen gewesen, der auf die gewaltige Explosion des fast randvollen Benzintanks gefolgt war.
Vermutlich waren längst die ersten Fahrzeuge angehalten. Die Straße war vielleicht bereits in ein Meer aus Warnblinklichtern getaucht. Aber niemand nahm Notiz von den drei Personen, die ihren Weg zu Fuß fortsetzten.

Neununddreißig Minuten zuvor …

Stefanie Sillner schlug ihre Augen auf und begann sofort damit, panisch zu schreien und um sich zu schlagen. Sie bekam schlecht Luft, was daran lag, dass sie heftig aus der Nase blutete, die möglicherweise gebrochen war.
Dann erst registrierte sie, wo sie war. Sie befand sich noch immer in dem verunglückten Wagen. Nur warum dieser jetzt mitten auf einem Acker lag, begriff sie nicht. Ihr fehlte ein entscheidender Teil ihrer Erinnerungen, doch auch das bemerkte sie in diesem Augenblick nicht einmal. Sie wurde vorangetrieben durch den Willen, zu überleben.
Ihre rechte Hand hämmerte mehrfach auf das orangerote Feld ihres Gurtverschlusses, dessen Aufschrift *Press* ihr in diesem Moment wie blanker Hohn vorkam. Dann endlich löste er sich doch, und Stefanie wurde durch ihr eigenes Gewicht nach vorne katapultiert. Mit ihren aufgeschürften Händen fing sie ihren Sturz ab.

Das Innere des Wagens bildete ein einziges Chaos. Es war dunkel, sie stand unter Schock und war nahe daran, kreischend in Panik zu verfallen.
Irgendwo befand sich eine Lichtquelle. Einer der Scheinwerfer schien noch intakt zu sein.
Stefanie Sillner ächzte und versuchte, sich wie eine Motte näher zum Licht zu bewegen.
Es gelang ihr, sich über den Fahrersitz, der sich jetzt direkt über ihr befand, bis zum offenen oder zerborstenen Seitenfenster vorzuarbeiten.
Mit letzter Kraft zwängte sie sich durch die Öffnung, den Oberkörper voran, und ließ sich draußen vorsichtig zu Boden gleiten. Sie brach in die Knie, hustete, spuckte Blut, das ihr von der Nase in den Rachen gelaufen war.
Sie roch nicht, dass Benzin aus dem aufgerissenen Tank lief. Irgendwie fühlte sie es dennoch, nahm die beißenden Dämpfe wahr. Instinktiv robbte sie sich, noch immer auf den Knien, weiter. Sie hatte zu viele schlechte Filme gesehen, in denen der Benzintank eines Wagens sofort explodierte, wenn es zu einem Unfall gekommen war. Dennoch … man konnte immerhin nie wissen.
Neben ihr nahm sie plötzlich eine Bewegung wahr. Ein Schatten trat aus der Dunkelheit. Er bewegte sich hinein in den Lichtkegel des linken vorderen Scheinwerfers, der stur weiter geradeaus auf den endlos erscheinenden Acker blickte, bis sein fahles Licht von der Finsternis gefressen wurde.
„Hallo Kleines“, ächzte Beck, der den Anschein machte, als wäre auch er gerade erst wieder auf die Beine gekommen.
Stefanie erschrak und begann auf der Stelle lautlos zu heulen.
Sie wusste nicht einmal, was sie in diesem Moment mehr in Angst versetzte. Die Tatsache, dass Beck noch am Leben war oder sein grauenerregendes Aussehen.

Die rechte Hälfte seines Oberkörpers war mit Blut getränkt. Sein Hemd hing ihm in Fetzen am Körper herab, und sein Gesicht war von blutigen Kratzern und Schrammen übersät. Das grausigste Detail war allerdings die abgebrochene Nagelfeile die noch immer schräg aus seinem Nacken herausragte.
Wankend wie ein Film-Zombie kam er näher und ging vor Stefanie in die Knie. Sein Atem ging keuchend und gefror vor seinen Lippen.
Beck deutete mit einer fahrigen Bewegung auf seinen Nacken. Dann starrte er Stefanie aus blutunterlaufenen Augen an. „Zieh es raus."
Die Blondine hob den Kopf. „W-was?"
„Zieh das verdammte Scheißding RAUS!", brüllte Beck und gestikulierte ungelenk mit seinen Händen.
Die Bewegungen erinnerten Stefanie an einen Bühnenauftritt des verstorbenen Musikers Joe Cocker, und sie hätte darüber lachen können, wenn sie nicht zugleich gespürt hätte, dass sie beide gerade gefährlich nahe am Rande einer Eskalation spazieren gingen.
Sie stand auf, hörte sich selbst ächzen, sah Blut aus ihrer Nase zu Boden tropfen, wo es in den Furchen des Ackers versickerte.
Zitternd stand sie da und starrte auf das kleine Stück Metall, mit dem sie bereits Stunden ihres Lebens zugebracht hatte, um sich ihre Nägel zu verschönern.
„Worauf wartest du, verdammt?", presste Beck durch seine geschlossenen Zähne hindurch.
Stefanie wankte einen Schritt näher heran. Sie beugte sich vor und unterdrückte einen Würgereflex, als ihr Blick auf die Wunde fiel. Die Klinge stand etwa zwei Zentimeter heraus, was bedeutete, dass der Rest …
Sie scheuchte den Gedanken weg und streckte ihren Arm aus. Zögernd und zitternd näherten sich Daumen und Zeigefinger ihrer rechten Hand der schmalen Klinge.

„So wird das nichts“, keuchte Beck. „Du musst … beide Hände nehmen.“
Sie nickte. Sie traute sich nicht, den Mund zu öffnen, da sie sich ansonsten vermutlich sofort übergeben hätte.
„Konzentrier’ dich“, mahnte Beck, der jetzt noch heftiger atmete, in Erwartung des Schmerzes.
Stefanie Sillner presste ihre Lippen aufeinander und führte die Bewegung ihrer Hände zu Ende. Sie packte die Klinge und zog mit einem einzigen Ruck daran.
Ein matschiger, nasser Laut war zu hören, begleitet von einem erschreckend gewaltigen Schwall Blut, der aus der Wunde schoss. Dann hielt sie das besudelte Stück Metall in ihrer Hand. Angewidert schleuderte sie es weg.
Malte Beck hingegen legte seinen Kopf in den Nacken und stieß einen gellenden Schrei aus, als würde ein Wolf den Mond anheulen.
Er presste sich die flache Hand in seinen Nacken und kam schwer atmend auf die Beine. Er deutete auf das Feld hinaus. „Sieh nach, was mit ihr ist. Sie hat es nach draußen geschafft, aber ich weiß nicht, ob sie noch lebt.“
Stefanies Blick wanderte in die Richtung, in die Becks Arm deutete. Im ersten Moment konnte sie nicht das Geringste erkennen. Dann jedoch, als sie ein paar Schritte gegangen war, nahm sie die Umrisse einer Gestalt wahr, die sich abseits des Wagens auf dem Feld befand.
Sie war dabei, sich aufzurichten, hatte jedoch sichtlich Mühe.
Stefanie saugte Luft durch ihre Nase und spie einen halb geronnenen Klumpen Blut auf den Boden. Dann setzte sie sich in Bewegung, machte einen einigermaßen großen Bogen um den verunglückten Wagen und folgte dem Lichtschein, der die Frau auf dem Feld halb erfasste.
„Sind Sie in Ordnung?“, fragte Stefanie und bot Sarah ihre Hand an.

Die Sängerin ignorierte sie, schien alle Kraft zusammenzunehmen und stemmte sich in die Höhe. „Es geht mir gut. Ich brauche Ihre Hilfe nicht.“
Sarah Maynes stand auf unsicheren Beinen. Es hatte den Anschein, als hätte sie sich ihren rechten Knöchel verletzt. Abgesehen davon und ein paar Schrammen im Gesicht und an den Armen, schien sie den Unfall weitestgehend unverletzt überstanden zu haben, was einem kleinen Wunder gleichkam.
„Hören Sie“, begann Stefanie verzweifelt, „das alles hier tut mir leid. Ich habe das nicht gewollt.“
Sarah Maynes nickte. „Wir können tun, was wir wollen. Irgendwie geraten wir alle ständig an den Falschen.“
Die beiden Frauen blickten zu dem Schatten hinüber, von dem sie wussten, dass es Beck war.
Er machte sich am Wagen zu schaffen.
Stefanie Sillner schirmte ihre Augen gegen das grelle Licht des Scheinwerfers ab.
Dahinter erkannte sie Becks Bewegungen. Er schleifte etwas aus dem Wagen. Einen Körper.
„Was tut er da?“, flüsterte Sarah neben ihr.
„Ich habe keine Ahnung.“
Stefanie nahm nur undeutlich wahr, wie Beck mit dem Körper herum hantierte. Sie wollte gerne daran glauben, dass er Gunnar Schwarz aus dem Wrack rettete, aber etwas sagte ihr, dass das genaue Gegenteil der Fall war.
Dann sah sie Beck, wie er in den Lichtkegel des Scheinwerfers trat. Er hielt einen Kanister in der Hand, aus dessen Öffnung er Benzin schwappen ließ, während er den Wagen umrundete.
Kurz darauf kam es zu einer spektakulären Explosion. Ein orangefarbener Feuerball schoss aus dem Hummer und in den Himmel darüber.
Sofort stand der Wagen in hellen Flammen. Es knackte und knisterte, und die Luft war erfüllt vom beißenden Geruch verschmorenden Gummis.

Aus dem rauchenden Inferno wankte eine Gestalt auf sie zu.
„Was haben Sie getan?“, fragte Sarah, die ihn aus großen Augen ansah.
„Spuren verwischt“, antwortete Beck und trat an ihnen vorbei, ohne sich noch einmal umzusehen.
Stefanie Sillner fühlte sich plötzlich von kalter Wut gepackt. Sie hastete hinter ihm her, bis sie an seiner Seite war. Sie packte ihn am Oberarm und zwang ihn, stehenzubleiben.
„Du hast ihn umgebracht!“
„Einen Dreck hab’ ich.“ Er wischte ihre Hand weg. „Er war schon tot.“
„Das glaube ich dir nicht“, zischte sie zurück.
Er wandte seinen Kopf. „Wir sollten jetzt machen, dass wir von hier verschwinden. Schnapp’ dir unsere Diva und dann los.“
Sie blieb stehen. Zögerte.
„Was ist?“, fragte er, während er noch immer die blutverkrusteten Finger seiner linken Hand gegen seinen Nacken presste. „Zum Aussteigen ist das hier wohl nicht die passende Gelegenheit, oder?“
Sie standen sich für die Dauer mehrerer Sekunden wortlos gegenüber.
„Wie soll es jetzt weitergehen?“, fragte sie nach einer gefühlten halben Ewigkeit.
„Wir werden einen Weg finden“, antwortete er und deutete in die Dunkelheit hinein.

- 28 -

„MÖCHTEN SIE EXTRA Bacon auf Ihre Burger?"
Der Mann vor dem Tresen blinzelte verwirrt durch seine Brille, auf deren Gläser sich beim Hineingehen in das Lokal feiner Schnee gesammelt hatte, der nun in dicken Tränen an seinen Wangen hinunter rann. „Ja, äh, bitte."
Das junge Ding an der Kasse zeigte keine Regung außer: „Zu den Pommes Mayo oder Ketchup?"
„Nein, danke."
Jürgen Wolff hob abwehrend die Hände. Er dachte an die Sauerei, die Vivien oder im Zweifelsfall sogar er selbst beim Öffnen dieser kleinen Plastikbeutel im Wagen verursachen würde.
Das Mädchen in der blauen Uniform schob ihm ein Tablett mit zwei braunen Papiertüten hin. „Das macht dann Siebenundzwanzig Euro Fünfunddreißig. Burger dauern noch etwas."
Wolff langte in die Innentasche seiner Jacke und zog sein Portemonnaie heraus. Er reichte einen Fünfziger über die Kasse und erlebte hautnah, wie daraus Kleingeld gemacht wurde. Währenddessen blickte er durch eines der Fenster, die auf den Parkplatz hinaus zeigten. Durch die Scheibe konnte er verschwommen sein Wohnmobil erkennen, das er in einer der hinteren Reihen geparkt hatte.
Er griff nach einem der hohen Pappbecher, schob einen Strohhalm hinein und saugte eiskalte Cola in seinen Mund. Sie schmeckte ihm zwar nicht, aber vielleicht würde sie ihm wenigstens helfen, wach zu bleiben.
Das Mädchen, das ihn bedient hatte, huschte wie aus dem Nichts mit einer Handvoll eingewickelter Burger heran und verteilte sie scheinbar wahllos auf die beiden noch offenen Papiertüten.
Wolff griff danach und nickte der Bedienung zu, die allerdings bereits mit dem nächsten Kunden beschäftigt war.

Als er auf die gläserne Tür zusteuerte, kam ihm von dort eine Gruppe Jugendlicher entgegen, lärmend und lachend und darauf aus, ihren Mägen vor dem geplanten Besäufnis noch eine kleine Grundlage zu gönnen.
Der Mann mit der Brille und den beiden Papiertüten trat ins Freie, wo der eisige Wind sofort seine offene Jacke erfasste und sie auseinander driften ließ, wie Moses einst das Rote Meer geteilt haben mochte.
Wolff fröstelte und beeilte sich, zurück zum Wohnmobil zu gelangen, wo Heike und ihre gemeinsame Tochter Vivien bereits auf ihn warteten.
Sie waren auf dem Weg nach Kappeln an der Schlei, wo sein Bruder wohnte, der in zwei Tagen beabsichtigte, seinen fünfzigsten Geburtstag zu feiern.
Das Wohnmobil, Wolffs ganzer Stolz, stand in der Nähe einer Laterne. Er sah, wie der leichte Schnee über das Dach gewirbelt wurde. Vor ihnen lagen noch gute vierzig Minuten Fahrt, aber da sie nun schon seit mehr als vier Stunden unterwegs waren, hatte sich bei ihnen allen der Hunger gemeldet.
Jürgen Wolff hob die Arme höher und trug die Tüten vor sich her, als er endlich den Wagen erreichte. Er brachte das Kunststück fertig, beide Taschen mit der linken Hand zu fassen, um mit seiner rechten die hintere Tür zu öffnen.
Bereits als er die Stufen nach oben hastete, spürte er, dass etwas nicht stimmte.
Er blieb mitten im Aufgang stehen, wie angenagelt. Sein Blick haftete auf der Sitzbank, wo seine Frau und seine Tochter nebeneinander saßen. Doch sie waren nicht allein.
Neben der vierzehnjährigen Vivien hockte ein Kerl, der über und über mit verkrustetem Blut besudelt war. Das Schlimmste daran war jedoch, dass er seiner Tochter, die ihn aus weit aufgerissenen Augen panisch anstarrte, eine Pistole an die rechte Schläfe hielt.

Und dann waren da noch zwei Figuren im Hintergrund. Zwei Frauen, die in der Küchenzeile standen. Eine jüngere, eine ältere. Beide sahen zu ihm her.
„Was …?“, krächzte Wolff. Er spürte kaum, dass er die beiden Tüten nicht mehr länger zwischen den Fingern seiner linken Hand halten konnte und zumindest eine der beiden der Schwerkraft gehorchend zu Boden platschte und aufriss.
Frische Burger und Pommes Frites verteilten sich über den Fußboden.
„Guten Abend“, sagte Malte Beck und nickte dem Familienvater zu. „Kommen Sie hier herauf. Schreien Sie nicht und versuchen Sie nicht, den Helden zu spielen. Das hat heute Nacht nämlich schon mal einer versucht.“
„Bitte“, entgegnete Wolff krächzend, „wer immer Sie sind, bitte tun Sie uns nichts. Wenn Sie Geld wollen, wir haben etwas dabei. Es ist hinter der …“
„Schnauze!“, fuhr ihn Beck an. „Wir wollen Ihr Geld nicht. Und jetzt kommen Sie endlich hier rüber und setzen sich an den verdammten Tisch.“
Wolff stakste hastig über die verstreuten Bestandteile seines Menüs hinweg und war mit zwei Schritten bei der Sitzbank. Er ließ sich ganz am Ende nieder, wo er dem Blick seiner Frau begegnete.
Tu ja nichts Unüberlegtes, las er darin. Nun, das hatte er nicht vor. Allein schon um ihrer Tochter willen, die aufgrund ihrer vorbildlichen schulischen Leistungen zwei Tage extra frei bekommen hatte, um zum Geburtstag ihres Onkels zu fahren. Vivien, die Cello spielen konnte, dass man meinen könnte, sie sei mit diesem Instrument geboren worden. Ein Mädchen, dem später einmal vielleicht einige wichtige Türen offenstehen würden, wenn …
Wenn ihr Leben so weitergehen würde, wie sie alle es gemeinsam geplant hatten.

„Hören Sie“, unternahm Wolff einen behutsamen Versuch der Verhandlung, „wir werden tun, was immer Sie verlangen, wenn Sie uns …“
„Sie sollen Ihre Klappe halten“, fuhr ihm Beck dazwischen. „Ich habe die Zeit bereits genutzt, um mich mit diesen beiden Damen hier zu unterhalten. Ich weiß, dass Sie heute Abend in Kappeln erwartet werden. Haben Sie ein Telefon? Ah, na klar haben Sie eins. Wo ist es?“
„Hei… Heike … meine Frau hat ein Handy dabei“, stammelte Wolff.
„Wo?“, wiederholte Beck.
„Es liegt vorne auf dem Beifahrersitz“, antwortete Heike Wolff kleinlaut.
„Steffi?“, rief Beck. „Sieh mal nach, ob du vorne ein Handy findest. Bring es her.“
Die Sillner antwortete nicht. Stattdessen waren Schritte im Wohnmobil zu hören. Nach einigen Sekunden kam sie durch den engen Durchgang und legte das Smartphone wortlos auf den Tisch.
„Können Sarah und ich uns was zu trinken nehmen?“, fragte sie.
„Aber ja“, antwortete Beck an Wolffs Stelle und gab der Blondine ein Zeichen, dass sie verschwinden sollte.
Beck warf einen kurzen Blick auf das Telefon und schob es Wolff über die Tischplatte zu.
„Sie werden jetzt Folgendes tun“, begann der Mann mit dem blutigen Hemd, „Sie werden jetzt die Nummer Ihres Bruders wählen, der … wie heißt er?“
„Hartmut.“
„Sie werden jetzt Ihren Bruder Hartmut anrufen und ihm sagen, dass Ihnen etwas dazwischengekommen ist. Eine Reifenpanne oder was weiß ich. Seien Sie ja kreativ, ok?“
„Ok“, machte Wolff und nickte mehrfach. Er wollte bereits nach dem Smartphone greifen, doch Beck kam ihm zuvor.

„Ah, ah, nicht so hastig. Sie werden ihm sagen, dass Sie und Ihre bezaubernde kleine Familie vermutlich erst morgen in Kappeln eintreffen. Er soll sich keine Sorgen machen, Sie haben einen geeigneten Stellplatz für die Nacht gefunden. Haben Sie das verstanden?"
Wolff nickte. Dann fiel ihm ein, dass dies als Bestätigung möglicherweise nicht reichen würde. „J-ja. Ich habe verstanden."
„Ausgezeichnet", antwortete Beck zufrieden. „Und wenn Sie alles befolgen, was ich sage, stehen die Chancen recht gut, dass Sie doch noch rechtzeitig zur Party erscheinen werden. Und zwar alle drei. Also los jetzt."
Wolff griff nach dem Telefon. Seine Finger zitterten. Beinahe hätte er das Gerät fallengelassen, dann schien er jedoch an Sicherheit zu gewinnen. Er wählte eine Nummer aus dem Speicher und hielt sich das Smartphone ans Ohr. Während des Läutens hielt er nervösen Blickkontakt mit Beck. Seine Augen blinzelten mehrfach.
„J-ja? Juliane? Du … hier ist Jürgen. Ist Hartmut nicht da? Ah, verstehe. Nein, nein, wir sind noch unterwegs. Hör' mal, wir schaffen es heute doch nicht mehr. Hm? Ja, eine kleine Panne. Nein, nein, nichts Schlimmes, mach' dir keine Sorgen. Wir werden morgen im Laufe des Tages eintreffen. Wie? Nein, das kann ich leider noch nicht genau sagen. Nein, wir haben einen guten Stellplatz für die Nacht gefunden. Ja. Alles klar. Bis dahin, mach's gut."
Wolff drückte auf die rote Hörertaste und warf das Handy auf den Tisch zurück, als würde es unter Strom stehen. Auf seiner Stirn hatten sich dicke Schweißtropfen gebildet, die er mit seinem Jackenärmel wegwischte.
„Na bitte, das ging doch wie geschmiert", stellte Beck fest und grinste, was aus seinem Gesicht eine Grimasse machte.
„Was passiert jetzt weiter?", wollte Wolff wissen, dessen Blick ständig zwischen Beck und seinen beiden Familienmitgliedern hin und her wanderte.

„Das kann ich dir genau sagen“, erklärte Beck ohne zu zögern. Er deutete mit dem Lauf der Waffe aus dem Fenster. „Du wirst jetzt nochmal da raus marschieren und eine weitere Ladung Burger und Fritten organisieren. Und ich rate dir gut, nicht länger als zehn Minuten dafür zu brauchen. Und solltest du auf die Idee kommen, von da drinnen aus die Bullen zu verständigen …“

Wolffs Augen wurden groß. „Halten Sie mich für verrückt? Denken Sie vielleicht, ich würde das Leben meiner Frau und meiner Tochter leichtfertig aufs Spiel setzen?“

Beck lächelte und breitete die Hände aus. „Wollte es nur nochmal erwähnt haben.“ Er spähte vorsichtig durch die Gardine nach draußen. „Dann, wenn das erledigt ist, werden wir ein Stück weiter fahren. Meine beiden Ladys und ich werden uns waschen und vielleicht haben Sie sogar ein paar frische Klamotten für mich.“

„Sicher“, gab Wolff zu. Er fuhr sich mit der flachen Hand über das Kinn.

„Anschließend werden wir einen kleinen Kurswechsel vornehmen“, erklärte Beck mit Blick auf die Urlauber. „Es wird nicht gerade Kappeln werden, aber seien Sie unbesorgt, wir werden uns auch nicht allzu weit entfernen. Genaueres werde ich Ihnen angeben, wenn Sie hinter dem Steuer sitzen, Papa.“

Beck sah Vivien Wolff an und lachte kurz und meckernd auf, als hätte er einen besonders guten Scherz gemacht.

Als er bemerkte, dass dies nicht der Fall war, brach seine zur Schau gestellte gute Laune wie ein Kartenhaus in sich zusammen. „Also los, worauf warten Sie? Ich habe einen Scheißhunger. Und denken Sie daran, was hier für Sie auf dem Spiel steht, klar?“

„Natürlich“, antwortete Jürgen Wolff und erhob sich umständlich vom Tisch, während Beck begann, die mitgebrachten Speisen aus der intakt gebliebenen Papiertüte zu verteilen.

Im nächsten Augenblick war Wolff durch die Tür verschwunden. Beck blickte ihm nach, wie er mit leicht unsicher wirkenden Schritten über den Parkplatz auf das Schnellrestaurant zutrat.
„He, Sarah“, rief Beck, nachdem er herzhaft in einen Burger mit extra Bacon gebissen hatte.
Schritte näherten sich.
„Ich nehme an, dass Sie die Nummer Ihres Sohnes auswendig wissen, hm?“
Er griff nach dem Smartphone und hielt es der ehemaligen Sängerin hin.
Sie nickte und tippte wortlos die Zahlenkombination ein.
Beck schlürfte geräuschvoll Cola aus einem Pappbecher, während er mit seiner rechten Hand die Verbindung zu dem Angerufenen aufbaute. Es klingelte lange.
„Verdammt nochmal“, entfuhr es Beck gedehnt, „wo, zum Teufel, treibt sich dieser K… Ah, da sind Sie ja endlich, Maynes. Warum hat das so lange gedauert?“
Beck blickte Sarah an, die vor dem Tisch stehengeblieben war.
„Es interessiert mich nicht, dass Sie fahren. Ich will wissen, wo genau Sie jetzt gerade sind?“
Kurzes Schweigen. Beck lauschte gespannt in das Gerät an seinem Ohr. Dann verzogen sich seine Lippen zu einem Grinsen.
„Dann sehen Sie mal zu, dass Sie weiterhin so gut durchkommen. Was? Ja doch, Ihrer Mummy geht es gut. Wir werden jetzt alle schick miteinander essen. Machen Sie weiter so, Maynes, dann werden Sie sie bald wiedersehen. Ich werde mich wieder bei Ihnen melden. Sagen wir in … genau zwei Stunden.“
Ohne Vorankündigung legte Beck auf und warf das Telefon auf die Tischplatte.
Nacheinander blickte er die vier Frauen um sich herum an.
„Ich denke, ich bin wohl so etwas wie ein Glückspilz.“

DEGNER TRENNTE DIE Verbindung auf seinem Handy und ließ das flache Gerät mit einem Zucken seiner Mundwinkel in der Innentasche seines Sportsakkos verschwinden.
„Die Polizei wird langsam rege“, sagte er.
„Was heißt das genau?“, wollte ich wissen.
Wir hatten es uns auf Hannes Couch bequem gemacht, während in dem kleinen Kaminofen hinter der Sichtscheibe ein gemütliches Feuer knackte und leise knisterte.
„Sie haben versucht, mit Martin Maynes Kontakt aufzunehmen“, berichtete Degner.
„Ah, immerhin“, warf ich mit ironischem Unterton dazwischen.
„Aber er ist telefonisch momentan nicht zu erreichen. Anscheinend ist er unterwegs. Seiner Haushälterin hat er nur eine Nachricht hinterlassen, dass er vermutlich für mehrere Tage weg ist.“
„Das hat man Ihnen alles bei der Polizei verraten?“, stutzte Hanne, die ihre Hände um eine Teetasse geschlossen hatte.
Degner zuckte mit den Schultern. „Der ermittelnde Beamte schien im Gegenteil für jeden Tipp dankbar zu sein. Die Fahndung nach Stössner wird jetzt offenbar ausgeweitet. Ich habe ihm auch die Namen Beck und Sillner durchgegeben. Ach ja, und Sie sollen gleich morgen Früh nochmal aufs Revier nach Flensburg kommen, Torn.“
„Morgen“, gab ich spöttisch zurück. „Bis dahin kann so viel passiert sein.“
Hanne legte mir beruhigend ihre warme Hand auf mein rechtes Bein. „Mach’ dir keine Sorgen oder Vorwürfe, Hendrik. Es gibt nichts, was du in dieser Sache noch unternehmen kannst.“
Ich wollte auffahren. Nur meine Beine hinderten mich noch daran. „Und genau das will ich einfach nicht glau-

ben“, ereiferte ich mich. „Ich kann und will nicht hier rumsitzen, während dieser Beck einen nach dem anderen von ihnen umbringt.“
„Eine absolut verständliche Reaktion“, räumte Degner ein, „wenn man bedenkt, was Sie alles zusammen durchgemacht haben.“
Mir lagen in dieser Sekunde gleich mehrere gehässige Bemerkungen auf der Zunge. Ich schluckte sie alle herunter. Dennoch hielt es mich nicht auf meinem Platz. Ich erhob mich und begann damit, vor dem Kamin auf und ab zu laufen.
„Mir geht Heidrun Schwarz einfach nicht aus dem Kopf“, sagte ich nach einer Weile, als ich meine rastlose Wanderung für einen Moment unterbrach.
„Wieso?“, fragte Degner feixend. „Ist sie so hübsch?“
Hanne strafte den Arzt mit einem düsteren Blick, während ich seinen Einwurf kaum wahrgenommen hatte.
„Die Frage ist doch, warum hat Beck sie eigentlich gehen lassen?“, dachte ich laut.
Degner räusperte sich leise. „Gesetzt den Fall, dass wir alle hier Ihrer Story folgen, Torn, und das setze ich jetzt einfach mal voraus, kann ich mir nur den einen Grund vorstellen, dass dieser Beck einfach eine Person weniger am Hals haben wollte.“
„Aber wäre es darauf denn wirklich noch angekommen?“, fragte ich zurück.
Degner breitete seine Hände aus. „Er hat sie doch absolut in der Hand oder nicht? Ihr verletzter Sohn ist doch das perfekte Druckmittel. Sie würde nie etwas unternehmen, um ihn nicht zu gefährden.“
„Das habe ich auch geglaubt“, räumte ich ein. „Aber inzwischen bin ich mir da nicht mehr so sicher.“
„Etwas passt nicht“, sagte Hanne leise. Sie hatte einen Schluck Tee getrunken und stellte die Tasse auf den Couchtisch zurück.

„Wie meinst du das?“, fragte ich.
Die blonde Apothekerin zuckte mit den Schultern. „Sie ist eine Mutter, oder? Eine Mutter, die ihren Sohn liebt und der noch dazu schwer verletzt ist. Würde sie ihn wirklich in so einer Situation mit einem geflohenen Verbrecher allein lassen? Gerade wenn sie weiß, dass der Kerl buchstäblich vor nichts zurückschreckt?“
Ich schnippte mit den Fingern. „Brillant, Hanne. Du hast es auf den Punkt gebracht. Warum wollte Beck also, dass sie die Gruppe verlässt?“
„Vielleicht hat er sie dazu gezwungen?“, schlug Degner vor.
Ich war direkt vor dem Kamin stehengeblieben und strich mir mit der flachen Hand über die Stirn. „Aber warum gezwungen? Zu welchem Zweck?“
Degner und Hanne sahen mich fragend an. Wir alle suchten fieberhaft nach der Lösung und fühlten dabei, ihr bereits so nahe zu sein.
„Weil … Beck die Schwarz vielleicht noch braucht?“, schlug Hanne vor.
„Das ist es“, rief ich und wirbelte abrupt auf der Stelle herum, dass es mich beinahe selbst von den Beinen gefegt hätte.
Degner wiegelte ab. „Moment, das geht mir zu schnell. Außerdem ergibt das für mich keinen Sinn. Er schickt die Frau nach Hause, und sie wartet dort. Ok. Aber worauf wartet sie?“
„Darauf, dass Beck sich wieder bei ihr meldet“, sagte ich. „Vielleicht haben die beiden so etwas wie eine Vereinbarung miteinander. Er lässt Heidrun Schwarz zunächst laufen und behält dafür ihren Sohn gewissermaßen als Pfand. Und sie … besorgt ihm dafür einen anderen Wagen. Beck hat schon von Vornherein darauf spekuliert, dass er das Fahrzeug wechseln würde, weil Fasolds Geländewagen einfach zu auffällig ist. Und jetzt, nachdem der hinüber ist,

braucht er mehr denn je einen anderen fahrbaren Untersatz."
„Könnte sein", räumte Degner ein. „Aber dazu hätte er Heidrun Schwarz nicht erst wegschicken müssen. Sie war doch an jenem Abend mit ihrem Wagen zu Sarahs Haus gekommen, wenn ich richtig informiert bin."
„Er will einen anderen", sagte ich eifrig. Meine Gedanken rasten. „Beck will einen anderen Wagen. Einen ganz bestimmten vielleicht. Er muss herausbekommen haben, dass Gunnar Schwarz Kfz-Mechatroniker ist."
„Woher weißt du das?", warf Hanne überrascht ein.
„Hat er mir selbst erzählt", erwiderte ich. „Gleich beim ersten oder zweiten Mal, als wir aufeinander getroffen sind. Und das weiß auch Beck, jede Wette. Er benötigt einen unauffälligeren Wagen, und Heidrun Schwarz soll ihn beschaffen. Sie bekommt dafür ihren Sohn zurück, und alle sind glücklich."
„Meine Güte", sagte Hanne leise. „Ich fasse das alles noch nicht. Also, entweder haben wir uns jetzt von dir anstecken lassen oder wir sind da tatsächlich einer großen Sache auf der Spur."
„Sogar die Polizei ist inzwischen drauf angesprungen", erinnerte Degner. „Tja, es sieht so aus, als müsste ich mich bei Ihnen entschuldigen, Torn."
Ich hob abwehrend die Hände. „Nicht nötig, denn immerhin hatte ich Halluzination. Ziemlich lebhafte sogar."
Ich dachte an Melina und spürte einen tiefen Stich in meiner Herzgegend. Etwas in mir hatte ihren Tod bis vor kurzem noch immer nicht akzeptiert. Ich hatte nicht nur die Erinnerungen an meine Tochter wachgehalten, sondern noch viel mehr. All die Bilder, die ich von ihr in meinem Kopf gespeichert hatte, hatten sich zu einem Film zusammengefügt, den ich offenbar nach Belieben über mein Unterbewusstsein abspielen lassen konnte. Und nicht nur das. Ich selbst war ein Teil dieses Films gewesen. Ich hatte

mich in die Handlung hinein transportiert. So war es möglich gewesen, mich mit Melina zu unterhalten, als wäre nichts geschehen.
Ich ertappte mich bei dem Gedanken, dass ich diese Momente genossen hatte. Die Freude, sie wiederzusehen, war echt gewesen. Etwas in mir trauerte diesen Momenten nach, weil ich insgeheim wusste, dass sie vermutlich nicht mehr wiederkehren würden. Es war dieses letzte Loslassen, das in dieser Sekunde einen schier unerträglichen Schmerz in mir auslöste. Ich drehte mich zum Feuer und ließ die Wärme meine Tränen trocknen. Den Rest wischte ich mir mit der flachen Hand fort, als ich mich wieder zu den anderen umdrehte.
Ich wusste, dass es irgendwo da draußen noch eine Frau gab, für die ich kämpfen musste.
Noosha.
In diesem Augenblick fasste ich den unumstößlichen Entschluss, alles daranzusetzen, um sie wiederzusehen.

- 30 -

SIE ROLLTEN WIEDER. Und das war ein gutes Gefühl. Das allein zählte. Ihr Bestimmungsort rückte näher. Der Ort, an dem sich alles entscheiden würde.
Beck saß auf dem Beifahrersitz des Wohnmobils mit einem improvisierten Pflaster aus mehreren Papiertaschentüchern, die Stefanie mit Isolierband in seinem Nacken befestigt hatte.
In seiner Hand hielt Beck die Pistole, deren Mündung auf Jürgen Wolffs rechte Niere gerichtet war.
Vor etwa fünfzehn Minuten hatten sie sich wieder in Bewegung gesetzt, erst einmal weg von diesem Parkplatz und zurück auf die weniger befahrenen Landstraßen.
Von Zeit zu Zeit gab Beck dem Fahrer Anweisungen, ohne ihm jedoch das konkrete Ziel zu nennen. Das stand zwar in seinem Kopf schon eine Weile fest, aber je weniger Leute zu diesem Zeitpunkt davon wussten, desto besser.
Es gab noch jemanden, der sich diesem Zielpunkt näherte, ohne ihn wirklich zu kennen.
Beck hielt Kontakt mit Martin Maynes, der es in seinem Sportwagen inzwischen bis in die Niederlande geschafft hatte. Er folgte der Autobahn, die ihn im weiteren Verlauf nach Leer, Ostfriesland und damit auf deutsche Straßen bringen würde.
Das würde allerdings noch einige Stunden dauern, zumal Maynes beabsichtigte, in nächster Zeit eine Pause einzulegen und gegebenenfalls sogar etwas zu schlafen.
Sollte er, dachte Beck. Solange er zur geplanten Zeit in Schleswig-Holstein war, wo er auf ihn warten würde.
Eine Nacht lag noch zwischen Beck und dem großen Ereignis, das ihn reich machen würde. Eine Nacht und vielleicht noch ein paar Stunden dazu.
Im Radio hatten sie vorhin die Meldung von dem Unfall gebracht. Man hatte tatsächlich die Landstraße gesperrt, um

den brennenden Wagen von dem Feld zu bergen. Von einer noch nicht identifizierten Leiche war die Rede gewesen.
Bis feststand, um wen es sich bei dem Toten handelte, konnten sicher noch einige Tage ins Land gehen, dachte er. Zumal sich die Papiere des Toten in Becks Jackentasche befanden.
Aber Beck war nicht dumm. Er wusste, dass man als erstes versuchen würde, die Fahrzeugdaten auszuwerten. Sofern die Fahrgestellnummer noch lesbar war, würde man schnell auf den eingetragenen Halter und somit auf Fasold kommen.
Aber dort würde sich die Spur unter Umständen auch ziemlich schnell wieder verlieren. Es sei denn natürlich, dieser Torn hätte gequatscht und irgendjemand hätte diesem Verrückten Glauben geschenkt. Torns Flucht war ein riesen Fauxpas gewesen, der nicht hätte passieren dürfen. Torn war zu so etwas wie der großen Unbekannten in Becks Gleichung geworden.
Das passte dem entflohenen Sträfling, dessen richtiger Name eigentlich Olaf Stössner war, nicht. Aber er musste sich damit abfinden. Und bevor die Polizei oder wer auch immer dazu kam, eins und eins zusammenzuzählen, befand er sich schon längst mit seiner Beute in sicherer Entfernung.
Er wusste auch schon, wie er es anstellen würde.
Allerdings gab es da noch ein paar Hindernisse, über die er sich erst noch klarwerden musste.
Sein Blick fiel auf den Mann am Steuer. Dieser Wolff und seine kleine Familie waren ein Segen gewesen. Aber sie konnten sich auch schnell als das Gegenteil herausstellen, je länger ihre Reise andauerte.
„Da vorne rechts“, sagte Beck, der nach den Wegweisern am Straßenrand Ausschau hielt.
Jürgen Wolff nickte und legte den Blinker.
Sie näherten sich wieder dem Großraum Flensburg.

Beck warf einen Blick nach hinten.
Heike Wolff und ihre Tochter Vivien befanden sich zusammen mit Stefanie und Sarah auf der Sitzbank, dort, wo Beck sie alle im Auge hatte. Er spürte einen Anflug von Müdigkeit, jetzt, wo er sich gesäubert hatte und sich in seinem Magen das Gefühl des Sattseins ausbreitete. Was würde er jetzt für einen guten, starken Kaffee geben, überlegte er. Aber das würde noch warten müssen.
„Immer noch Angst?", fragte er Jürgen Wolff, der durch die Windschutzscheibe angestrengt auf die Fahrbahn starrte.
„Nein", antwortete der Mann ohne seinen Blick abzuwenden. „Ich erwarte nur, dass Sie zu Ihrem Wort stehen und uns weiterfahren lassen, wenn wir Sie zu Ihrem Ziel gebracht haben."
„Sie können es wohl gar nicht erwarten, bis es so weit ist, hm?", fragte Beck zurück.
„Würde es Ihnen an meiner Stelle anders gehen?", fragte Wolff.
Beck verzog die Mundwinkel. „Vermutlich nicht."
„Darf ich Sie etwas fragen?", nahm Wolff das Gespräch nach einer kurzen Pause wieder auf.
Beck machte eine auffordernde Handbewegung mit der Waffe. „Nur zu. Fragen Sie."
„Die Sache da vorhin im Radio", fuhr Wolff zögernd fort, „kann es sein, dass das auf Ihr Konto geht?"
„Und wenn es so wäre?", fragte Beck lauernd. „Würde es für Sie einen Unterschied machen?"
„Nein", räumte Wolff ein. „Ich würde mich dann nur fragen, wieviel Ihnen ein Menschenleben tatsächlich wert ist."
„Daher weht also der Wind", gab Beck zurück und kratzte sich beiläufig an der Nase.
„Ich muss an meine Frau und an meine Tochter denken", fuhr Wolff fort. „Ich bin für die beiden verantwortlich, und

ich werde nicht zulassen, dass den beiden etwas geschieht."
Der Mann mit der Brille und dem leicht schütteren braunen Haar kniff seine Lippen zu einem dünnen Strich zusammen.
Beck warf noch einen flüchtigen Blick nach hinten, dann beugte er sich kurz zu seinem Fahrer rüber.
„Solange Sie genau das tun, was ich von Ihnen verlange, wird hier niemandem etwas geschehen, ok? Wenn ich aber feststelle, dass sich jemand hier nicht an meine Spielregeln hält, muss ich daraus meine Konsequenzen ziehen, klar soweit?"
Wolff nickte nach kurzem Zögern.
Beck beobachtete ihn aufmerksam. „Vielleicht sollten Sie bei unserem nächsten Halt nochmal mit Ihren beiden Frauen über diesen Punkt reden. Könnte besser für Sie alle sein."
Beck fläzte sich wieder in seinen bequemen Sitz zurück, ohne jedoch seinen Blick von dem Fahrer abzuwenden.
Der Typ ging ihm auf die Nerven. Es war ihm anzusehen, dass es nahezu pausenlos in seinem kleinen Spießerhirn ratterte und arbeitete. Vielleicht heckte er etwas aus?
Am Ende hatte der Dreckskerl sogar noch eine Waffe an Bord, wer wusste das schon? Beck amüsierte der Gedanke, dass Wolff plötzlich in John-Wayne-Manier vor ihm stehen könnte, um mit ihm abzurechnen.
Nein, dachte er. Der Typ nicht. Nicht Jürgen Wolff. Der würde vermutlich noch tatenlos dabei zusehen, wie Beck sich an seine Frau heranmachte. Oder an die Kleine.
Becks Blick blieb auf Vivien haften, die drüben an dem Tisch saß. Bildhübsches Gesicht, eingerahmt von schulterlangen, brünetten Haaren. Um den Hals zwei ineinander verflochtene Korallenketten mit einem Anhänger, der zwischen ihren Brüsten baumelte. Zwei wohlgeformte Erhebungen unter ihrem Shirt. Das Mädchen war für ihr Alter

weit entwickelt, und Beck ging jede Wette ein, dass sich in ihrer Fantasie schon mehr abspielte als …

Etwas riss ihn aus seinen Gedanken. Ihm wurde bewusst, dass er das Mädchen anstarrte. Und nicht nur ihm war das aufgefallen, sondern auch dem Mädchen selbst.

Und Wolff, der Beck einen eindeutig beunruhigten Blick zuwarf.

Beck drehte seinen Kopf zur Windschutzscheibe, was den Fahrer einigermaßen zu besänftigen schien.

„Wie lange noch?“, fragte Wolff, vermutlich auch um Beck auf andere Gedanken zu bringen.

„Werden Sie schon sehen“, gab der Mann vom Beifahrersitz zurück. „Nicht mehr allzu lange. Wir werden uns gleich einen Platz für die Nacht suchen.“

In Wolffs Blick flackerte etwas, doch das entging dem Entführer.

In Beck arbeitete es ebenfalls. Fluch oder Segen, Segen oder Fluch?

Anfangs hatte er geplant, mit dem Wohnmobil über die Deutsch-Dänische Grenze zu fahren. Aber was dann? Es würde bedeuten, dass er diese Familie noch immer an der Backe hatte. Es sei denn, er würde sie vorher …

Es gab da auch noch eine andere Möglichkeit.

Beck fingerte das Handy aus seiner Tasche und wählte eine Nummer.

- 31 -

AM NÄCHSTEN MORGEN begannen wir damit, das Haus von Heidrun Schwarz zu beschatten.
Wir wechselten uns dabei ab, teilten uns in unterschiedliche Tagesschichten auf. Den Anfang, von frühmorgens bis um kurz nach Mittag, hatten Hanne und ich übernommen und schließlich an Degner übergeben, der in seinem Wagen vorgefahren kam und eine wenig begeisterte Miene zur Schau stellte.
„Ich bereue es schon jetzt, mich auf diesen Wahnsinn eingelassen zu haben“, sagte er, als er neben Hanne stand, die die Fahrerscheibe ihres Wagens heruntergelassen hatte.
„Da drüben ist die Zufahrt zu dem Mietshaus“, sagte ich und deutete auf die gegenüberliegende Straßenseite. „Und das dort vorne ist ihr Wagen.“
Degner ließ seinen Blick zu dem zweitürigen, weinroten Peugeot hinüberwandern. Seine Mundwinkel sackten leicht herab. „Mit der Rostlaube würde ich mich auch nicht mehr aus der Stadt herausbewegen“, sagte er.
„Lassen Sie den Wagen nicht aus den Augen“, sagte ich.
„Und falls Ihnen langweilig werden sollte, zählen sie einfach die Roststellen“, fügte Hanne lachend hinzu. „Hendrik und ich sind auf dreiundvierzig gekommen.“
Sie startete den Motor ihres Wagens und ließ die Seitenscheibe wieder hochfahren.
Als sie anfuhr, beobachtete ich Degner, wie er auf der Straße zu seinem Auto zurückging und die Fahrertür öffnete.
Hanne und ich fuhren ein kurzes Stück in Richtung des Kurparks. In einiger Entfernung erkannten wir das ehemalige Hotel Intermar, das schon lange nicht mehr als solches genutzt wurde, das aber noch immer, in unmittelbarer Nähe zum Strand gelegen, die Blicke auf sich zog.

Wir aßen in einem netten Lokal in der Nähe zu Mittag und verbrachten unsere Zeit mit einem ausgiebigen Spaziergang am Strand.
Hanne hatte mir zwei neue Krücken besorgt, die ich dankbar einsetzte. Ich hatte sie darum gebeten, aus gutem Grund. Und sie hatte sich nichts dabei gedacht.
Das Klingeln meines Handys in meiner Jackentasche nahm ich erst nach einer ganzen Weile wahr und nachdem es beinahe schon zu spät war.
Ich fummelte es aus der Innentasche meiner Daunenjacke und stellte mich mit dem Rücken gegen den Wind.
„Ja?"
„Degner hier", kam es zurück. Ich hörte ein Rascheln in der Leitung und im Hintergrund das Starten eines Motors. „Sie ist rausgekommen. Die Schwarz ist gerade in ihren Wagen gestiegen. Sie fährt jetzt los."
„In Ordnung", gab ich aufgeregt zurück. „Bleiben Sie ja an ihr dran, Degner. Und halten Sie uns auf dem Laufenden, wohin sie fährt. Wir kommen sofort nach."
„Ich rufe Sie gleich noch mal an", antwortete Degner und legte auf.
„Es geht los", sagte ich, nachdem ich Hannes fragendem Blick begegnete.
Und tatsächlich hatte ich endlich das bestimmte Gefühl, dass die Dinge in Bewegung gerieten.
Heidrun Schwarz war unser Draht zu Beck und Sillner. Wir durften jetzt nur keinen Fehler machen.

NACHDEM SIE FÜR eine kurze Strecke wieder auf der Autobahn A7 angelangt waren, hatten sie kurz darauf die Abfahrt Tarp genommen, um das Wohnmobil dort über Nacht auf einem Pendlerparkplatz abzustellen.
Beck hatte Wolff angewiesen, den Wagen in der hintersten Ecke des Sandplatzes abzustellen.
Um diese Zeit parkten nur noch zwei andere Wagen hier, die aussahen, als würden sie bereits längere Zeit stehen.
Das war gestern Abend gegen dreiundzwanzig Uhr gewesen.
Die Nacht hatte sich als ruhig und ohne weitere Zwischenfälle herausgestellt. Es war eine Nacht gewesen, in der Beck zwangsläufig nur sehr wenig Schlaf gefunden hatte.
Er gestattete niemandem, das Wohnmobil zu verlassen, und als Wolff für einen kurzen Moment nach draußen getreten war, um den Auffangbehälter für das Klo zu entleeren, war er mitgegangen.
Der Morgen war friedlich und mild gewesen und hatte irgendwie Hoffnung auf bessere Zeiten gemacht. Die Sonne war dazu dunkelrot im Osten aufgegangen.
Beck fühlte, dass der Tag der Entscheidung gekommen war. Er wartete darauf, dass Martin Maynes sich melden würde, dem er die Nummer von Heike Wolffs Handy durchgegeben hatte.
Es wurde langsam Zeit. Sie konnten nicht länger hier bleiben, um nicht aufzufallen. Also würden sie den vorerst letzten Punkt ihrer gemeinsamen Reise ansteuern. Bis dorthin kalkulierte Beck noch einmal eine Fahrtzeit von einer knappen Dreiviertelstunde, was ein Klacks war.
Pünktlich um fünfzehn Uhr klingelte das Handy. Maynes war dran und brachte eine weitere gute Nachricht. Er näherte sich von der Deutschen Westküste her und würde in

etwa einer Stunde in Schleswig sein, was nur knappe dreißig Kilometer von hier entfernt war.
Beck, der zum Zeit des Anrufs gerade draußen gewesen war, um sich die Beine zu vertreten, öffnete die Tür zum Wohnmobil und stieg ein. Er fand Sarah Maynes und hielt ihr das Telefon hin.
„Hier, sagen Sie Ihrem Sohnemann was Hübsches. Dass es Ihnen gut geht und so weiter. Wenn alles klappt, können Sie ihn schon bald wieder in Ihre Arme schließen."
Sarah griff hastig nach dem Handy und presste es gegen ihr linkes Ohr. Sie wirkte erleichtert, als sie die wohlvertraute Stimme am anderen Ende der Leitung hörte.
Sie versicherte mehrfach (und durchaus glaubhaft, wie Beck fand), dass ihr nichts fehle und dass sie sich auf die Ankunft ihres Sohnes freue.
Zu Becks großer Genugtuung fügte sie am Ende hinzu, dass sie von ihm erwarte, sich zu nichts hinreißen zu lassen. Er solle lediglich das Geld überbringen, und dann würden sie alle wieder ihrer Wege gehen.
Beck entschied, dass es genug war mit der Plauderei und riss Sarah das Gerät aus der Hand.
„Sie haben es gehört, Maynes. Hier ist alles in bester Ordnung. Ihre Mum fühlt sich wohl. Und wir wollen doch alle, dass es auch so bleibt, richtig?"
Mit einem tiefen Seufzer des Wohlbefindens legte Beck auf und steckte das Handy in seine Hosentasche.
Sein Blick wanderte in die Runde.
Stefanie Sillner, Sarah Maynes und die Familie Wolff, vertreten mit drei Augenpaaren, sahen ihn erwartungsvoll an.
„Es geht weiter", sagte Beck gut gelaunt und trat an den Tisch heran, um den sich alle anderen versammelt hatten.
Er blieb vor Vivien stehen, noch immer grinsend, und beugte sich leicht zu ihr herunter.
„Na, was ist? Was guckst du mich so böse an?"

„Weil ich Sie hasse“, stieß das Mädchen aus. „Die Art, wie Sie mit meinem Vater umgehen und mit uns allen.“ Vivien holte tief Luft und spuckte Beck mitten ins Gesicht.
Für einen Moment lang sagte niemand etwas.
Jürgen Wolff hatte seine Augen weit aufgerissen. Sein rechter Arm reichte halb über den Tisch, so als hätte er das Unglück noch aufhalten wollen und wäre dann mitten in der Bewegung erstarrt.
Heike Wolff legte schnell den Arm um ihre Tochter. Sie hatte ihre Lippen so fest aufeinander gepresst, dass sie eine blutleere Linie bildeten.
Sarah Maynes und Stefanie wussten nichts anderes zu tun, als sich unterhalb der Tischplatte bei den Händen zu halten.
Nur Beck zeigte keinerlei Reaktion. Er stand mitten im Wohnmobil wie ein Baum.
In diesem Augenblick hätte alles passieren können. Die ganze Bandbreite menschlicher Reaktionen auf die vorangegangene Provokation.
Aus seinem Hosenbund ragte der Kolben der Waffe, doch Beck griff nicht danach. Er rührte sich noch immer nicht.
Er atmete nur. Leise und gleichmäßig, als ob er sich selbst in seinem Innern dazu ermahnte.
Dann hob er seine rechte Hand und wischte sich den blasigen Rotz aus seinem Gesicht.
„Das war ein Volltreffer, junge Dame“, sagte er leise, ohne Vivien anzusehen. Sein Blick ging ins Leere und verkündete, dass dieser Mann gedanklich im Augenblick mit anderen Dingen beschäftigt war.
„Wolff, schwingen Sie sich hinters Lenkrad, es geht weiter.“
Mit diesen Worten wandte sich Beck ab und nahm seinen Platz auf dem Beifahrersitz wieder ein.
Im Wageninnern machte sich Erleichterung breit. Heike Wolffs Stimme war zu hören, wie sie tuschelnd, aber ein-

dringlich auf ihre Tochter einredete, während Vater Wolff im Cockpit des Wohnmobils seinen Pflichten nachkam, um sie alle an einen anderen Ort zu bringen.
Knirschend und rumpelnd bewegte sich der schwere Wagen von dem Parkplatz herunter und wandte sich nach links, auf einen Kreisel zu. Sie nahmen die zweite Ausfahrt, bis sie zu einem Schild mit der Aufschrift *Glücksburg (Ostsee)* kamen.
Beck deutete darauf, und Wolff legte den Blinker links.
So fuhren sie noch eine Weile über die Landstraßen, bis sie ihren Bestimmungsort erreicht hatten.
Beck bedeutete Wolff, stehenzubleiben und den Motor abzustellen.
Für einen Moment erlaubte sich der Entführer den Luxus, seine Augen zu schließen. Wie gerne hätte er jetzt ein kleines Nickerchen gemacht. Zehn Minuten nur oder fünfzehn. Aber es stand zu viel auf dem Spiel. Die Sillner tat zwar noch, was er von ihr verlangte, aber er spürte ebenso, dass er dabei war, sie als Komplizin zu verlieren. Er musste Acht geben, inwieweit er ihr noch trauen konnte.
Aber dies waren im Moment nur Nebenschauplätze. Es war Zeit, seinen Blick auf den großen Jackpot zu richten. Und der wurde ihm sogar gebracht. Serviert auf einem silbernen Tablett. Er selbst hatte nichts weiter zu tun, als hier in aller Ruhe abzuwarten.
Aber ruhig sollte es nicht werden.

- 33 -

RÜDE. EIN KLEINER Ort zwischen Ringsberg und Glücksburg.
Ich erinnerte mich an diesen Namen, weil Gunnar Schwarz ihn mir gegenüber vor ein paar Tagen erwähnt hatte.
Das alles schien inzwischen eine halbe Ewigkeit her zu sein.
Und jetzt waren Hanne und ich auf dem Weg dorthin, den Degner uns über sein Handy beschrieben hatte.
Wir erkannten seinen weißen Audi am Straßenrand.
Hanne ließ ihren Wagen dahinter ausrollen. Kaum, dass wir zum Stehen gekommen waren, riss ich meine Tür auf und hastete mit einer meiner Krücken zu Degner herüber, der mit dem Rücken an sein Auto gelehnt stand, beide Hände in seinen Manteltaschen verborgen.
„Was gibt es Neues?“, entfuhr es mir.
„Jetzt wartet doch mal auf mich“, sagte Hanne, die ihre Tür schloss und die wenigen Schritte zu uns herüber eilte.
Degner deutete zur Auffahrt einer Kfz-Reparaturwerkstatt hinüber. „Sie ist vor etwa zehn Minuten da auf den Hof gefahren.“
Ich fühlte meinen Puls ansteigen. Für einen schrecklichen Augenblick lang war ich mir sicher, dass wir sie verloren hatten.
Degner schien meine Gedanken zu erraten. Er schüttelte den Kopf. „Keine Angst. Sie hat sich mit einem Mann getroffen, der wie der Werkstattleiter oder ein Geselle aussah. Die beiden sind da drüben in die Halle gegangen. Soweit ich sehen kann, hat das Gelände nur diese eine Zufahrt hier. Das heißt, sie muss irgendwann auch wieder rauskommen.“
„Gute Arbeit“, sagte ich und dachte für den Bruchteil einer Sekunde daran, dass dies ein Lieblingsausspruch von Fulton gewesen war, den ich irgendwie in die Verdammnis geschickt hatte.

Er zuckte mit den Schultern. „Wahrscheinlich wird sich das alles als völlig harmlos herausstellen. Wir jagen hier irgendeinem Phantom nach, und am Ende wird man uns wahrscheinlich noch festnehmen. Wegen groben Unfugs oder …“

Degner sprach seinen Satz nicht zu Ende, weil wir in diesem Moment ein Geräusch vom Kfz-Hof hörten.

Ich wagte mich ein paar Schritte vor, bis an die Ecke der Einfahrt heran, die mit einem kniehohen Wall versehen war, auf dem einige kahle Gewächse gepflanzt waren.

Die graue Stahltür einer Werkhalle war geöffnet worden. In diesem Moment ging auch die zweite auf.

Dahinter wurde ein Wagen sichtbar. Ein Volvo. Mehr konnte ich nicht erkennen. Ich sah Heidrun Schwarz, wie sie mit dem Mann in der Werkstatt noch ein paar Worte wechselte. Dann stieg sie ein, und wenig später wurde der Motor angelassen.

Ich beeilte mich, zu den anderen zurück zu gelangen.

„Es geht weiter“, sagte ich.

Kaum hatte ich die Worte ausgesprochen, als der cremefarbene Kombi bereits seine Schnauze aus der Zufahrt streckte.

Hanne und ich duckten uns hinter das Heck ihres Wagens, während Degner bereits hinter seinem Steuer kauerte, einen kurzen Moment abwartete und dann den Motor startete.

Im grauen Dämmerlicht erkannte ich die Rücklichter des Volvos, wie sie sich in Richtung Glücksburg entfernten.

Was tat sie? Fuhr sie etwa mit dem neuen Wagen nach Hause zurück?

Auch Degners Audi setzte sich in Bewegung. Dreck und Kieselsteine spritzten auf, als der Arzt vom Straßenrand startete.

Hanne Brückner klemmte sich ebenfalls hinter das Steuer. Ich hastete auf den Beifahrersitz und verstaute umständ-

lich meine Krücke halb im Fußraum, halb gegen die Seitentür gelehnt.
Der Volvo war durch die kurvenreiche Strecke bereits außer Sichtweite geraten, aber Degner sollte keine Probleme damit haben, an ihm dranzubleiben.
Hanne fuhr an und beschleunigte das Tempo, kaum dass die Räder mit der leicht feuchten Fahrbahnoberfläche in Kontakt gekommen waren.
Die Strecke führte uns an einigen Knicks und Äckern vorbei. Kurze Zeit darauf passierten wir zu unserer Linken den Rüder See. Wir befanden uns auf direktem Weg nach Glücksburg.
Vor uns tauchten plötzlich die Rücklichter von Degners Audi auf. Gerade noch rechtzeitig, um zu erkennen, dass er nach rechts abbog.
Ich las das orangegelbe Schild mit der Aufschrift *Holnis*.
„Das gibt es doch nicht", entfuhr es mir. Ich setzte mich im Sitz aufrecht und versuchte, an Degners Wagen vorbei zu sehen, was bei der schmalen Straße allerdings nahezu unmöglich war.
„Was will sie in Holnis?", fragte jetzt auch Hanne. Sie machte große Augen, als sie ihr Lenkrad krampfhaft umklammerte und zu mir herübersah. „Sie wird doch nicht etwa zu der Villa zurück fahren wollen?"
„Alles ist möglich", räumte ich ein. Wohin auch immer es uns verschlagen sollte, ich spürte, dass wir unserem Ziel nicht mehr fern waren.
Holnis also. Dort, wo alles angefangen hatte. Zumindest für mich.
Wir gelangten auf eine Straße, die mir bekannt vorkam. Hier war ich mit dem Taxi entlang gefahren worden, als ich das erste Mal an diesen Ort gekommen war. Kurz darauf war ich Lausen begegnet, und diese Geschichte hatte ihren Anfang genommen.
Am Krähennest.

Und genau dies war der Punkt, an dem ich plötzlich den geparkten Volvo erkannte.
Heidrun Schwarz war bereits oben an der verwaisten Promenade ausgestiegen und machte sich daran, die Treppe hinunter zu gehen. Dabei stellte sie den Kragen ihres Mantels auf, der sie zum Glück ausreichend ablenkte.
„Fahr weiter“, stieß ich aus, als ich spürte, dass Hanne unsicher war, was sie tun sollte.
Wir folgten dem Verlauf der Straße, an der Hagebuttenhecke entlang, wo uns ein Hinweisschild verriet, dass sich dahinter ein Parkplatz befinden musste.
Hanne lenkte ihren Wagen auf die Zufahrt und ließ ihn auf dem schmalen Sandplatz ausrollen, wo Degner uns bereits erwartete. Er fuchtelte ungeduldig mit den Händen.
Hanne und ich sprangen gleichzeitig aus dem Wagen.
„Sie ist die Treppe da drüben runter gelaufen“, sagte Degner, der uns bereits entgegen kam.
„Ich weiß“, antwortete ich. „Wir haben sie noch gesehen.“
„Sagen Sie mal“, fuhr Degner fort und blickte sich um, „geht es hier nicht auch zu dem Ferienhaus, zu dem ich Sie …“
„Das Krähennest“, kam ich ihm zuvor. Ich deutete über die Hecke hinweg. „Da drüben können Sie ein Stück vom Dach sehen. Von hier oben führt eine Treppe hinunter auf den Strand.“
Dass noch ein anderer und zwischen den Hecken kaum wahrnehmbarer Zugang zum Haus existierte, verschwieg ich zunächst noch.
Aber mir war längst alles klargeworden. Ich erinnerte mich an die Geräusche, die ich im Krähennest wahrgenommen hatte.
Das Klappern der Hintertür beispielsweise. Nicht alles davon war Einbildung gewesen.
Beck hatte das Haus inspiziert, während ich nicht dort gewesen war oder geschlafen hatte.

Der Mann schien genau zu wissen, was er wollte. Und ganz offensichtlich hatte er sich das Krähennest als Ort der Geldübergabe ausgesucht, was für ihn kein erhöhtes Risiko bedeutete, denn der Strand war menschenleer und die Häuser um diese Jahreszeit nicht bewohnt.
Und höchstwahrscheinlich war er auch darüber informiert, dass ich das Haus verlassen hatte.
Auch ein anderer Gedanke war möglich, kam es mir in den Sinn.
Vielleicht hoffte Beck sogar darauf, dass ich zurückkommen würde.

DAS KRÄHENNEST.
Durch die großen Scheiben, die zum Strand hinaus lugten wie viereckige Augen, war der Strand zu sehen, der sich heute weiter als üblich zur See hin erstreckte.
Das Wasser hatte sich durch den ablandigen Wind ein Stück weit in sein sandiges Bett zurückgezogen, als fürchtete es sich vor den kommenden Ereignissen.
Der Himmel dunkelte, denn auch das Licht wich mehr und mehr vor dem hereinbrechenden Abend zurück.
Jürgen Wolff stand in der Nähe der abgeschlossenen Tür und starrte auf den Strand hinunter, wo direkt am Fuß der Treppe das Wohnmobil stand.
Beck hatte ihn gezwungen, mit dem Fahrzeug direkt durch die Hecke zu fahren, um es hier herunter zu lenken, wo es nicht gleich von jedem Vorbeikommenden gesehen werden konnte. Dazu hatten sie einen ziemlich steilen Hang überwinden müssen, wobei Wolff Blut und Wasser geschwitzt hatte.
Wolff war in Sorge. Er war ein Mensch, der für gewöhnlich nichts vergaß. Und die Blicke, die Beck seiner Tochter zugeworfen hatte, waren tief in seinem verborgenen Innersten eingebrannt. Unwiderruflich und nicht mehr löschbar.
Der Kerl hatte ihnen erzählt, dass sie hier auf jemanden warten würden. Das mochte stimmen oder auch nicht. Was Wolff jedoch im Augenblick sah, war die Tatsache, dass sie hier alle zusammen in einem Haus eingepfercht waren, aus dem es kein Entrinnen gab. Ein Haus mit Räumen, in die man sich, wenn man wollte, ungestört zurückziehen konnte.
Nun, zumindest Beck konnte das. Wolff war sich ziemlich sicher, dass diese Sillner, die seine Komplizin war (wenn nicht mehr, überlegte er), so lange dafür sorgen würde, dass hier niemand auf dumme Gedanken kam.

Er durfte es nicht erst so weit kommen lassen.
„Was ist los mit Ihnen?“, fragte Beck in diesem Moment.
Wolff konnte nicht anders, als zusammenzuzucken.
Beck kam näher, grinsend, ein Glas in der Hand.
Alkohol. Whisky oder Rum.
„Hey, entspannen Sie sich mal, alter Junge“, fuhr Beck fort. „Machen Sie es wie ich und schenken Sie sich einen Drink ein.“
„Danke, nein“, gab Wolff leise zurück. „Ich muss noch fahren.“
Beck lachte laut auf. So sehr, dass ihm Tränen in die Augen schossen, die er mit dem Ärmel seines Pullovers (der eigentlich Wolffs Lieblingspullover war) wegwischte.
„Sie hatten mir versprochen, dass wir fahren können, wenn wir unseren Zielort erreicht haben“, fuhr Wolff unbeirrt fort.
Beck verengte seine Augen zu Schlitzen. Sein Lachen war aus seinem Gesicht gewischt.
„Sie waren wohl zu lange mit Ihrem Navi unterwegs, eh?“
Beck versetzte Wolff einen Stoß in die Rippen, der ihn zurücktaumeln ließ. Der Familienvater stieß gegen den Tresen und konnte sich daran festhalten.
„Jetzt passen Sie mal auf, Sie Witzfigur“, sagte Beck, der seinem Gegenüber gefolgt war. „Ob oder wann Sie und Ihre Familie gehen können, entscheide allein ich, ist das klar? Geben Sie mir ein Zeichen, wenn Sie das verstanden haben, Sie Wichser.“
„Verstanden“, antwortete Wolff knapp.
Vom Esstisch, an dem sich die anderen versammelt hatten, war plötzlich ein Laut zu hören. Ein leises Stöhnen.
„Um Gottes willen, Vivien!“, kreischte Heike Wolff auf.
Die Männer drehten ihre Köpfe in ihre Richtung.
„Was ist mit ihr?“, wollte Beck wissen.
„Vivien hat Diabetes“, rief Heike herüber. „Sie braucht dringend ihr Insulin.“

Beck rollte mit den Augen und blickte für einen Moment zur Decke. „Und wo ist das Zeug?“
„Unten im Wagen“, kam es vom Tisch zurück.
Beck blickte von einem zum anderen. „Das ist nicht etwa ein Trick, den ihr einstudiert habt, als ich vorhin draußen gewesen bin oder?“
„Sehen Sie sich meine Tochter an, dann haben Sie Ihre Antwort!“, schrie Heike herüber, die sich über das Mädchen beugte, vom Tisch wegzog und ihr in den Sessel hinüber half.
„Schon gut, schon gut“, sagte Beck und hob die freie linke Hand in die Höhe. „Kümmern Sie sich ruhig weiter um Ihre Tochter. Und Sie, Papa, holen das Zeug rauf. Aber nur unter einer Bedingung.“
„Die da wäre?“, schnappte Wolff.
„Steffi geht mit“, entschied Beck. Er drehte sich zu den anderen um und winkte seiner Komplizin. „Na los, du hast es gehört. Jetzt beweg’ mal deinen entzückenden Hintern und pass auf, dass er keine Dummheiten macht.“ Beck wandte seinen Kopf in Wolffs Richtung. „Aber das wird er wohl kaum, wenn das Leben seiner süßen, kleinen Tochter auf dem Spiel steht, was?“
Beck sah sein Gegenüber provozierend an, war ihm jetzt so nahe gekommen, dass sich ihre Nasenspitzen beinahe berührten.
Wolff hielt still, blinzelte nicht einmal. Er durfte sich nicht provozieren lassen. Nicht jetzt. Vielleicht war es das, worauf der Kerl insgeheim wartete. Möglicherweise suchte er nach einer Art Startschuss, um hier oben ein Inferno zu entfachen.
Stefanie Sillner war aufgestanden. Sie trat neben Beck, darauf achtend, immer noch einen ausreichenden Abstand zu halten.
Er drückte ihr den Schlüssel für die Tür in die Hand.
„Gehen wir“, sagte die Sillner und nickte Wolff zu.

Beck sah den beiden nach, wie sie sich zur Glastür begaben. „Zwei Minuten“, rief er den beiden hinterher.
Stefanie Sillner schloss auf und öffnete.
Wolff folgte ihr auf die kleine Veranda hinaus.
Im nächsten Moment waren sie draußen auf der Treppe.
Wie leicht wäre es, sie die Stufen hinunterzustoßen, dachte er. Wenn er alleine gewesen wäre, wenn es nur um ihn gegangen wäre, hätte er es getan.
Aber so? Nein, er durfte es nicht riskieren. Jedenfalls nicht auf diese Weise.
Sie hatten das Ende der Treppe erreicht. Direkt daneben befand sich das Wohnmobil.
Die Sillner öffnete mit der Fernbedienung. Auch diesen Schlüssel hatte ihr Beck im Vorbeigehen zugesteckt.
„Wollen Sie hier warten?“, fragte Wolff und deutete auf den Platz vor der geöffneten Tür.
Sie dachte daran, wie angenehm es wäre, hier draußen einen Joint zu rauchen, aber die waren alle in Fasolds Wagen verbrannt. Sie schüttelte den Kopf.
„Ich komme mit rein. Nichts gegen Sie, aber Beck beobachtet uns, und ich hab’ keinen Bock, mir nachher oben eine deswegen einzufangen.“
„Das kann ich gut verstehen“, antwortete Wolff und betrat als Erster den Wagen.
Er hörte, wie die Sillner ihm auf den Fuß folgte. Sie hatte die Tür offen gelassen, die nun leise im Wind hin und her schwang.
„Wissen Sie, wo das Zeug für Ihre Tochter ist?“, fragte Stefanie.
Wolff, der sich bereits im Gang bei der Küche befand, nickte kurz. „Sie bewahrt ihre Sachen in einem kleinen Notfalltäschchen auf. Wir sagen ihr immer, sie soll es sich umbinden, aber …“ Er sah sie an, lächelte entschuldigend.
Stefanie Sillner hob ihre Mundwinkel an. „Kinder.“

„Genau“, antwortete Wolff. Das Lächeln war verschwunden, als er die kleine Schublade aufzog. Da lag die kleine, dunkelblaue Tasche seiner Tochter, der Gurt sorgfältig aufgerollt. Wolffs Hand näherte sich der Schublade, griff hinein und schob die Tasche ein Stück weit beiseite.
Seine Hand glitt tiefer in das Innere und fasste nach der geladenen Pistole, die er dort vor Fahrtantritt mit Klebeband befestigt hatte. Es war eine Sportwaffe, Kleinkaliber, und er war per Waffenschein berechtigt, sie zu besitzen.
Allerdings verstieß er gegen geltendes Recht, wenn er sie, so wie hier, mit sich führte, noch dazu in einem nicht verschlossenen Zustand und zudem schussbereit.
Nun war er froh, es getan zu haben. Mit flinken Fingern entfernte er das Klebeband. Jetzt lag die Waffe in seiner Hand. Sie gab ihm ein Gefühl der Sicherheit.
„Haben Sie sie?“, fragte Stefanie Sillner, die sich plötzlich an die zwei Minuten erinnerte, die Beck ihnen mit auf den Weg gegeben hatte.
„W-was?“, machte Wolff. Er blinzelte.
„Die Tasche“, mahnte Stefanie. „Kommen Sie schon, wir müssen wieder nach oben.“
Wolff griff mit der linken Hand in die Schublade und zog die Tasche hervor. „Hier ist sie.“
Die Blondine schien erleichtert. „Dann lassen Sie uns w…“
Wolff hatte seine Rechte mit der Pistole darin hervorgezogen. Mit einer routinierten Bewegung seines Daumens entsicherte er die Waffe und richtete sie in derselben Bewegung auf die Frau.
„Sind Sie verrückt?“, presste Stefanie hervor.
„Kann sein oder nicht“, flüsterte Wolff und wusste in diesem Moment, dass er abdrücken würde. Die Frage, ob er es fertigbrachte, auf einen Menschen zu schießen oder nicht, stellte sich ihm merkwürdigerweise nicht. Er dachte nur an Eines, und das war, dass dieser Kerl da oben sie nie-

mals gehenlassen würde. Und da war es besser, ihm zuvorzukommen, oder nicht?
„Tut mir leid“, sagte er trocken. Sein Zeigefinger spannte sich um den Abzug.
„Hallo?“, ertönte da plötzlich eine Stimme von draußen. „Ist hier jemand?“
Beide, Wolff und Sillner, verharrten in ihrer Bewegung. Niemand sagte ein Wort.
Schritte waren zu hören. Schritte auf dem Sand. Sie kamen langsam näher.
Ein Schatten tauchte vor dem Fenster auf. Eine dunkelhaarige Frau. Ihr Gesicht schien für einen Moment hell und fahl wie Pfannkuchen Teig von außen an der Scheibe zu kleben.
„Hallo?“
Ihre Stimme klang unsicher.
Im Innern des Wohnmobils sahen sich Wolff und Sillner in die Augen. Flackernde Blicke auf beiden Seiten.
Er schüttelte langsam den Kopf.
Sie starrte ihn weiter an, ihre Lippen zitterten. Ihre rechte Hand wollte sich langsam zur offenen Tür tasten.
Wolffs Antwort bestand in einem weiteren Kopfschütteln. Dieses Mal energischer.
Stefanie Sillner stoppte ihre Bewegung. Für einen Moment hing ihr Arm nutzlos in der Luft, bevor sie ihn langsam sinken ließ.
Es verstrichen drei weitere Sekunden.
Dann hatte die Frau vor dem Fenster offenbar beschlossen, weiterzugehen.
Das Spiel war noch lange nicht zu Ende.

- 35 -

WIR HASTETEN BIS zur Treppe, die auf den Strand hinunter führte. Sie lag im Halbdunkel vor uns.
Von Heidrun Schwarz war nichts zu sehen. Dafür stand unterhalb des Hauses, nahe bei den hölzernen Stützpfosten, ein Wagen. Ein Wohnmobil.
Das war es also. Wie auch immer Beck es gelungen war, an dieses Gefährt zu gelangen, er hatte es damit bis hierher geschafft.
Schräg links über uns befand sich das Haus. Beck hatte darauf verzichtet, die gesamte Beleuchtung einzuschalten, aus verständlichen Gründen.
Wir drückten uns in die Schatten der Strandtreppe, um nicht von oben gesehen zu werden und tasteten uns Stufe für Stufe hinunter.
Inzwischen war es fast ganz dunkel geworden. Hin und wieder war zwischen den dahinjagenden Wolken der Mond als kleiner, weißgelber Ball zu sehen, dem noch ein kleines Stück fehlte, um ganz voll zu sein.
Die letzte Stufe lag hinter uns, jetzt waren wir auf dem Sand. Das Wohnmobil blickte in Richtung von Sarahs Küstenvilla, also umrundeten wir die breite Schnauze des Gefährts und nutzten seine Deckung aus.
Gerade als wir uns von dort aus weiter auf das Haus zubewegen wollten, geschah etwas Unfassbares.
Wir hörten einen Schuss. Ein heller, scharfer Knall, der aus dem Innern des Wohnmobils gekommen war.
Da ich vorangegangen war und unsere nächtliche Prozession damit quasi anführte, war ich auch als Erster bei der offenen Tür.
Ich missachtete Hannes und Doktor Degners gezischte Warnrufe und hastete die kurze Treppe hinauf.
Im nächsten Moment befand ich mich im Innern. Zu meinen Füßen lag eine Frau, die sich eine Hand auf ihren lin-

ken Oberschenkel presste. Zwischen ihren Fingern quoll hellrotes Blut hervor. Die Frau versuchte verzweifelt, in den hinteren Teil des Wagens zu robben.
Erst jetzt erkannte ich, dass es sich um Stefanie Sillner handelte. Sie schien in der kurzen Zeit, die seit unserer letzten Begegnung vergangen war, um Jahre, wenn nicht gar Jahrzehnte, gealtert zu sein.
„Nehmen Sie die Hände hoch!“, schrie der Kerl, der auf sie gefeuert hatte. Er stand breitbeinig in dem schmalen Durchgang, der zum Cockpit führte und zielte mit der Waffe auf mich.
„Wer immer Sie sind“, sagte ich ruhig, „seien Sie vernünftig und nehmen Sie die Waffe runter.“
Der Kerl mit dem schütteren Haar und der Brille nagte an seiner Unterlippe. Seine Hände zitterten.
Vermutlich hatten sie das auch bei dem Schuss auf die Sillner getan, weswegen sie jetzt noch lebte.
„Wie heißen Sie?“, fragte ich ruhig, während ich einen Schritt näher kam.
„W-Wolff“, krächzte mein Gegenüber. „N-nicht näherkommen.“
„Sie werden nicht auf mich schießen“, erwiderte ich. Ich blickte demonstrativ an meiner Krücke herunter, die ich in die linke Hand gewechselt hatte.
„Wer sagt mir, dass Sie nicht mit dem Kerl unter einer Decke stecken?“, wollte Wolff wissen, und das war immerhin eine berechtigte Frage. „Wer sagt mir, dass Sie nicht der Kerl sind, auf den der da oben wartet?“ Wolff blickte kurz gegen die Decke und wollte mit dieser Geste offenbar auf das Krähennest deuten.
„Beck hat Sie in Ihre Gewalt gebracht“, stellte ich mit ruhiger Stimme fest. „Er hat Sie gezwungen, mit ihm hierher zu fahren, habe ich recht? Wer ist noch dabei?“
Wolff presste seine Lippen aufeinander und schüttelte den Kopf.

„Kommen Sie schon, Wolff", ermahnte ich ihn, „wer ist noch mitgefahren? Wer ist da oben in dem Haus?"
„M-meine Frau und meine Tochter", presste er hervor.
„Niemand sonst?"
„Eine Frau, die er Sarah nennt", antwortete er.
Ich spürte eine unendlich tiefe Erleichterung in mir.
„Was ist mit einem jungen Mann?", fragte ich. „Lange, dunkle Haare. Sein Name ist Gunnar Schwarz."
„Nein", gab Wolff zurück und gab mir damit gleichzeitig eine Antwort auf eine Frage, die ich nicht laut gestellt hatte. Ich dachte an die Person, die man in Fasolds Wagen gefunden hatte.
„Was haben Sie jetzt vor, Wolff?", fragte ich und deutete hinter mich. „Ich bin nicht allein gekommen, wissen Sie? Da draußen warten noch zwei Freunde von mir. Aber das Gute daran ist: Wir sind alle auf Ihrer Seite. Also seien Sie vernünftig und lassen Sie die Waffe fallen, bevor Beck da oben mitbekommt, was hier abgelaufen ist."
Wolff schien meine Worte zu überdenken. In seinem Gesicht arbeitete es, seine Mundwinkel zuckten.
Dann lief ein Zittern durch seinen Körper, und er ließ seine Hände sinken.
„Geben Sie mir die Waffe", sagte ich.
„Nein!" Das Wort kam so schnell und hart aus seinem Mund wie ein Geschoss.
„Dann stecken Sie sie wenigstens weg", sagte ich, nachdem ich beschwichtigend die Hände gehoben hatte.
Aus den Augenwinkeln registrierte ich, wie Wolff meinem Vorschlag Folge leistete.
Hinter mir drängten Hanne und Doktor Degner in den Wagen.
Ich musste nichts erklären, die Situation sprach für sich.
Degner kümmerte sich sofort um die verletzte Stefanie Sillner, Hanne ging ihm dabei zur Hand.
„Zwei Minuten", stammelte Wolff in diesem Moment.

Ich sah ihn an. „Was haben Sie gesagt?“
„Beck hat uns zwei Minuten gegeben, um die Medikamente zu holen.“
Ich begriff nur ungefähr, was er damit meinte. Aber die wichtigste Aussage hatte ich verstanden.
Beck wartete da oben vermutlich darauf, dass Wolff zurückkommen würde, ganz sicher zusammen mit der Sillner.
Und wenn das nicht passierte, würde er unruhig werden. Oder etwas Unüberlegtes tun.
Entscheidend war auch die Frage, wieviel er da oben im Haus von dem, was gerade im Wohnmobil geschehen war, mitbekommen hatte.
Etwas musste passieren. Und es musste schnell geschehen. Jetzt.

- 36 -

MALTE BECK STAND am Fenster des Krähennests und blickte auf den Strand hinaus. Zu viele Minuten waren bereits verstrichen, ohne dass die beiden zurückgekommen wären. Viel zu viele.
Er hatte die Zeit genutzt, um noch einmal mit Martin Maynes zu telefonieren, der sich jetzt kurz hinter Flensburg befand, was wiederum bedeutete, dass er nur noch ein paar Minuten bis hierher brauchen würde. Während des Gesprächs war Beck so gewesen, als ob er von draußen ein Geräusch gehört hätte. Er war mit dem Handy am Ohr zur Tür gegangen und hatte sie geöffnet. Aber da war alles ruhig gewesen.
Auch jetzt öffnete er die Glastür und trat dieses Mal auf die Veranda hinaus. Kühler Abendwind umfing ihn.
Da unten stand das Wohnmobil. Die Tür war vorhin offen gewesen, inzwischen war sie geschlossen. Nichts rührte sich. Eine Gestalt tauchte am Fuß der Treppe auf, schob sich langsam die Stufen hinauf.
Beck verengte seine Augen zu Schlitzen, beugte sich über das hölzerne Geländer. Mit einem kurzen Satz war er zurück beim Haus und schaltete die Außenbeleuchtung ein. Sofort trat er wieder nach draußen.
Die Gestalt hatte jetzt die letzte Stufe erreicht.
„Warum, zum Teufel, hat das so lange gedauert?“, platzte es aus Beck heraus. Er starrte Wolff an, der ihn seltsam mitleidig ansah. „Und wo steckt Stefanie?“
„Sie hat gesagt, dass sie nicht mehr hier raufgehen will“, sagte Wolff ruhig. Es schien, als müsse er für seine nächsten Worte erst Mut sammeln. „Sie hat gesagt, dass sie aus der Sache aussteigt.“
„Wo ist sie jetzt?“, herrschte Beck den anderen an.
„Abgehauen“, antwortete Wolff.
„Was?“

„Sie ist zu Fuß zur Uferpromenade rauf. Mehr weiß ich nicht."
Beck starrte Wolff fassungslos an. „Sie hat sich aus dem Staub gemacht? Und Sie? Warum sind Sie zurückgekommen?"
Wolff hielt die kleine, blaue Medikamententasche in die Höhe. „Ich muss zu meiner Tochter. Bitte lassen Sie mich durch."
Ohne eine Antwort abzuwarten, drängte sich Wolff an dem anderen vorbei.
Beck packte den Mann von hinten und drückte ihn grob mit dem Gesicht gegen die Glastür.
Wolff schrie auf.
„Ich traue Ihnen nicht, Papa", zischte Beck und begann damit, die Hosen- und Jackentaschen seines Gegenübers abzuklopfen und zu durchsuchen.
„Machen Sie die verdammte Tasche auf", forderte Beck den Familienvater auf. „Ich will sehen, was drin ist."
Wolff öffnete mit zitternden Händen den Reißverschluss der Tasche und klappte sie auf.
Beck warf einen kurzen Blick darauf und gab einen abfälligen Laut von sich, als er mehrere Spritzen und andere Utensilien wie ein kleines Gerät zum Messen von Blutzucker erkannte.
„Verschwinden Sie nach drinnen und geben Sie Ihrem kleinen Flittchen meinetwegen ihre verdammte Spritze", maulte Beck schlechtgelaunt und sah Wolff hinterher, wie er durch die Tür ins Innere trat.
Beck wünschte die Sillner in Gedanken zum Teufel. Für einen Moment verspürte er den innigen Drang, ihr hinterher zu rennen oder besser noch zu fahren, um sie dann an ihren eigenen Haaren wieder hierher zurück zu schleifen.
Vielleicht würden sie sich noch einmal begegnen, dachte er und malte sich bereits aus, wie er sie eines Tages überraschen würde.

Aber jetzt musste er sich beherrschen. Sollte sie doch wegrennen. Sie war nichts als eine kleine Nutte, die nur das bei sich hatte, was sie am Leib trug. Und das war, wie zumeist bei ihr üblich, nicht viel. Beck grinste bei dem Gedanken.
Er drehte sich um und ging zurück ins Haus.
Sie waren alle noch da. Wie schön.
Die Wolffs hockten beieinander und kümmerten sich um ihre Tochter. Daneben saß, wie eine Unbeteiligte, Heidrun Schwarz, um die er sich noch würde kümmern müssen. Es gab da noch ein kleines Detail, das er ihr unterjubeln musste …
Sein Blick wanderte weiter zu Sarah Maynes, die am Fenster stand und auf die dunkle Ostsee starrte.
Auch sie sehnte die Ankunft des Mannes herbei, auf den sie alle warteten.
Der Erlöser, dachte Beck.
Und der kam tatsächlich. Nur wenige Minuten nach diesen Ereignissen hörte er durch die noch immer geöffnete Tür ein Geräusch auf der Treppe.
„Na endlich", stöhnte Beck, der die Anspannung der letzten Stunden inzwischen deutlicher spürte, als ihm lieb war.
Ein Schatten tauchte hinter der Glastür auf, zögerte einen Moment, schob dann die Tür weiter nach innen auf und trat über die Schwelle.
Im Raum stand ein müde wirkender Mann mit rötlich gelockten Haaren, der eine schwarze Lederjacke und einen Schal trug, den er sich mehrfach um den Hals gewickelt hatte.
In seiner linken Hand trug er einen schwarzen Aktenkoffer.
„Martin!", rief Sarah vom Fenster her und kam auf ihren Sohn zugelaufen.
Beck ließ die Frau gewähren, ließ zu, dass die beiden sich umarmten. Er hörte sie einige geflüsterte Worte in Englisch miteinander wechseln.

Nach einer Weile lösten sie sich voneinander. Der rothaarige Mann, er mochte etwa Mitte Vierzig sein, sah Beck vorwurfsvoll an.
„Sie haben das Geld dabei“, sagte Beck. Es hörte sich mehr wie eine Feststellung denn eine Frage an.
Martin Maynes nickte und trat ungefragt zu der Ecke des Tresens hinüber. Er legte den Koffer behutsam darauf und öffnete die einfachen Schnappverschlüsse.
Der Deckel sprang auf, und wie durch dieses Geräusch angelockt, kam Beck schnell näher.
In seiner rechten Hand befand sich die Pistole, die er nach wie vor verwendete, um sich Respekt zu verschaffen.
Beck blickte in das Innere des Koffers und erkannte eine Vielzahl von Banknotenbündeln. Er griff sich zwei, drei, vier heraus und blätterte die Scheine durch. Dann wühlte er in dem Koffer herum, bevor er seine Bemühungen mit einem zufriedenen Gesichtsausdruck einstellte.
Er drehte sich zu Maynes um, der seine Mutter umarmte und ihr beruhigend über das Haar strich.
„Well done“, sagte Beck anerkennend und grinste. Er ließ den Deckel des Koffers zuklappen und drückte die Verschlüsse zu.
„Dann haben jetzt alle, was sie wollen, stimmt's?“, stellte er zufrieden fest und zog den Koffer vom Tresen.
„Nein“, meldete sich eine Stimme aus dem Hintergrund.
Heidrun Schwarz hatte sich aus dem im Dunkeln liegenden Teil der Wohnung gelöst und kam mit langsamen Schritten näher. In anderthalb Metern Entfernung blieb sie vor Beck stehen und sah ihn aus müden Augen an.
„Sie haben mir noch immer nicht gesagt, was mit meinem Sohn ist. Wo ist Gunnar?“
Beck dachte kurz daran, dass er gut daran getan hatte, der Frau bereits bei ihrem Erscheinen hier im Haus den Schlüssel für den Volvo abzunehmen.

Er deutete auf die blutverkrustete Kompresse aus Taschentüchern, die er noch immer im oberen rechten Schulterbereich trug. „Sehen Sie das hier? Das ist das Werk Ihres Sohnes. Er hat mich beinahe umgebracht. Es ist passiert, während wir mit dem Wagen unterwegs waren. Wir hatten einen ziemlich schlimmen Unfall und …“
„Was ist mit meinem Sohn?“, fragte Heidrun Schwarz mit dumpfer Stimme.
„Er ist tot!“, schrie Beck mit einem Mal. „Er ist tot, und er hat es verdammt nochmal auch verdient. Er wollte mich umbringen, dieser kleine Mistkerl!“
Becks Atem ging laut und schwer. Er stand ihr gegenüber, den Oberkörper leicht nach vorne gebeugt.
Da ging sie auf ihn los, mit nichts als ihren zu Fäusten geballten Händen.
Beck schlug sie mit einem klatschenden Geräusch beiseite.
„Nicht!“, rief Sarah Maynes und hielt Heidrun Schwarz fest, die einen erneuten Anlauf nehmen wollte. „Nicht, er hat eine Waffe.“
„Verdammt richtig“, erwiderte Beck, der zwei Schritte zurückgetreten war und sich nun fast bei der Tür befand.
Er blickte ein letztes Mal Heidrun Schwarz an, die ihn aus tränenverschleierten Augen anstarrte.
Für Beck war dies alles bedeutungslos geworden. Er musste den letzten Teil seines Plans in die Tat umsetzen, das allein war es, was jetzt zählte.
Er musste sich beeilen. Er rannte zu dem Festnetztelefon in der Ecke der Küche und riss es aus der Halterung.
Das Telefon der Wolffs steckte ohnehin in seiner Jackentasche.
Beck trat auf Martin Maynes zu und vollführte eine auffordernde Handbewegung. „Ihr Handy.“
Ohne zu zögern griff der junge Mann in seine Jackentasche und reichte das Telefon Beck, der es mit einem flüchtigen Grinsen einsteckte.

„Es ist vorbei, Sie alle haben es überstanden“, sagte Beck daraufhin, leicht theatralisch. Er hob die Hand mit der Waffe zum Gruß, machte auf dem Absatz kehrt und eilte im nächsten Augenblick bereits die Treppe zum Strand hinunter.

Die Schwarz hatte ihm beschrieben, wo sie den Volvo geparkt hatte.

Beck umrundete das Wohnmobil und hastete die Stufen zur Strandpromenade hinauf.

Es dauerte nicht lange, bis er den Wagen gefunden hatte.

Er riss die Fahrertür auf und ließ sich auf den Sitz fallen, während er den Koffer achtlos neben sich schleuderte. Die Pistole stopfte er sich in den Hosenbund und kramte den Fahrzeugschlüssel aus seiner Jackentasche.

Er rammte ihn ins Schloss und zog mit der linken Hand die Tür zu.

Erst in diesem Augenblick nahm er den Schatten wahr, der auf seiner Rückbank hockte.

- 37 -

NATÜRLICH HÄTTEN WIR, hätte ich, ihn laufen lassen können. Ich rechnete immerhin stark damit, dass Degner oder Hanne, die die verletzte Sillner irgendwo außer Reichweite gebracht hatten, inzwischen die Polizei verständigt hatten. Und genau so war es auch. Doch gleichzeitig wusste ich auch, dass Beck trotz allem gute Chancen hatte, zu entkommen.

Wenn Degner die Polizei noch aus dem Wohnmobil heraus verständigt hatte, wovon ich ausging, würde es sicher noch einmal gute zehn Minuten brauchen, bis der erste Wagen hier eintraf. Und allein aus diesem Grund (gut, es spielten auch noch gewisse andere, viel persönlichere eine Rolle) hatte ich mich ohne das Wissen von Hanne und Doktor Degner auf die Rückbank des Volvos gesetzt und sagte in diesem Augenblick: „Hallo, Beck. Schön, Sie hier zu sehen."

In der gleichen Sekunde warf ich meine Arme nach vorne und presste ihm von hinten das Metall meiner Krücke auf seinen Kehlkopf.

Beck, der mich im letzten Moment im Rückspiegel erkannt hatte, gab einen gepressten, gurgelnden Laut von sich.

Er versuchte verzweifelt, sich zu wehren und sich meinem Würgegriff zu entziehen, aber ich drückte mit aller Kraft zu und ließ ihm keinen Spielraum.

„Loslassen", krächzte er.

Ich dachte nicht daran. Und das schien auch Beck zu wissen, denn mit einem Mal tat er etwas, mit dem ich nicht gerechnet hatte.

Seine Finger drehten den Zündschlüssel herum. Nahezu im gleichen Moment erwachte der Motor mit einem tiefen Grollen zum Leben.

Eine Alarmsirene begann in meinem Innern zu schellen, doch ich fürchtete, dazu war es bereits zu spät.

Es gelang Beck mit seinen verzweifelten Bewegungen, einen Gang ins Getriebe zu rammen. Der schwere Wagen machte einen gewaltigen Satz nach vorne und preschte durch die Hecke, die kein Hindernis für ihn darstellte.
Ich wusste, was kommen musste, so gut kannte ich das Gelände um das Krähennest inzwischen.
Die Vorderachse des Volvos schien für einen furchtbaren Moment in einen Abgrund zu tauchen. Wir kippten vornüber und rauschten eine steile Böschung hinunter.
Ich schrie auf und verlor meinen Halt. Die Krücke wurde mir aus der Hand gesprengt, als ich mit meinem ganzen Gewicht gegen den Fahrersitz gepresst wurde.
Auch Beck schrie. Es war eine gellende Mischung aus Wut, Schmerz und Triumphgeheul.
Mit einem dumpfen Laut setzte der Volvo auf dem Strand auf.
Der Motor röhrte für einen Moment im Leerlauf, da offenbar bei dem Sturz der Gang herausgesprungen war.
Beck griff erneut nach der Gangschaltung und presste sie mit dem Handballen nach links oben. Gleichzeitig trat er das Gaspedal voll durch.
Die Reifen drehten durch und wirbelten Unmengen an Sand auf, aber irgendwann fassten sie doch auf dem harten Grund. Der Wagen schoss mit Vollgas auf den Strand.
Ich wurde nach hinten auf den Rücksitz geschleudert und stieß mir dabei irgendwo den Kopf an.
„Beck!“, schrie ich. „Halten Sie an!“
„Fahren Sie zur Hölle!“, schrie er zurück und wechselte mit zusammengebissenen Zähnen vom ersten in den zweiten Gang.
Wieder heulte der Motor auf. Wir hatten uns bereits ein gutes Stück vom Krähennest entfernt.
Ich hatte mich gefangen und wollte nach Beck greifen, als er plötzlich das Bremspedal durchtrat.

Ich wurde zwischen den beiden Sitzen hindurch nach vorne geschleudert und knallte mit dem Rücken gegen die Armaturen.
Genau das hatte Beck offenbar bezwecken wollen. Sofort trat er wieder aufs Gas, und der Volvo jagte weiter.
Beck schlug mit allem nach mir, was er hatte. Mehr als einmal traf er mich mit seinem Ellenbogen in die Magengrube und vor die Brust.
In meiner Verzweiflung griff ich nach ihm, bekam ihn am Kragen zu fassen und zog wie ein Berserker daran.
Beck verlor die Kontrolle über den Wagen, der jetzt direkt auf das Wasser zuschoss.
Ich griff nach dem Lenkrad, riss es herum, und der Volvo machte einen Schlenker, der ihn fast zum Umkippen gebracht hätte.
Die linke Fahrzeugseite befand sich im Wasser. Der Wagen schob eine schaumige Bugwelle vor sich her, während Beck immer wieder voll auf das Gaspedal trat.
Dabei schrie er wie von Sinnen.
Erneut unternahm ich einen Versuch, das Steuer zu packen, doch Beck musste meine Absicht geahnt haben.
Er holte erneut mit seinem Ellenbogen aus und traf mich mit voller Wucht mitten ins Gesicht.
Ich spürte, wie der Schmerz in meinem Hirn explodierte, wie meine Nase knirschte und knackte und wie ich nach hinten geschleudert wurde.
Ich prallte gegen das Innere der Beifahrertür und sackte halb bewusstlos mit meinem Oberkörper daran herab, während sich meine Beine irgendwo über den Armaturen und an der Windschutzscheibe befanden.
Der Wagen wurde für einen kurzen Moment langsamer, was ich jedoch nur durch einen Mantel aus Schmerz und Verschwommenheit wahrnahm.
Beck griff über mich hinweg und unter meiner rechten Achsel hindurch.

Ich hörte das knackende Geräusch, mit dem sich plötzlich die Beifahrertür öffnete. Der Widerstand in meinem Rücken gab nach und ich wurde aus dem fahrenden Wagen geschleudert.
Ich kam auf dem Sand auf und überschlug mich, vollführte eine Rolle und blieb benommen liegen.
Der Volvo preschte noch einige Meter auf dem Strand weiter und blieb dann ein paar Sekunden später irgendwo mit tuckerndem Geräusch stehen.
Ich hob den Kopf, was mir unsagbare Mühen bereitete, und erkannte die roten Rücklichter, die wie zwei teuflische Augen in der Dunkelheit funkelten.
Was hatte Beck jetzt vor?
Ich ahnte es, noch bevor er seinen Plan in die Tat umsetzte.
Qualvoll kam ich in die Höhe, spuckte unentwegt Blut und Sand aus und starrte auf den Wagen, der in diesem Augenblick mitten auf dem Strand wendete.
Da wusste ich, dass ich würde laufen müssen. Wie noch nie zuvor in meinem Leben.

- 38 -

ICH BEGANN ZU laufen, obwohl meine Beine schon nach einer kurzen Distanz aufschrien. Die nachgewachsene Haut spannte sich, riss, begann zu bluten. Ich wusste, dass dies alles in diesen Augenblick passierte, aber ich fühlte es dennoch nicht.

Ich rannte weiter, versuchte, den Schmerz zu ignorieren, wohlwissend, dass es hier um alles ging.

Ich hatte leichtfertig gehandelt, und jetzt bekam ich meine Quittung dafür.

Hinter mir blendeten die Scheinwerfer des Volvos auf. Der Motor röhrte auf. Dumpf, dröhnend, unheilverkündend.

Und dann raste der Wagen auf mich zu.

Ich hörte das Geräusch, während ich über den Strand hastete und verzweifelt nach einer Möglichkeit suchte, dem tödlichen Koloss aus Stahl hinter mir auszuweichen.

Ich wusste, dass ich keine Chance haben würde. Alles, was mir blieb, war die Möglichkeit, mich zur Seite zu werfen oder ins Wasser hinein. Und selbst dann würde mich der schwere Wagen vermutlich wenigstens noch streifen.

Da tauchte plötzlich vor mir ebenfalls ein Paar Scheinwerfer auf. Noch im Laufen wurde ich von dem grellen Lichtstrahl geblendet, was mich allerdings nicht davon abhielt, weiter zu rennen.

Ich hetzte geradewegs auf das Licht zu. Gedanken jagten mir durch den Kopf. Erinnerungen an meinen Unfall, bei dem ich das entgegenkommende Licht zu spät gesehen hatte.

Hier nahm ich es voll wahr und nahm es in Kauf, dass es mich möglicherweise treffen würde.

Meine Kräfte verließen mich. Die Beine versagten mir ihren Dienst. Ich spürte, wie sie unter mir wegknickten und ich erneut in den Sand fiel.

Die beiden Wagen rasten aufeinander zu. Ich war von dröhnendem Motorenlärm umgeben.
Mit letzter Kraft rollte ich mich zum Wasser hin und, wie ich hoffte, aus dem unmittelbaren Gefahrenbereich heraus. Das würden die nächsten zwei Sekunden zeigen.
Der Volvo und das Wohnmobil preschten aufeinander zu, und obwohl vermutlich beide in der letzten Sekunde abbremsten, kam es zu einer Kollision.
Halb im Wasser liegend erkannte ich, wie sich das Wohnmobil kurz vor dem Aufprall im Sand zur Seite drehte und von Becks Volvo am Heck erwischt wurde.
Es gab einen dumpfen Knall. Glas splitterte. Beide Fahrzeuge kamen zum Stehen.
Ich robbte mich aus dem eiskalten Wasser heraus, das mich vollkommen durchnässt hatte.
Wie ich wieder auf meine Beine gekommen war, wusste ich später nicht mehr.
Ich wankte auf die beiden Wagen zu und nahm als Erstes am Volvo eine Bewegung wahr. Becks blutverschmiertes Gesicht tauchte hinter der Scheibe auf. Er versuchte, die Fahrertür zu öffnen, die sich offenbar verklemmt hatte.
Ich näherte mich von der Beifahrerseite her. Die Scheibe war durch den Aufprall zerborsten.
Ich erkannte im Inneren meine Krücke, zog sie heraus und schleppte mich um die Wagenfront herum.
In diesem Moment zeigten Becks Bemühungen Erfolg. Die Tür sprang auf, und mein Widersacher befand sich im Freien.
Er hatte eine üble Platzwunde an der Stirn davongetragen. Dennoch hatte er mich sofort erkannt und wankte auf mich zu.
Ich packte meine Krücke mit beiden Händen, wartete auf Beck und rammte sie ihm mit der Kraft, zu der ich noch fähig war, mit dem Fußende voran mitten ins Gesicht.

Beck riss die Augen auf, kurz bevor er getroffen wurde, dann wurde er nach hinten katapultiert und blieb regungslos im Sand liegen.
Auch ich ging zu Boden, von der Wucht meines eigenen Schlags in die Knie gezwungen. Ich klammerte mich an meine Krücke, die mich davor bewahrte, gänzlich lang hinzuschlagen.
Hinter mir hörte ich ein Geräusch. Am Wohnmobil wurde eine Tür geöffnet, erbärmlich quietschend, so als würde irgendwo ein Stück Blech verbogen werden (was vermutlich sogar der Fall war).
Neben dem leisen Glucksen der Wellen vernahm ich Schritte, die sich hinter mir über den Strand näherten.
Ein Schatten wankte heran und sank an meiner Seite hinunter in den Sand, so dass sich unsere Schultern berührten.
„Weißt du, was ich langsam glaube, Torn?“, keuchte Hanne.
„Nein, was?“, fragte ich.
„Dass deine Halluzinationen ansteckend sind.“

- 39 -

AN EINEM ABEND im Sommer, nachdem sich das Blaulicht längst vom Strand entfernt hatte und der Strand selbst erfüllt war vom Schein der Fackeln und voll von Wärme und Lachen war, erklang in einem Pavillon am Wasser ein Lied, das mir inzwischen sehr vertraut vorkam. So sehr, dass ich seine Melodie mitsummen konnte.

Hanne und ich saßen auf den noch warmen Felsen am Ufer, nicht einmal besonders weit vom Krähennest entfernt, und blickten auf die kleine Bühne hinunter, auf der eine wunderschöne Frau in einem weißen Seidenkleid stand und ihren jubelnden Zuschauern zuwinkte.

Und als die letzten Töne der letzten Zugabe verklungen waren, verbeugte sie sich noch einmal und lächelte ihr Lächeln, das sie selbst nach so langer Zeit nicht verlernt hatte und das noch immer so bezaubernd war.

Das letzte Lied hatte sie nur für mich gesungen.

Ich traf Noosha noch einmal, als sie ihre Zelte in Holnis endgültig abbrach. Wir saßen auf der kleinen Bank oben an der Steilküste, während der warme Wind über unsere Gesichter strich.

Sie nahm meine Hand und sah mir in die Augen.

„Ich danke Ihnen, dass Sie an mich geglaubt haben. Es wird immer eine besondere Verbindung zwischen uns sein."

„*More than Molecules*", antwortete ich und verließ sie, nachdem wir uns voneinander verabschiedet hatten.

Ich ging ein letztes Mal zu der Treppe, die von ihrem Haus auf den Strand hinunter führte.

Dort unten am Wasser wartete Hanne auf mich.

Und ich konnte es plötzlich kaum erwarten, sie in meine Arme zu schließen.

- E N D E -

Personenregister:

Hendrik Torn	Schriftsteller
Sarah Maynes/„Noosha“	geheimnisvolle Frau
Martin Maynes	ihr Sohn, Arzt
Melina Torn	Torns Tochter
Heidrun Schwarz	Angestellte
Gunnar Schwarz	ihr Sohn
Dr. Rolf Degner	Arzt
Hanne Brückner	Apothekenangestellte
Erich Fasold	Mann im Rollstuhl
Malte Beck	Pfleger
Stefanie Sillner	Sekretärin
Ingo Lausen	Vermieter
Jürgen Wolff	Urlauber
Heike Wolff	seine Frau
Vivien Wolff	ihre Tochter
Lucas P. Fulton	fiktiver Detektiv

Der Roman spielt in Holnis an der Flensburger Förde. Die Personen und die Handlung sind frei erfunden. Etwaige Ähnlichkeiten mit lebenden oder verstorbenen Personen wären rein zufällig.

Weitere spannende Ostsee-Krimis aus dem Boyens Buchverlag

ISBN 978-3-8042-1378-4

ISBN 978-3-8042-1402-6

ISBN 978-3-8042-1432-3

ISBN 978-3-8042-1455-2

Über den Autor:

Marc Freund, geboren 1972 in Flensburg, aufgewachsen in Osterholz an der Ostsee. Autor der erfolgreichen Ostsee-Krimis „Das Haus am Abgrund“, „Endstation Steilküste“, „Knickgeflüster“ und „Mühlenmord“, alle im Boyens Buchverlag erschienen.
Neben dem Schreiben von Kriminalromanen arbeitet Marc Freund hauptsächlich als Hörspielautor für die beliebten Krimiserien „Lady Bedfort“, „Edgar Wallace“ und „Sherlock Holmes: Die neuen Fälle“. Weitere Hörspielbearbeitungen aus seiner Feder wurden bereits an verschiedenen Theatern und live im Berliner Rundfunk dargeboten. 2012 erreichte sein Hörspiel „Freifahrt“ den 2. Platz beim Literaturwettbewerb des Timmendorfer Strandes.